聖なる怠け者の冒険

森見登美彦

朝日文庫

本書は二〇一三年五月、小社より刊行されたものを大幅に加筆修正しました。

目次

聖なる怠け者の冒険

怠け者を巡る10の事柄

【小和田君】

京都郊外にある某化学企業の研究所に勤める若者。平日は黙々と仕事に励み、週末は独身寮の万年床で苔《こけ》むした地蔵のごとくゴロゴロしたがる。彼は大冒険よりも小冒険を愛し、何よりも平和で静謐《せいひつ》な週末を求めているのである。筋金入りの怠け者は、はたして冒険者となり得るか？

【ぽんぽこ仮面】

たいていの人は子どもの頃、「正義の味方」に憧れたことがあるだろう。ぽんぽこ仮面こそ、現代の京都の街でその夢を実現した怪人である。そのアヤシイ格好ゆえに、ことあるごとに通報された下積みの時代は過ぎ去り、今やみんなの人気者だ。八兵衛《はちべえ》明神《みようじん》の使いを自称するが、その正体は謎に包まれている。なぜなら怪人だもの。

【玉川さん】

浦本探偵事務所で助手のアルバイトをしている女子大生。「週末探偵」とは、女子大生に向かない職業であろうか。残念なことに、その猛烈な意欲に反して、彼女の探偵助手としての能力はあやふやである。尾行の腕前はお話にならないし、しばしば道に迷うからである。しかし諸君、迷うべきときに迷うことも才能なのです。

【浦本探偵】

彼は世界でもっとも怠け者の探偵である。助手の玉川さんが呆れるほど、実益のある手を何一つ打たない人物だ。しかし、探偵として最も欠くべからざる領域において、彼は天才的手腕を発揮する。さて、彼の天才とは何だろうか？　快刀乱麻を断つがごとき推理力？　鬼神のごとき調査能力？　どんな悪漢も一撃で殴り倒せる腕力？　そうではない。答えはこの物語の中にある。

【恩田先輩と桃木さん】

恩田先輩は小和田君の職場の先輩であり、桃木さんはその恋人である。彼らの恋の駆け引きについては多くを語るまい。大切なのは、彼らが休日を徹底的に活用することに血道を上げている、ということだ。この物語は、彼らの「充実した土曜日の全貌」をめぐる物語でもある。

【後藤所長】

この人物が夜の街を歩けば、スキンヘッドが街の灯を反射してキラキラと輝き、道ゆく誰もがその怖そうな風貌に怯《おび》えるという。しかし彼は、小和田君が勤務する研究所の所長であり、「人類の進歩と調和」に日々貢献している人物なのである。たとえ大悪人に見えようとも、人を見かけだけで判断してはいけない。

【五代目】

自身がアルパカそっくりであることについて、彼はどう思っているのだろう。しかしそんな疑問は、この物語の本筋と関係がない。大切なのは、彼が某巨大組織の首領であるということだ。良い組織かもしれないし、悪い組織かもしれない。いずれにせよ、ひどく疲れる仕事であることだけはたしかである。

【山鉾《やまほこ》】

絢爛《けんらん》たる装飾をほどこされた山車であり、祇園祭《ぎおんまつり》の象徴的存在とも言える。ところで山鉾には「休み山」というものがあるそうだ。今は巡行に参加せず、復活のときを待つ山鉾のことである。そんな話を聞くと、奇妙奇天烈《きてれつ》な山鉾が誰にも知られないまま隠れているのではないかと妄想せずにはいられない。たとえば「狸山《たぬき》」とか。

【レストラン菊水】

四条大橋の東にある古風なビルディングである。もしこの建物が消えてしまえば、四条大橋界隈の風景はずいぶん淋しくなってしまうだろう。屋上ビアガーデンの赤い提灯《ちょうちん》が灯《とも》り始めると、夏が来たと感じられるのだ。そのビアガーデンで、探偵たちは土下座し、五代目も土下座する。なぜそこなのかは分からない。

【柳小路と八兵衛明神】

たとえ一度見つけたとしても、しばらくすると、どこにあったのか分からなくなる。柳小路も八兵衛明神も、それぐらい小さな存在だ。しかし、小さなものが見た目どおり小さいとはかぎらない。たった一日の休日が、過ごし方によって無闇に長くなる日もあるように。それにしても八兵衛明神とは、いったいどんな神様だろうか？

プロローグ　土曜日の男

むかしむかし。

といっても、それほどむかしではないのである。

京都の街に怪人が現れた。そいつは虫喰《むしく》い穴のあいた旧制高校のマントに身を包み、ステキにかわいい狸《たぬき》のお面をつけていた。

そんなかっこうをした人物が白昼に路地裏でうごうごしていたら、手間ひまを惜しまぬ正義の人は迷わず通報するだろう。勤勉な一般市民からの通報で鳴り止《や》まない電話に京都府警はおおいに困惑し、このことが怪人と警察との間に容易には埋められない溝を作った。とはいえ、そもそも怪人と警察は仲良くしないものである。

さて、皆さんはこう考えるにちがいない。

「怪人というからには悪事を働いてしかるべきだ。そうとも！」

はやまりたもうな。

怯《おび》える一般市民を尻目に、怪人は黙々と活躍を続けた。三条大橋《さんじょうおおはし》のたもとで泣いていた迷子を祖母のもとへ連れていってやり、夜更けの木屋町《きやまち》において全裸でベルトをふりまわす酔漢を打ち倒し、銃撃戦一歩手前の夫婦喧嘩《げんか》を仲裁した。

怪人は意外にも「いいやつ」だったのである。

○

そうと分かれば、人気は鰻《うなぎ》のぼりだった。

朝のイノダコーヒでは商店主たちが怪人の噂を耳打ちしあい、銭湯の脱衣場には怪人の活躍を報じた新聞記事の切り抜きが掲げられる。夜更けの先斗町《ぽんとちょう》では怪人の正体をめぐって酔漢たちが議論を戦わせ、新京極《しんきょうごく》の土産物《みやげもの》屋は軒先に怪人グッズをならべて観光客の懐《ふところ》を狙った。

怪人は一般市民の敵から頼れる正義の味方へと華麗に脱皮したのである。

沸騰する人気に目をつけたのが、朝日新聞社京都総局の記者である。どうやって手をまわしたのか知らないが、新聞社による異例のインタビューが敢行されたのは、怪人が京都に現れて約一年後、梅雨《つゆ》の雨が降り続く六月半ばのことだった。取材場所として怪人から指定されたのは四条通《しじょうどおり》の地下通路、大丸百貨店の地下ショーウィンドウ前である。

怪人が黒いマントを翻《ひるがえ》して姿を見せると、地下道を行き交う人々が唖然《あぜん》として足を止め、みるみるうちに人だかりができた。

記者に対して、怪人は次のように言ったという。

「我が輩は八兵衛明神《はちべえみようじん》の使いである」

新京極の商店街と河原町通《かわらまちどおり》の間、細かな路地が入り組んでいるあたりに、カレー店や呑《の》み屋が軒をつらねる「柳小路《やなぎこうじ》」という路地がある。吹き抜ける風に若い柳が枝を揺らすその路地に、大小さまざまな信楽焼《しがらきやき》の狸がみっちり置かれた祠《ほこら》があって、その昔この界隈《かいわい》の寺に棲《す》みついていた狸を祀《まつ》ったのだと言われている。この狸の神様こそ、怪人の言う「八兵衛明神」である。

記者は「あなたを何と呼べばよろしいですか？」と訊《たず》ねた。

怪人は胸を張ってこたえた。

「『ぽんぽこ仮面』と呼ばれることを希望する」

かくして、「ぽんぽこ仮面」の名は天下に轟《とどろ》いた。

しかし筆者が思うに、絶頂はつねに転落を連れてくる。そのインタビューこそが「ぽんぽこ仮面」の終わりの始まりであった。皆さんも、ためしに新京極に出かけてみるといい。大量のぽんぽこ仮面グッズが軒先のワゴンに売れ残り、二束三文の値がついている。祭りは終わった。

なにしろ――。

今となっては、ぽんぽこ仮面は珍しくもなんともないからである。

○

そのインタビューから一ヶ月後の七月十六日。

祇園祭《ぎおんまつり》の山鉾《やまほこ》巡行を翌日にひかえた、土曜日の朝である。

二十代後半の男女が三条大橋を渡っていく。

橋から北を見れば靄《もや》のかかった遠い山々が見えた。大きく翼を広げた鳶《とんび》が一羽、青く晴れ上がった夏空を滑っていく。銀色にきらめく鴨川《かもがわ》沿いに納涼床《のうりようゆか》がならんでいて、昨夜はマジックショーのステージのように輝いていたそれらも今はからっぽである。三条大橋を先に立って歩く男性を「恩田《おんだ》先輩」、後ろからのんびりついていく女性を「桃木《ももき》さん」と呼ぶことにしよう。

恩田先輩は橋の真ん中で振り返った。

「土曜日が始まる！」

そこで恩田先輩の表情が翳《かげ》った。

「でも……どうせまた、月曜日が来るんだもんな」

桃木さんは恩田先輩に寄り添い、ソッと腕に手をかけた。

「そんな淋《さび》しいこと考えないで」

恩田先輩は手帳を開いた。二人は橋の欄干にもたれて手帳を覗《のぞ》きこみ、これから始まる土曜日に想いを馳《は》せた。その手帳には、恩田先輩の溢《あふ》れだすインスピレーションをもとに、綿密に組み立てられた土曜日の行動計画がびっしりと書かれている。

じつのところ、彼らはこの物語の主役ではない。

ならば、どうして彼らから話を始めるかというと、筆者はこの物語を、全体として「充実した土曜日の全貌」というふうにしたいと願っているからである。読者の皆さん、ご覧ください。この三条大橋に立つ男女には、いかにも「充実した土曜日を約束された人間」のオーラ的なものが漂っているではないか。

桃木さんは欄干から身を乗りだして、がらんとした納涼床を眺めた。

「昨日、所長さんの送別会をしたのはどこ?」

恩田先輩は納涼床の一つを指した。「たぶんあれかな」と言ってから、ふいに甲高い声をだした。「充実した土曜日の朝は、熱い珈琲《コーヒー》とタマゴサンドウィッチから始まる」

「なあに、それ?」

「所長の真似《まね》だよ」

「へんなの!」

「所長はどうしたかかな。昨日の送別会も行方不明者続出で終わった。主賓が勝手に姿を消すんだもんなあ。狸に化かされたみたいなもんだよ」

そこまで言って、恩田先輩はふいに欄干から身体《からだ》を起こした。「ちょっと待ってくれ！」と手を挙げた。「今、唐突に俺の脳にナイスなアイデアがひらめいたぞ。聞いてくれる？」

「聞かせて聞かせて」

「八兵衛明神にお参りしていこう」

桃木さんは菩薩《ぼさつ》のように微笑《ほほえ》んだ。

「ホントにもう、ステキなことを思いつくのね！」

恩田先輩は手帳に「八兵衛明神」と書き入れる。

二人は三条大橋を西へ渡って河原町通まで出、南に折れて歩いていった。まだ開店前で、朝の街はひっそりとしていた。

「小和田《こわだ》さん、無事に帰れたのかしら」

「彼はどんなことがあっても大丈夫」

「無責任なこと言ってる！　あなたが置いて帰っちゃったんでしょう？」

「彼のまわりはいつも天下泰平だよ。なにごとにも動じないし、お地蔵さんみたいに頑丈だし、狸みたいに怠け者だし……」

河原町OPA《オーパ》の脇にある路地を抜け、柳小路へやってきた。信楽焼の狸たちがみっちりならんだ社《やしろ》の前で、二人は賽銭箱《さいせんばこ》に賽銭を入れ、手を合わせた。桃木さんが「なむなむ」と呟《つぶや》くと、恩田先輩は「何をなむなむ言ってんの？」と言った。

「万能のお祈りの言葉なのよ。なむなむ」

「なむなむ、なむなむ、なむなむ」

「何遍も言う必要はないのよ」

目を閉じて祈ったあと、恩田先輩は「行こう」と桃木さんの手を引いて歩きだした。

「何をお祈りしたか教えてくれるかい？」

「鼻血が出るほど充実した週末が過ごせますようにって」

「それはすばらしい。……俺はね、『ぽんぽこ仮面に会えますように』と祈ったんだ」

「なにそれ。すごくいい」

「前はサインをもらい損ねたから、次こそはもらおう。……くれると思う？」

「くれるわよ。ぽんぽこ仮面は誰にでも親切な怪人なんだから」

そこで恩田先輩は立ち止まり、手帳を開いて「色紙を買う」と予定表に書き入れた。

そして彼らは柳小路から歩み去った。

○

さて、充実した土曜日を目指す男女を見送り、我々は柳小路にとどまろう。

八兵衛明神の向かいに一軒の煙草屋《タバコ》がある。

その煙草屋の二階で、ひとりの男が眠りこんでいた。年齢は三十歳過ぎ、派手な柄のシャツを着て、無精髭《ぶしょうひげ》を生やしていた。枕元には「テングブラン」という古風なラベルの貼られた酒瓶、『名探偵の条件』という古びた単行本、小さなカメラや黒革の手帳、吸い殻でいっぱいになった灰皿がある。布団のまわりには、齧《かじ》りかけの菓子パンやコンビニの袋が散らばっていて、部屋の隅にある黒い扇風機がキリキリと音を立ててまわるたびに、それらが生き物のようにざわめいている。

彼は浦本《うらもと》という私立探偵である。

この一週間というもの、浦本探偵は蒸し暑さを増す四畳半で張りこみを続けてきた。ぽんぽこ仮面の正体を摑《つか》むためである。ぽんぽこ仮面は「八兵衛明神の使い」と自称している。「そんなら八兵衛明神を見張ってみようや」という単純な発想で、推理と呼ぶのも憚《はばか》られる当てずっぽうである。ぼんやりと二階から柳小路を見下ろしていても、目撃できたのは八兵衛明神にお参りする一般市民の姿ばかりであった。

「いいんだ。潮が充《み》ちるのを待っていればいい」

浦本探偵は悠然とかまえていた。

「とはいえ、張りこみは続ける必要がある。依頼人が納得しないからな」

彼は四畳半に腰を据え、大岩のように座った。あえて無精髭をのばして「働いている感」を演出し、じりじりしながら週末を待った。週末になれば、やる気に充ち満ちた助手と交代できる。探偵という不規則な仕事だからこそ、きちんと休むことが彼のポリシーなのだ。そしてついに待望の金曜日の夜がやってきたので、煙草屋のおばあさんから譲りうけたアヤシイ酒で酔い潰れ、今朝に至るというわけである。

ふと目を覚ますと、漬け物石みたいにふてぶてしい猫が胸にデンと座っていた。

浦本探偵は怒った。

「このでぶでぶのでぶ猫め！　猫汁にしてやるぞ！」

そのとたん、血相を変えた煙草屋のおばあさんが寝間着姿のまま、二段飛ばしで階段を駆け上がり、探偵の脳天に箒《ほうき》を叩《たた》きこんだ。

かくして探偵は朝の路上に追いだされた。

数日来降っていた雨は上がり、雲一つない空は真夏の青さだった。彼は思いきり背を伸ばし、休日の朝の空気を胸いっぱいに吸いこんだ。助手がやってくるまでは少し時間があるけれども、心はすでに休日の計画でいっぱいになっている。彼は八兵衛明神に手を合わせてから歩いていった。

タクシーがぽつぽつならぶ河原町通を渡り、呑み屋の看板でゴタゴタした路地を抜けて木屋町へ出てみれば、酔漢たちが生み出す深夜の狂乱は潮が引いたように消え失《う》せている。高瀬川《たかせがわ》を覆うように枝を伸ばした木立からは、少年時代の夏休みがふと恋しくなるような蟬《せみ》の声が響いていた。

「諸君、土曜日だ」

探偵は誰にともなく呟いた。

○

浦本探偵事務所は、室町通六角《ろっかく》上ル烏帽子屋町《えぼしやちょう》の雑居ビル三階にある。

二週間ほど前のことであった。

曇天の蒸し暑い昼下がり、浦本探偵は街角の屋台で買ってきた新福菜館のやきめし弁当をむしゃむしゃ食べ、事務所の窓から室町通を見下ろしていた。そのとき、一階にある理髪店の前に不気味なリムジンが乗りつけてきた。まるで高級な仏壇のように黒光りしていて、開いたドアからは暢気《のんき》なハワイアンが流れだした。階段をのぼってきて事務所のドアをノックしたのは、アルパカそっくりの男であった。

浦本探偵事務所はそれなりに名を知られている。ただし、この探偵が社会的大事件を解決したという話は聞かない。むしろ、どこで拾ってきたのか分からないへんてこな事件ばかりを扱いながら、到底成り立つはずのない経営を奇跡的に成り立たせているということが関心のマトなのだ。

妙な名声は、妙な依頼を呼ぶ。

アルパカ男は白い麻のハンカチでソファの埃《ほこり》を拭って座り、事務所内を見まわした。書類棚に無造作に立てかけてある額入りの「探偵業届出証明書」を一瞥《いちべつ》した。証明書には味噌汁《みそしる》をこぼした染みがある。

自己紹介によると、その男は新橋通《しんばしどおり》に店をかまえる骨董商《こっとうしょう》であるという。

「知人から紹介されましてね」と骨董商は言った。「妙な問題を解決することにかけては、他の追随を許さぬそうですな」

「なにしろ妙な依頼ばかり来るものですから」

「けっこう」

その謎めいた骨董商の依頼が、「ぽんぽこ仮面の身元調査」だった。へんてこではあるものの、法律に触れる心配はなさそうだ。アルパカ男は成功報酬を値切ろうともせず、調査委任の契約書に慌ただしく記入し、来訪時と同じように唐突にリムジンに乗って帰っていった。

報告期限は今日、土曜日の夜だった。

「しかしねえ」

高瀬川の並木沿いに、探偵はぶつぶつ愚痴をならべていく。

「せっかく活躍している正義の味方の正体を暴いたところで、いったい誰の得になるのかね。よけいなことをしなさんなって話だな」

よほど切羽詰まっているのか、依頼人からは「経過を報告しろ」と矢の催促である。そのたびに浦本探偵は「当事務所の総力を挙げて取り組んでおります」と、のらりくらりとかわしてきた。しかし、事務所に所属する探偵は彼のみであり、ただひとりの助手も週末だけのアルバイト、総力を挙げたところで知れたものである。

高瀬川沿いに歩いていくと、やがて立誠《りっせい》小学校が見えてきた。戦前に建造されたコンクリート校舎はくすんだ茶色である。高瀬川にかかる小橋の向こうに、校庭へ通じる門が見えた。

なにげなく校庭を覗いた探偵は、ギョッとした。

校庭の真ん中には小学生用の椅子がぽつんと置かれていて、一人の青年が窮屈そうに座って縛られている。年齢は二十代半ばぐらい。半袖のシャツもズボンもよれよれで、髪はぼさぼさである。酒精に惑わされて一夜を棒に振ったのだろうと見当がつく。

その青年の前に、奇怪な人物が立っていた。初夏だというのに真っ黒なマントに身を包み、狸の面をつけていた。砂埃を巻き上げる風がマントの裾をはためかせている。

探偵は大きく溜息《ためいき》をついた。

「ああ、コンチクショウ。せっかくのお休みが……」

そのとき携帯電話が鳴った。

「浦本さん、今どこにいるんですか？」と不機嫌そうな声がした。

「あ、玉川《たまがわ》さんかい。煙草屋に着いた？」

「どうして勝手に持ち場をはなれるんですか？　ちゃんと引き継ぎをしてください」

「おばあさんに追いだされちゃってさ」

「聞きましたよ。おデブちゃんをいじめたんでしょ？　それは浦本さんが悪いです。とにかくですね、張りこみをすると決めたんだったら、ちゃんと張りこみしてもらわなくっちゃ……」

探偵は校庭の怪人に目をやり、助手の言葉をさえぎった。「悪いけどさ、今から木屋町まで来てくれない？　立誠小学校の校庭なんだが」

「張りこみはどうするんですか？」

「それよりもこっちに来た方が早い。……ここにいるんだぜ」

「え？」

「ぽんぽこ仮面はここにいる」

彼がそう言ったとたん、助手は何も言わずに電話を切った。

「さて、間に合うかな……」

探偵は校庭を覗き、あくびをしながら呟いた。

○

立誠小学校の校庭で、青年は眠りから目覚めた。

あたりは冷え冷えとし、すがすがしい夏の空が広がっている。自分がどこにいるのか分からない。身体が動かないのは、小さな椅子に頑丈な紐《ひも》で縛りつけられているためらしい。

彼は、目の前に立っている怪人に気がついた。不気味な黒いマント、ぼさぼさの髪、そして狸のお面。そのお面は節分の日に豆まき用の豆を買えばもれなくオマケについてくるような安っぽい作りで、両脇についたゴムで耳にかける仕組みになっている。

彼は溜息をついた。「また、あなたですか」

「おはよう、小和田君」

怪人が堂々たる声で言った。

「昨夜はいささか飲み過ぎたようだな」

◯

ようやく主人公が登場した。

つまり、物語はここから始まる。

第一章　ぽんぽこ仮面と週末探偵

「冒険」とは何だろうか。

辞書的な意味では「危険をおかして行うこと」である。

しかし小学生の頃、筆者にとって「冒険」とは、『シャーロック・ホームズの冒険』の「冒険」であった。名高い探偵の冒険譚《ぼうけんたん》を通して、筆者は「冒険」という言葉の漠然とした印象を得たのである。それはかっこいいものであり、わくわくするものであった。その一方で、どこか牧歌的で安心感があり、休日の朝のピクニックに似ていた。

実際、筆者は危険をおかして何かを行うことを好まない。嫌っている、と言っていい。

筆者が大冒険をするところは、映画館の座席にかぎられている。上映が始まるや否や主人公が危機的状況に陥り、観客は手に汗を握り、そこに謎めいた美女が登場して謎めいたことを言い、主人公は鋭敏な頭脳を働かせて危機を切り抜け、観客がホッとしたのも束《つか》の間《ま》、ふいに爆発が起こったり、自動車が橋から落っこちたり、宝の地図が奪われたり、美女が奪われたり、美女を奪い返したり、いろいろなことがあった挙げ句、美女と主人公が接吻《せっぷん》して終わる、だいたい似たり寄ったりの作品、つまりは冒険活劇である。それでいいのだ。大冒険は銀幕にまかせておけばいい。

小冒険を嗤《わら》う者は小冒険に泣く、という言葉がある。

○

もちろんその青年、小和田《こわだ》君は、小冒険を嗤うような人物ではなかった。筆者と同じく、むしろ小冒険を愛する人だった。大冒険は敬して遠ざけるぐらいがちょうどいい。そして狸《たぬき》のお面をつけた怪人が飛び跳ねる世界は大冒険の分野に入る。

爽やかな朝の風が、怪人の黒マントを揺らし、小和田君のぼさぼさ髪を揺らしている。大冒険の申し子「ぽんぽこ仮面」が目の前にいる。ひんやりした風に吹かれているうちに、小和田君は状況が呑《の》みこめてきた。「あなたにも困ったものだなあ」と言った。

「君が跡を継いでくれるまで、我が輩は何度でもやってくる」

「善良な一般市民を縛るなんて、これはちょっと迷惑な話ですよ」

「そうしないと逃げるじゃないか、君は」

「なるほど。一理ある」

「これまでさんざん逃げたろう。逃げ足の速さは認めよう」

ぽんぽこ仮面は小和田君を急《せ》かせるように手を振った。

「そろそろ返事を聞かせてもらいたい。どうかね、決心はついたかね？」

「お断りです！」

「君も頑固な男だな」

ぽんぽこ仮面は身をかがめ、ぺらぺらのお面の向こうから小和田君を見た。

「いいだろう、気に入った。その根性に敬意を払おう。……その筋金入りの根性を、世の人々の役に立てたいとは思わないか？」

「また同じ話の繰り返しだよ」

小和田君は溜息《ためいき》をついた。「多忙だからダメだと何度も言ってるでしょう」

「君は無趣味だし、恋人もいない独身だし、比較的ヒマなのではないかね？」

「ちょっと待ちなさい」と、さすがの小和田君もムッとした。「なめてもらっちゃ困るな。あなたは僕がどんなに怠け者かご存じないくせに」

「若人よ、怒りたもうな。言い方が悪かった」

ぽんぽこ仮面は両腕を広げて空を見上げた。

「我が輩はぽんぽこ仮面だ。街の人々を助ける正義の怪人。みんなが喜ぶスバラシイ仕事。これはただの人助けではないのだよ。善意を信じる力を取り戻した人々の喜びが、我が輩の魂をも救うのだ。今やどれだけ大勢の人々が応援してくれていることか。世界が私に味方する！」

「ずいぶん楽しそうですね」

「楽しいとも。楽しくてしょうがない。君も味わってみるがいい」

「でも、ちょっと怠けたくなったりしませんか？」

「何を言うのか。そんなことは一切ない」

ぽんぽこ仮面はマントを払って断言した。

しかし小和田君が猜疑心《さいぎしん》に充《み》ちた声で「本当ですかねえ」と言うと、怪人は「……たしかにまあ、世の中にはタチの悪い怠け者がいるからな」と認めた。

「粗大ゴミを捨てる手伝いとか、息子の宿題とか、切符の予約を頼まれる。手伝ってあげたいのはヤマヤマなれど、いくらなんでもそれは自分でやれ、そう思うことはたしかにある。ヌケヌケとそんなことを頼んでくる図々しい輩《やから》には、湧き上がる怒りをグッとこらえてだな……いや、これは失言、我が輩は正義の怪人、怒ったりはしないよ。愛すべき街の人々に対して怒るなんて、そんな」

小和田君は「やっぱりお断りです」とキッパリ言った。

「まあ、まあ、小和田君！　待ちたまえ！　早まりたもうな！」

ぽんぽこ仮面は小和田君の前で哀願するように合掌した。

「君は自分に嘘をついている。怖がってるだけだよ。本当は正義の味方になりたいんだろ？　そうだろ？　なりたくてたまらないのさ。そうに決まってる」

小和田君は黙っている。

「人間は自分が真に求めていることに気づかないものなのだ。真実の君は、新たな一歩を踏みだそうとして、今まさに葛藤している。その苦しみは分かる、よく分かるぞ。我が輩もそうだったからな。その葛藤を乗り越えたとき、君は一皮剝《む》けたイイ男になるわけだ。こんな狸の怪人を世間に受け容《い》れてもらうのに、どれだけ苦労したと思う？　しかし我が輩にもいろいろと個人的な事情があってな、もうこの副業を続けられなくなる。だからといって、せっかくのぽんぽこ仮面をこのまま引退させてしまうのは惜しいではないか？　惜しいと思うだろう？」

しかし小和田君は地蔵のように黙っている。

ぽんぽこ仮面は呟《つぶや》いた。

「……頑固な男だな」

○

あるきっかけで出逢《であ》って以来、ぽんぽこ仮面はことあるごとに小和田君に接触を図り、そのたびに「跡を継げ」と迫ってきた。小和田君は頑《かたく》なに断ってきた。いったい何度、同じやりとりを繰り返したことであろう。

小和田君は地蔵のように黙りこみ、次のようなことを考えた。

「正義の味方というからには、まず悪の組織に対抗できるだけの『マッソウ』すなわち筋肉がなくてはならない。しかし僕の腕を見たまえ。笹かまぼこみたいに繊細だ。こんなマッソウで、どうやって悪の手先をねじ伏せることができようか！　……貧弱なら鍛えればいいだって？　何を言っておるのか。筋肉的課題を脇に置いても、精神的課題が残っている。たしかに僕は清廉にして潔白な男である。やさしいところもある。だから悪人とは言えない。しかしだ、ここが肝心なところだが、とりわけ善人というわけでもないのだ。さらに正直に告白すれば、僕は美女に弱い。独身寮にある愛すべきパソコンが桃色データの負荷に耐えかねて、やけに発熱するようになってしまった、どうしてくれよう。そんな正義の味方があるものか。色白で豊満な肉体をもった悪女がすりよってきたら、あっさり悪の側に寝返るのが見えている」

だから小和田君は黙っていた。

ぽんぽこ仮面は溜息をついた。

「我が輩も忙しいのだ。君と言い合いをしている時間はないのだがな」

そのとき、ざっざっざっと砂を踏んで駆ける音が聞こえてきた。

ふいに甲高い声が響いた。

「ぽんぽこ仮面、つかまえた！」

怪人がくぐもった悲鳴をあげてよろめく。

見れば、怪人の胴体に、若い女性が背後からシッカリとしがみついていた。ぽんぽこ仮面と女性は妙ちくりんな形で再会を喜び合う男女のように、校庭でくるくると回転した。彼女は細身の身体《からだ》を軽々と振りまわされて、足が地面から浮きかかる勢いである。

「つかまえた！　つかまえた！」

彼女は小和田君に叫んだ。「手伝って！　手伝って！」

「オジョウサン、そいつは無理な相談だ」

小和田君の身体を縛っている黒と黄のまだらの紐《ひも》は、悪魔の臍《へそ》の緒《お》のように頑丈だった。彼がボンヤリとして、対岸の火事を高みで見物していたら、怪人と女性の複合体が独楽《こま》のようにぐるぐるまわりながら、不吉な速度で近づいてきた。「どうか、どうか、向こうでおやりください！」という渾身《こんしん》の祈りもむなしく、一閃《いっせん》した彼女の脚が彼の脇腹をしたたかに打った。小和田君は椅子もろとも横ざまに倒れて悶絶《もんぜつ》した。「僕が何をしたというのか……」

若い女性は振りほどかれて校庭に転がった。目がまわって立ち上がれないらしい。Tシャツがめくれて、美しい臍が満天下にさらされていることも意に介さず、天空を睨《にら》んでハアハア言っている。ぽんぽこ仮面もまた三半規管に甚大な被害を被《こうむ》り、見るも無惨なよちよち歩きである。そして小和田君は、脇腹にくらった悪夢的一撃からゆるやかな回復の途上にある。朝の校庭は死屍累々《ししるいるい》であった。

「ここは、ひとまず、撤退、する、が、とにかく、覚悟を。また、会おう」

ぽんぽこ仮面は喘《あえ》ぎながら言い、よちよちと去っていった。

あとには寝転んで空を見上げる女性と、小和田君が残された。脇腹の痛みが薄らぐのを待ってから、小和田君は「おうい」と声を出した。「大丈夫ですか？」

女性はむっくりと上半身を起こした。

「……逃がしちゃった」

彼女は眉をひそめて呟き、おとなしいボンレスハムのように転がっている小和田君を見た。「手伝ってくれないんですもん。私だけでぽんぽこ仮面を捕まえられると思ってるんですか？」

「大丈夫ですか？　血がついてますよ」

「興奮すると鼻血が出ちゃうんです」

彼女は立ち上がり、校庭に転がっていた帽子とヴァイオリンケースを拾い上げた。橙色《だいだいいろ》のTシャツを着てジーンズを穿《は》き、髪は短く切っている。帽子は『レ・ミゼラブル』に登場する浮浪児みたいで、ヴァイオリンケースは古道具屋の店先から持ってきたかのような年代物である。金魚柄の手拭いで鼻血を拭ってから、彼女は現代美術の作品を鑑賞するように、椅子ごと倒れている小和田君のまわりを歩いた。眉をひそめ、「がんじがらめじゃないですか」と感想を述べた。

「そうですよ。早くほどいてください」

「悪いことでもしたんですか？」

「まさか」

「……ふむ。悪いことをする器量はなさそうね」

数分後、小和田君は自由の身となった。彼は思いきり伸びをして、朝の空気を吸いこんだ。烏《からす》が校舎の屋上で鳴いているのが聞こえた。そうして彼が自由になった喜びを全身で味わっていると、そばに寄ってきた女性がふいに耳元で囁《ささや》いた。「ぽんぽこ仮面の跡を継ぐんですか？」

小和田君はアッと驚いて、彼女の顔をまじまじと見た。「聞いてたんですか？」

「聞くつもりはなかったけど、聞いてしまいました」

「それは困る。忘れてください」

「忘れられるかしら。興味深い話ですもんねえ」

「だいたい僕は継ぎませんから」

「どうして？」

「誰が好きこのんで正義の味方なんか。僕は断固として僕の休日を守り抜くんだ。怠けるためならなんでもする」

彼女は小さな声で「あきれた！」と呟いた。

小和田君は彼女に「あなたはどうしてぽんぽこ仮面を捕まえようとしていたの？」と訊《たず》ねたが、「企業秘密です」と、とりつく島もない。「そんならよし」と小和田君はあっさり納得した。

「今朝のことは、お互いに忘れるということで、ひとつよろしく。ところで……ここはどこです？」

「何を言ってるんですか。木屋町ですよ」

「酔っぱらってたから、ここに来るまでの記憶がないんです」

「あきれた！」

小和田君は腕時計を見て口をすぼめた。

「おや、もう八時半だ。のんびりするなら急がねば。では、ゴキゲンヨウ」

このような乱暴な幕開けも、週末をのんびり過ごすことを決意した小和田君を凹《へこ》ませることはできなかった。この頑丈な「怠惰への意志」に、我々は高貴なる怠け者の姿を見なければならない。

かくして小和田君はそそくさと謎めいた女性と別れ、熱い珈琲《コーヒー》とタマゴサンドウィッチから始まるのんびりした休日を求めて旅立ったのだが、皆さんが想像される通り、のんびりした休日を手に入れるための戦いはまだ始まったばかりであり、小和田君とその謎めいた女性は「非運命的に」再会することになる。

○

小和田君は某化学工業企業の研究員である。

大学院を卒業して勤めだしてから、まだ二年目である。

彼が働いている新素材研究所は、近鉄京都線の向島《むかいじま》駅から西に広がる田園地帯にある。研究所の窓から外を見ると、世界はあたかも田んぼと工場と京滋《けいじ》バイパスだけでできているように見えた。遠くにはAEON《イオン》が見えたが、まるで魔術師の住む塔のように霞《かす》んでおり、はたしてその地には本当にAEONがあるのか、誰にも確信が持てなかった。研究員たちの間では、まだ実験的に裏付けが取れていない希望的観測のことを指して「まるでAEONのような」という表現が使われていたほどである。

研究所には、ちょうど大学の研究室のようにいくつもの研究チームがある。室長の指揮のもとで小和田君が従事しているのは、食品用フィルムの開発であった。代表的な例を挙げるとすれば、読者の皆さんが電子レンジで昨日のカレーの残りをあっためるときに器にかぶせるものである。ああいうふうなものを想像していただくと分かりやすい。研究の成果によっては、室長が交代させられたり、別の研究チームによる吸収合併が行われたりするわけで、無機質でひんやりとした研究所内でも静かな弱肉強食の争いが繰り広げられているのだが、小和田君は毎日おのれの任務を果たすことに精一杯であるから、まだそういった事情に詳しくない。淡々と測定装置の蒸留水を入れ替えたり、さまざまな薬品を混ぜ合わせたり、試作したフィルムを接着剤でくっつけたり剝がしたりしているばかりである。

小和田君の日常は、同僚たちをして「田んぼのタニシと良い勝負」と言わしめるほど静謐《せいひつ》だった。研究所の敷地内にある独身寮で寝起きし、平日は朝から晩まで研究所で仕事をしているし、週末も寮で勉強するか寝そべっている。恩田先輩に誘われないかぎりは出かけない。夜には研究所の外に広がる真っ暗な田園地帯を散歩して、天空の星々を漫然と観察し、京滋バイパスのオレンジ色の明かりがつらなっているのをポカンと眺めた。そして独身寮の一室に戻れば、缶ビールを飲みながら「将来お嫁さんを持ったら実現したいことリスト」を念入りに改訂して夜更かしをした。

朝早くに目が覚めたときには、宇治川《うじがわ》の堤まで自転車で走っていった。資材置き場の塀沿いにある自動販売機で缶コーヒーを買い、田んぼの中をのんびり走っていく。宇治川にかかるトラス橋を渡っていく近鉄電車と、彼岸《ひがん》に異世界のように広がる伏見《ふしみ》桃山《ももやま》の街を眺めながらコーヒーを飲むのが、彼の大きな楽しみの一つだったのである。

缶コーヒーのもたらす小さな幸せについて、小和田君が熱弁をふるっていたら、恩田先輩は彼の肩を優しく叩いたものだ。

「分かった、分かった。あまり思い詰めるなよ」

「思い詰めてるわけではないですけど」

「いいからいいから。俺には分かってる。分かってるよ」

このように恩田先輩は、なにくれとなく気にかけてくれるのだった。

○

恩田先輩は小和田君と同じ研究チームに所属し、二年先輩にあたる。馬に似て、馬を愛する人であり、昼休みには食堂でしばしば「競馬ブック」を読んでいる。恩田先輩にとって、小和田君は初めて持った後輩であり、適切に指導してやるべき存在である。

小和田君は京都のことをほとんど知らなかったが、恩田先輩は京都市内にある大学の出身で、「京都のことなら俺にまかせろ」「京都の怪人はたいてい知り合い」と豪語していた。恩田先輩も独身寮の住人だが、恋人の桃木さんが京都市内に住んでいることもあって、週末に寮にいることは少ない。

恩田先輩は小和田君に、独身寮を出て街中に引っ越せと盛んに勧めた。

「そこを我々の前線基地としよう」

「そいつはおことわりです」

「ずっと独身寮に籠《こ》もってたら腐っちまうぞ」

「独身寮をウイスキーの樽《たる》みたいなものと考えてください。僕は自分を熟成させているわけです。おいしくなってやりますよ」

「屁理屈《へりくつ》言ってら！　ぐずぐず言ってないで週末を拡張しろ」

恩田先輩は週末に目一杯予定を詰めこむ人だった。

小和田君は恩田先輩に連れられて、闇鍋の会に参加し、謎めいた青年実業家の赤いスポーツカーに乗せられて銭湯めぐりをし、出町《でまち》商店街の七夕祭へ行き、祇園の鰻《うなぎ》屋で怪物的な鰻の蒲焼《かばや》きを食べ、法輪寺と吉田神社の節分祭をさまよった。

小和田君は谷川で念入りに冷やした地蔵のように落ち着いている。どんな冒険に連れだされても変わらない。真夜中に南禅寺の水路閣に登り、闇の中を四つん這《ば》いになって進む時さえ平気な顔をしていて、これには恩田先輩も呆《あき》れたものである。

「小和田君よ、君はワクワクすることがないのか？」

「ちゃんとワクワクしてますよ……ほら、尻がむずむずしている」

「尻がむずむずするぐらいが、なんだい」

恩田先輩は闇の中で四つん這いになったまま振り返り、小和田君の顔を懐中電灯で照らした。「なあ、『転がる石に苔《こけ》はつかない』という言葉を知ってる？」

「知ってます」

「つまり、そういうことなんだ。分かるだろ？」

「……もっと苔をつけて、やはらかくなります」

「おいおい、お地蔵さんじゃないんだから」と恩田先輩は溜息をついた。「いいかね？我々には冒険が必要だ。漫然と時間の流れに身をゆだねているのはダメなんだ。ただただマジメに仕事をしていれば報われるってもんじゃないんだよ、人生は」

「そんなことはない。マジメがいちばん」

小和田君はぷつぷつ言った。「恩田さんが言うのは、所長の理論の受け売りでしょう？」

「受け売りだとも。でも、所長には我々より人生経験がある」

「経験と真理に何の関係があるんです？」

「屁理屈言ってら！」

恩田先輩はそれから、ひとしきり黙って闇の中を琵琶湖疏水《そすい》沿いに進んだ。ふいに動きを止め、ジッと前方を窺《うかが》った。「不気味だな。本当に何も見えない」と言った。

「一寸先は闇です」

「引き返してもいい」

「進んでもいい」

「しかし、もう我々も立派な社会人だしな。……どう思う？」

恩田先輩は冒険の中止を宣言した。

僕は人間である前に
怠け者です

森見登美彦

○

小和田君がぽんぽこ仮面と出逢ったのも、恩田先輩との冒険がきっかけだった。

発端は、北白川の瓜生山《うりゅうやま》にある「白幽《はくゆう》」というラーメン屋である。

下界の生活に見切りをつけた「ラーメンの鬼」が十年間もの長きにわたって瓜生山の洞穴に籠もり、白幽子《はくゆうし》という仙人が残した教えに基づいてラーメン道を究《きわ》めた。はるかに世俗を超越してまでなぜそんなにもラーメンにこだわるのかという当然の疑問はさておき、粗末な山小屋でそのラーメンを食べれば、まろやかなアブラがふわりと口中に広がり、得体の知れない山の幸に由来する旨味《うまみ》が森の木々のざわめきのように湧き上がる。客はスープの最後の一滴を飲み干すまで、下界の記憶を失うという。

というようなことを居酒屋で恩田先輩が恋人に語って聞かせた。しかし、京都市下京区《しもぎょうく》に事務所を置く特許事務所の職員、桃木さんは笑って信じなかった。

「それは嘘だわ。嘘つき！」

彼女は事務能力と包容力を奇跡的な高みで一致させた希有《けう》の人で、小和田君はひそかに「デキる菩薩《ぼさつ》」と呼んでいたが、何かの拍子で些細《ささい》なことにこだわり始めると断固譲らないという頑固さがあった。幻のラーメン屋の噂の真偽をめぐる応酬が続くうちに、対立はいっそう深刻になり、酔った桃木さんは「あなたはいつもイイカゲンなことばっかり言う！」と叫んで酒瓶を薙《な》ぎ倒し、恩田先輩は「俺の言ってることがどうして信じられないの？」と涙目になった。常日頃、嘘か本当か分からないことを真面目な顔で吹聴《ふいちょう》している彼にも罪があると筆者は思うが、ようするに二人とも呑《の》み過ぎたのであろう。

翌日、恩田先輩は研究所の食堂で食事をしながら言った。

「そういうわけで今週末、ラーメン屋を探しに行くんだよ」

「それはご苦労さまです」

小和田君が言うと、恩田先輩はテーブルに置いた「競馬ブック」を指でトントン叩いた。「おいおい、何を他人事《ひとごと》みたいに。君も行くんだぞ」

「どうして僕がお二人のデートについていくんです？」

「デートだと？　暢気《のんき》なこと言ってら！　下手をすれば戦争だ」

「戦争に巻きこまれるのはいやです」

「だから君を誘ってるんじゃないか。君が一緒にいると、なんとなく場の雰囲気が真剣味の欠けたものになるだろ？　そうすると、我々もケンカする気が失せるわけだよ」

「なるほど。一理ある」

「だから君も予定に入れといた」

そういうわけで、彼らは近鉄電車と地下鉄烏丸《からすま》線を乗り継いで四条烏丸まで出て、そこから北白川の日本バプテスト病院前までバスに揺られたあと、瓜生山の森へ入っていった。道中、数日前に新聞社のインタビューを受けたという「ぽんぽこ仮面」の話題でもちきりだった。

手っ取り早く結論を言えば、人里を離れた山奥で彼ら三人が見つけたものは、かつてラーメン屋であったこともあるかもしれない小さな廃墟《はいきょ》だった。トタン屋根は薄汚れ、丸太で作られたテーブルは草に埋もれている。イノシシを丸ごと茹《ゆ》でられそうな大きな鍋が一つ見つかった。幻のラーメンを食べることはできなかったものの、薄汚れた木彫りの看板に「白幽」という字を読むことができたので、かろうじて恩田先輩の面目は保たれたのである。

若い恋人たちの破局の危機が回避されたあとにはよくあることだが、恩田先輩と桃木さんの絆《きずな》は露骨に深まった。謝罪の言葉を交わしたあとは二人の世界に立て籠もり、小和田君のことなど眼中にないらしい。さすがの小和田君も辟易《へきえき》し、帰り道では二人と距離を取ろうとした。彼が二人とはぐれて、道に迷ってしまったのはそのためである。

小和田君は日の暮れかかる山中でポカンと立ちつくした。

「やれやれ、どうしたもんかな？」

あくまで慌てなかった。

そこに現れたのが、ぽんぽこ仮面だった。

「何かお困りかな？」

薄暗い山奥で異様な風体《ふうてい》の男に出逢い、さすがの小和田君も「おやまあ！」と思った。しかしぽんぽこ仮面の噂はさんざん聞いていて、その怪人が異様な外見に似合わず親切だということも知っている。小和田君が事情を説明すると、ぽんぽこ仮面は頷《うなず》いた。

「ついてきたまえ。このあたりは我が輩の修行場で、言うなれば庭のようなものである」

そして二人は森を歩いていった。山道を歩きながら、小和田君は研究所の生活について語り、ぽんぽこ仮面は正義の味方としての活躍を低い声でぽつぽつと語った。

「正義の味方もたいへんですね」

「しかし、やりがいはある。……やりがいはあるのだ」

まるで自分に言い聞かせているような口ぶりだった。

ふいに、ぽんぽこ仮面は「跡を継いでみる気はないかね？」と言った。

「まさか。冗談でしょう」

「どうかな、それもまた一つの選択肢だ」

二人は森の闇を抜け、山中越《やまなかご》えとおぼしき府道の脇に出た。泥のように疲れていた。

ぽんぽこ仮面も言葉少なである。京都市街に向かって道路をくだっていくと、黒々と盛り上がる森の谷間に、「北白川ラジウム温泉」の看板が幻の里の明かりのように浮かび上がった。

「こんなところに温泉がある」

「では小和田君、ごきげんよう。例の件について考えておいてくれ」

彼が慌てて振り向くと、ぽんぽこ仮面の姿はなかった。小和田君はきょろきょろとあたりを見回し、呼びかけてみた。「他をあたってくれませんか。……そもそも、どうして僕なんです？」

「正義の味方になるのに理屈がいるかね」

森の中を怪人の声が遠ざかっていく。

「直感だよ、直感。我が輩にはピーンときたのだ。君ならやれる、やるべきだと」

ヘッドライトを眩《まぶ》しく光らせて、京阪バスが府道を通り過ぎた。

小和田君は呆然《ぼうぜん》と佇《たたず》んでいたが、あまりに疲れていて考える気力も湧かず、北白川ラジウム温泉で疲れを癒してから帰ることにした。湯気の立ちこめた浴場に入っていくと、タイルに白い湯の花のこびりついた浴槽で、上機嫌で尻を振りながら歌っている先客がいた。

「恩田さん、なにをやってるんです？」

先輩は振り返り、満面の笑みを浮かべた。「小和田君！　生きててよかった！」

「置いてけぼりはひどいです」

「とりあえず一風呂浴びてから、どうするか考えようと思ったんだ。言っておくけど、見捨てたわけじゃないよ。そこは勘違いしないでおくれ」

その後、桃木さんが燦然《さんぜん》と輝く湯上がり姿となって出てくるのを待ってから、彼らは京阪バスに乗って北白川ラジウム温泉を後にした。小和田君はぽんぽこ仮面のことは黙っておくことにした。面倒臭いことになりそうだったからである。

河原町通で夕食を食べる場所を探しているとき、新装開店したラーメン屋が店頭にゴージャスな胡蝶蘭《こちょうらん》をならべ、ぎらぎらとネオンを輝かせているのを見つけた。看板には「白幽」とあった。世俗を超越したはずの店主がなぜふたたび下界に舞い戻ってきたのか分からないが、半信半疑で食べてみたラーメンの旨味の奥底には、まぎれもない化学調味料の味がした。

ともあれ、こうして小和田君とぽんぽこ仮面は出逢ったのである。

○

ここで土曜日の朝に話を戻そう。

立誠小学校の校庭をあとにした小和田君は、高瀬川沿いを歩いていった。

「せっかくだから、『スマート珈琲店』で朝食としゃれこもう」

歩きだしてみると、身体がブリキでできているかのようにギチギチ鳴った。そこに空腹と眠気が襲ってきて、哀れな彼をもみくちゃにする。

「こいつはひどい。ぼろぼろではないか」

彼は河原町通を渡り、三条名店街のアーケードに入っていった。日中の賑《にぎ》わいが想像できないほど森閑とした商店街は異世界に通じるトンネルのようであり、「かに道楽」の看板は、人類滅亡後の世界を徘徊《はいかい》する怪獣のようだった。

寺町通《てらまちどおり》を北に行ったところに「スマート珈琲店」がある。

小和田君は呟いてみた。

「充実した土曜日の朝は、熱い珈琲とタマゴサンドウィッチから始まる」

これは研究所の上司、後藤《ごとう》所長の主張である。

京都市内で独身生活をしている後藤所長は、みずからの生活を律するために「朝のプロトコル」と呼ぶものを大切にしていた。それは充実した一日を始めるための手順が箇条書きになったリストで、平日用と休日用が用意されている。休日用のプロトコルには、「寺町通の『スマート珈琲店』へ出かける」という項目があるという。

「スマート珈琲店」の店内には革張りのソファがならんでいて、珈琲の良い香りが充ちていた。休日の朝の有効活用を志す人々がくつろいでいる。小和田君は、ぶ厚くてほくほくした玉子焼きがはさまったサンドウィッチと、熱い珈琲を注文した。

朝の珈琲店の静けさに身をゆだねていると、頭がぼんやりとして、今にも気を失いそうなほど眠くなってきた。

「転がらない石には苔がつく。やはらかくなろう」

小和田君はあくびをして、ぷつぷつ呟く。

ここで一休みしたら、小和田君は独身寮に帰るつもりだった。ひんやりとした万年床に寝転がって、「将来お嫁さんを持ったら実現したいことリスト」を改訂しながらうつらうつらすれば、素晴らしい休日が過ごせるだろう。苔に埋もれる大原三千院《おおはらさんぜんいん》のわらべ地蔵のように布団に埋もれてやろう。ああ、素晴らしきものよ、汝《なんじ》の名はお布団なり。

「どうして僕はこんなに疲れているのだろう？」

小和田君は昨夜の記憶を辿《たど》ろうとした。

昨夜、小和田君は後藤所長の送別会に参加していた。所長の東京本社への異動が発表されたのはつい先日のことで、この時期の所長の異動は珍しいことだった。東京本社内で繰り広げられた政治的駆け引きは小和田君には分からないが、何らかの急変があって、その波紋が京都まで及び、所長は三年ぶりに東京へ呼び戻されることになったのである。

そういうわけで、ふだんから所長の呼びかけに応じて集まっていた恩田先輩や小和田君を含む若手研究員たちが集まった。先斗町で呑んだあと、四条大橋を渡って祇園縄手《ぎおんなわて》のスナックに行った。「22才の別れ」を熱唱して喝采を浴びた記憶がある。所長は即興でピアノを弾いてカスピ海の想い出を歌った。

赤ら顔のダンディな老人が所長の不思議な声と風貌に興味をもって話しかけてきたが、

所長は「アゼルバイジャンからキマシタ」と、いけしゃあしゃあと嘘をついた。

「ほほう、それはまた。アゼルバイジャンという国はどのあたりでしたかな？」

「カスピ海の近くデス」

所長は目を閉じた。あたかも、瞼《まぶた》の裏に懐かしのカスピ海を見ているかのように。

もちろん所長が奈良県出身で、生粋《きっすい》の日本人であることは研究員の誰もが知っていた。しかし所長の振る舞いを見ていると、だんだん目の前にいるのがアゼルバイジャン人に思えてくる。所長はしばしば、そんな魔術を駆使するのだ。やがて所長は自分の嘘に酔いしれて、あたかも遠い異邦の地で呑んでいるかのような淋しい気持ちになったらしく、恩田先輩の肩を抱いて泣きだした。恩田先輩もまた酔っ払って泣いていた。小和田君は笑って高みの見物をしていた。それ以降のことになると、記憶が曖昧になってくる。ミラーボールのように輝く所長のスキンヘッドを手拭いで磨いていたことは憶《おぼ》えている。あれはじつによく光る、磨けば磨くほど輝きを増す魔法の球体のようであった。それは、ちょうど今、小和田君の目の前にある球体と同じように光り輝いていたのであった……。

ふいに目の前の球体が口をきいた。

「おはようございます。小和田君」

いつの間にか、新聞を脇に挟んだ所長が向かいの席に座っていた。

○

後藤所長は珈琲を飲みながら、小和田君がサンドウィッチをもりもり食べる間、新聞を読んでいた。色つき眼鏡の奥の目は細かった。

所長は小和田君たちが勤務する研究所の頂点に君臨する男である。

彼は歴代の所長の中でも、とりわけ異彩を放つ人物として知られていた。四十五歳。独身。鋼鉄のように引き締まった肉体を持ち、高い鼻にのせた色つき眼鏡の奥の目は鋭く、しかもスキンヘッドである。髪を剃《そ》ったのは京都に赴任してくる直前で、政治的駆け引きに敗北した自分にカツを入れるためだというもっぱらの噂であった。

その風貌ゆえ、彼が正式な赴任に先立って研究所に姿を見せたときは、まさか次期所長であるとは誰ひとり思わず、「いやにデンジャラスな人が来た」と受付の警備担当者に緊張が走ったという。日本人離れした風貌で、まるで結婚式をとりしきる外国人神父のような不思議な抑揚で喋《しゃべ》り、しばしば「アゼルバイジャン出身である」という無用の嘘をつく。研究所全体で行われる月次報告会では、神の声のような荘厳な声音《こわね》で鋭い指摘を連発し、発表担当者を骨の髄から震撼《しんかん》させた。

一方で所長には人なつこいところもある。研究所の若手を集めた呑み会を企画することもあり、恩田先輩はその常連であった。小和田君は、いわば恩田先輩に足首を摑《つか》まれて、その呑み会へ巻きこまれたといっていい。所長は人生や仕事に悩む若手のことが大好きであり、悩んでいる若手を鵜《う》の目鷹《たか》の目で探していて、現時点で悩んでいない若手をあえて悩みに導こうとするきらいさえあった。

その朝、所長は珈琲店で小和田君を見つけて嬉《うれ》しそうであった。

「充実した土曜日の朝は、熱い珈琲とタマゴサンドウィッチから始まる」

「所長の教えを実践しているんです」

「たいへん良い心がけです」

「あんなに遅くまで呑んでいたのに、所長はいつも通り珈琲店にいらっしゃるんですね？　寝過ごしたりはされないのですか？」

「下手に休むと、疲労は深まります」

所長は報告会で意見を述べるときのように、高い鼻の先に人差し指を当てた。そうすると所長は、未来からやってきて人類の愚かさを嘆くアンドロイドのように見える。

「多くの人は、ただ漫然と動くのを止めさえすれば休むことができると思いこんでいる。しかし我々に必要なのは、じつは動きを止めることではない。正しいリズムを維持することです。マグロのように泳ぎ続け、疲労の向こう側へ突き抜けること。これがコツです。したがってワタクシは疲労しません」

「そんなのはいやだなあ」

「慣れることですよ。適応することです。ここのところ、報告会の準備で忙しかったでしょう。お疲れなのは分かる。しかし、ここでぐうたらしてはイケマセン。活動的な休日を満喫しなさい。……幸い、今夜は祇園祭の宵山《よいやま》でもあるのです。夕方からは夜店も出るし、街が見物客で埋まります。山鉾《やまほこ》の提灯《ちょうちん》に明かりが入ると美しい。たいへん幻想的です」

「去年見たから、もういいや」

「なにごとも繰り返し見る必要があるのです」

「僕は朝食を食べたら帰りますよ。そして眠る」

「なんと」所長はガッカリした顔をした。「……しかし。お待ちなさい。あなたには蕎《そ》麦《ば》を食べる約束があるでしょう。昨夜、恩田君とそんな話をしていませんでしたか？」

「……そうだった」と小和田君は顔を顰《しか》めた。「無間《むげん》蕎麦だった」

「よろしい。じつに冒険的だ。きっとおもしろいことが起こるでしょう」

そして所長はソファの背にもたれてボンヤリと視線を漂わせ、珈琲店の入り口に目をやった。色つき眼鏡の奥の目が細くなり、謎めいた表情が現れた。テーブルに置いた新聞紙を指先で叩いて、乾いた音を立てている。そこで小和田君は気づいたのだが、その新聞には切り抜きのあとがあった。所長のような怪人がどんな記事を切り抜くのか。小和田君ならずとも気になるところである。彼が「読んでもいいですか？」と新聞に手を伸ばそうとすると、所長は手首だけを動かして素早く新聞を引き寄せた。

「他人の新聞の切り抜きを確かめるというのは、たいへん不作法なことです」

ロシアの殺し屋のような凄《すご》みを漂わせたあと、所長はニッと笑った。

それから研究所の仕事にまつわる話になったが、珈琲店の心地良い静けさと涼しさが眠気を誘う。ふと気を抜いて居眠りしていたらしい。小和田君がハッとして顔を上げると、所長は新聞を広げて読んでいた。記事が切り抜かれた穴の向こうから、鋭い目が覗《のぞ》いた。

「ボンヤリしていますね」

「すみません」

「……あなたは何を楽しみに生きているのか?」

「ただ生きているだけで楽しいです」

「本当に?　意地を張る必要はないのですよ」

「意地を張ってるわけじゃないけどな」

所長は新聞を畳み、奇妙な笑みを浮かべた。

「あなたは熱心に仕事をしている。勉強もしている。それは認めます。しかし私生活に目を向ければどうでしょう。もっと私生活の充実という観点から人生を見つめ直す必要がありましょう」

「所長はそういうムツカシイことを言うからきらいだ」

「所長の意見と茄子《なすび》の花は千に一つの無駄もない、といいます。若いうちに遊んでおかなかった人間というものは、歳《とし》をとってからヘンな汁が出てくるのです。男汁は若いうちに出し切っておかねば、ワタクシのようにステキなおっさんにはなれません」

「所長がステキであることに異論はありませんけど」

「もしワタクシが若い頃に遊んでいなかったら、どうなっていたと思います？　今ごろは男汁が煮詰まって腐って、怪獣ヘドラになっております。今のうちに遊んでおきなさい」

そこで所長はまた目を細め、珈琲店の入り口に目をやった。

「世界は謎に充ちている。表をごらんなさい」

小和田君は振り返った。硝子《ガラス》戸の向こうには朝の寺町通があり、ぽつぽつ人が歩きだしている。彼は首を傾《かし》げた。「何か変わったことでも？」

「見ていれば分かります」

小和田君が待っていると、ふいに見憶えのある女性が通り過ぎた。橙色のＴシャツを着て帽子をかぶり、古びたヴァイオリンのケースを持っている。彼女はチラリと店内に目をやったあと、そのまま通り過ぎた。立誠小学校の校庭でぽんぽこ仮面と格闘していた女性である。

「ごらんになりましたか。今、若い女性が通りましたね。先ほどから、この珈琲店の前を行ったり来たりしているのです。ワタクシが数えただけでも五回」

「道に迷ってるのかな？」

「通りかかるたびに店を覗きこんで、ワタクシの方を見る。これは謎です」

小和田君はキョトンとして所長の顔を見た。店内は涼しいのに、所長のスキンヘッドにはまた汗が浮かんで、つやつやと輝き始めていた。謎といえば所長の方だって謎である、と小和田君は考えた。

○

カリスマ的といわれる人物は、「謎」を上手に使いこなすものである。

所長が神託めいた言葉を発して若手にカリスマ的影響を与えようとするのはいつものことだったし、小和田君が馬耳東風であるのもいつものことである。

小和田君は所長と別れて珈琲店を出た。

眠い目をこすりながら寺町通を歩いていく。商店街の店が開き始め、人通りも増えてきた。腕時計を見ると、午前十時をまわったところ。すみやかに独身寮に戻って万年床と愛し合うためには、恩田先輩に断りの電話を入れる必要がある。

電話をかけると、朝から上機嫌の恩田先輩が出た。

「やあ、生きてたかい！」

所長にしろ、恩田先輩にしろ、昨夜の夜更かしなど存在しなかったかのように朝から休日を満喫しているのはどういうわけか。彼らは本当に人間なのだろうか。

「また僕を置いてけぼりにしましたね」

「おいおい、何も憶えてないの？」

「所長の頭を手拭いで磨き上げたところまでは憶えてます」

「……つねづね訊《き》きたいと思っていたんだが、君は所長の頭をなんだと思ってるの？軽々しく磨いたりするんじゃないよ、ホント」

「それはそれとして」

「本当に憶えてないんだな。また所長を尾行したんだよ」

所長は自宅の場所を決して口外せず、呑み会の途中でさりげなく精算を済まして姿を消す。所長を囲む呑み会は、主宰者の失踪によって締めくくられるのがつねだった。

かねてより、恩田先輩は呑み会後の所長の行方を追うことに熱心で、幾度も尾行を企てては失敗してきた。これには所長も勘づいている節がある。深夜の京都御苑や糺《ただす》ノ森《もり》など、どう考えても人が住んでいるとは思えないところまで尾行者を引っ張って煙《けむ》に巻くことがあった。若手研究者の間に不気味な噂が流れた――東京から転勤してきた後藤所長はすでにこの世になく、鞍馬のハゲ天狗《てんぐ》か、あるいは狸谷《たぬきだに》不動のハゲ狸が化けているのだ、と。

「けっきょく駄目だった。河原町ＯＰＡのあたりをうろうろ回ってるうちに見失っちゃったし、いつの間にか君まで消えてしまって……」

「僕はどこに消えちゃったんです？」

「俺が知るもんか。消えたのは君だぞ」

「もっと真剣に捜してくださいよ」

「獅子《しし》は我が子を千尋《せんじん》の滝に放りこむという……」

電話の向こうでおっとりとした声が聞こえた。「あら、『千尋の谷』じゃなかった？」

「谷でも滝でもいいんだよ」と恩田先輩は言い返している。「いずれにせよ、小和田君が勝手に消えたんだから、俺を責めるのは筋違いだな」

「あれ？　桃木さんもごいっしょなんですか？」

「そうだよ。我々はいつだって仲良しさ」

そうして恩田先輩は何か桃木さんとごちゃごちゃ言い合っている様子である。その間、電話の向こうからは深山に響く滝の音のようなものが絶え間なく聞こえている。

「恩田さん、今どこにいるんですか？　滝の音が聞こえますけど」

「みんなが蕎麦をすする音だよ」

「またそんな嘘を」

「俺が君に嘘をついたことなんてある？　いま、『無間蕎麦』に来てるんだよ。君の席もある。市内にいるなら早く来なさい」

「いやいや、僕には休日をぐうたら過ごす権利が……」

「そんな権利があるなんて初耳だね」

すると桃木さんが恩田先輩の電話を奪い取ったらしい。彼女は優しい声を出し、小和田君の機嫌をとった。「小和田さん、ぜひいらして」

「しかし……」

「お蕎麦は食べ放題だし、私が作ったおにぎりもあるの」

「……分かりました。分かりましたよ」

「おい、待て。君は桃木さんが誘えば来るのか？　まったく、この破廉恥《はれんち》君め」

小和田君が立ち止まったところは、洒落《しゃれ》た古着屋の前だった。路傍の石ころクラスのファッションセンスをほしいままにする小和田君には縁のない衣類がたくさんぶら下がっている。店の隣には、寺町通と新京極をつなぐ狭い通路があった。小和田君が何気なく振り返ると、先ほどの女性が見えた。彼女は小和田君の視線に出くわすと、びっくりしたように土産物《みやげもの》屋の軒下に滑りこんで隠れた。

「六角通沿い、烏丸通を西に渡ってすぐだから」

恩田先輩は言った。「暖簾《のれん》に『蕎麦処六角《そばどころろっかく》』と書いてある」

小和田君は謎の女性が滑りこんだ土産物屋の軒先を見つめていた。「……僕は尾行されてる気がするのですが」

「急に何の話してんの？」

「女性がずっとついてくるんです。どういうことですかこれは」

「知るもんか。誰なの？　知り合い？」

「なりゆきで、今朝ちょっとだけ話をしました」

「気のせい気のせい」

「そうかなあ」

「気をたしかに持て。部屋に籠もって『将来お嫁さんを持ったら実現したいことリスト』なんて阿呆《あほ》なものを作ってるから、そんなふうに思い詰めるんだよ。前から言ってるだろ？」

「人の趣味を『阿呆』とか言うのはいただけませんな」

「早く、そのぬるま湯から出ろ」

恩田先輩は電話を切った。

しかし小和田君は「恩田先輩の意見にも一理ある」と考えた。これが彼の愛すべきところだ。自分の妄想か、そうでないのか。それを決定するためには実験が必要だ、と考えた。

○

小和田君は古着屋の脇にある通路を抜けて、新京極へ出た。賑わい始めているゲームセンターの前を通り過ぎ、蛸薬師通《たこやくし》に入った。アーケードが途切れて眩しい陽射《ひざ》しが乾いた舗装を照らしている。裏寺町通《うらてらまちどおり》を北に折れると、寺町通や新京極とは打って変わって静かである。両側には小さな寺や墓地の塀が続いている。「ROUND1」の裏にある駐輪場まで来たところで、小和田君は立ち止まり、手拭いで汗を拭くふりをして背後を窺《うかが》った。

女性が電信柱の陰に隠れるのが見えた。

「こいつはいよいよアヤシイぞ」

彼は左手に続く細く折れ曲がった路地に入った。簾《すだれ》を下げた二階家と崩れかかった土塀の間を抜けると、新京極に通じている。小和田君は公衆便所に隠れた。便所からは新京極のアーケード下を行き交う人々の姿が見え、六角公園のスピーカーから祇園囃子《ばやし》が聞こえてくる。彼が身を隠した次の瞬間、女性が足早に歩いてきた。小和田君の姿が見えないことに気づいて、アッと息を呑んだ様子である。その様子を小和田君はジッと観察している。

かつて彼にも意中の人を追って恥の荒野を右往左往していた時代があった。しかし、暢気な学生時代は終わって、社会という荒波に乗りだしてしまった今、そんな嬉し恥ずかしのエピソードとは縁も切れたと諦めていた。「しかしながら」と彼は考えた。「落ちるべき恋は時を選ばず、一目惚《ひとめぼ》れした男性に言い寄る女性など都市伝説にすぎないと思いこんでいた自分の了見《りょうけん》が狭すぎたのではないか？」

たしかに小和田君はその女性のことをほとんど知らない。ずいぶん変わったヒトである。いきなりぽんぽこ仮面と格闘したり、その理由について企業秘密だと言ったり、アヤシイ点は多々ある。謎である。世界は謎に充ちていると所長は言った。男にとって女は謎であり、女にとって男は謎である。しかし我々は一生かけてその謎に取り組むのではなかろうか。筆者が思うに、決して理解できないものを理解しようとする営みこそ、真のこみゅにけーしょんと呼ぶべきではなかろうか。それでこそ小和田君の「将来お嫁さんを持ったら実現したいことリスト」にも日の目を見るチャンスが与えられるのではなかろうか。

小和田君はトイレから出た。

「おうい、あなた……」

すると彼女は、盗み食いを見つかった少女のようにギョッとして固まり、横目で彼を見た。次の瞬間、身を翻《ひるがえ》し、今出てきたばかりの路地へスタスタと歩きだした。

「なんで逃げるの？　ちょっと待ってください」

小和田君が追う。彼女は足を速める。

「ちょっと待って！　大丈夫ですから」

小和田君が走りだすと、彼女も走りだした。

かくして、追う者と追われる者の立場が逆転した。彼女はヴァイオリンケースを抱えていて、ケースからはみだした金魚模様の手拭いがひらひらしていた。

「なぜ逃げるんだろう？」

「恥ずかしくなってしまったのだろうか？」

「恥ずかしがらなくてもいいのに！」

彼女は裏寺町通に出て、一瞬迷ったあと、四条の方へ走っていく。

小和田君は、彼女が大きな財布らしいものを落としたことに気づいた。拾い上げてみると、それは可愛《かわい》らしい狸の絵が描かれた紺色の蝦蟇口《がまぐち》で、大きさはドラ焼きぐらいである。その蝦蟇口を開けると、中に蝦蟇口があり、その中にもまた蝦蟇口がある。開けても開けても蝦蟇口であり、その構造にはタケノコの皮むきにも似た、先へ先へと誘《いざな》う悪魔的な力があった。

ハッと我に返って目を上げると、彼女はさらに遠くへ行っている。

「落としましたよ！」

小和田君は叫んだ。

「ちょっと止まって、話を聞いて！」

傍目《はため》から見れば「痴情のもつれ」以外のなにものでもない光景を一瞥《いちべつ》して、道ゆく人々は「なんだ痴情のもつれか」という顔つきをした。

河原町ＯＰＡの裏手、大衆居酒屋や喫茶店や洋服屋が狭い路地にならぶ界隈《かいわい》で、小和田君は彼女を見失ってしまった。

「どうしたもんかな……」

小和田君は大きな蝦蟇口を持てあましてウロウロした。

ビル街を吹き抜ける熱風が、青々とした若い柳の枝を揺らしている。「柳小路」という標識がある。薄暗くて狭い路地で、呑み屋やカレー店の看板が頭上に突きだし、両脇にはゴミ箱や自転車が置かれている。換気扇の回る音がしている。見上げれば、簾の下がった家屋の軒先が黒い影になって、切り取られた眩しい夏空にビルがそびえていた。

路地の真ん中に、毛深い漬け物石のような猫が丸まっていた。

「そんなところに寝転んでると踏んじゃうよ」

小和田君はしゃがみこんで猫の頭を撫《な》でた。猫は悠然としていた。目を開けさえしない。「通りかかった愚民どもは余の頭を撫でるがよかろう」とでも言うかのようだ。猫の頭を撫でながら顔を上げると、路地に面して小さな祠《ほこら》があった。下には砂利が敷き詰められて、信楽焼《しがらきやき》の狸がみっちりならんでいる。

「八兵衛明神」

小和田君は立て札の字を読んだ。

彼の想像の中で、狸たちが尻をふりふり踊りだした。狸たちには狸たちの生《い》き甲斐《がい》や喜びや怒りや哀しみがあるだろう。しかし想像上の狸たちはそんなものを狸耳東風にして、とくに根拠もなく有頂天である。ここに小和田君はおのれの内にある狸的なものと、八兵衛明神の狸的なものが響き合うのを感じた。

小和田君は八兵衛明神に手を合わせた。

「どうかノンビリした休日が過ごせますように」

そのとき、唐突に声が聞こえた。

「ソレハ、ダメダヨ。ゴロナーゴ」

小和田君はびっくりして足下を見た。猫は小和田君の様子を窺うかのように、チラリと目を開けた。まるで猫が口をきいたかのようではないか。

「いま、喋ったのはおまえかい？」

背後から「ソウダヨ」と声がした。振り返ると、一軒の煙草屋がある。先ほどまで暗くて気づかなかったのだが、二畳ほどの狭い空間に小さな籐椅子《とういす》が置かれ、座っている人影がある。小柄なおばあさんが暗がりに座っているらしい。おばあさんの足下には、弁当箱みたいに小さなテレビが光っている。

小和田君はおずおずと声をかけた。

「いま、何か仰《おつしや》いましたか？」

おばあさんは日向《ひなた》の猫のように目を細めた。

「ナニモイワナイヨ」と猫の声で言った。

◯

妙な気配が小和田君のまわりに充満してきている。

いわば「冒険」の気配である。それはじつに危険な兆候だった。

「こんな日は寮でゴロゴロしているにかぎるんだが……」

小和田君は狸柄の蝦蟇口を揉《も》みながら、六角通を西へ歩いていった。

商店街の賑わいは遠のいて、その界隈はひっそりとしていた。本当に今日が「宵山」なのか、疑わしくなるほどの静けさである。陽射しをさえぎるもののない街路は白々として見え、まるで湯をはった鍋に街ごと沈んだような暑さだった。町屋の軒先にある鍾馗《しようき》様が気の毒になるほどである。夏の太陽は街角の自転車商会の瓦屋根を焼き、その軒下に濃い陰を作っていた。

あまりの暑さに気が遠くなって、小和田君は立ち止まった。

汗を拭いながら振り返ってみると、自転車商会の軒下に人影が滑りこむのが見えた。

「それにしても尾行が下手っぴだな」

彼は気づかないふりをして歩いていき、六角堂に立ち寄った。

ビルの谷間にある六角堂は日陰になって涼しかった。境内《けいだい》には線香の煙が薄く流れて、青々とした大きな柳の枝も涼しげである。人間をナメきった鳩《はと》たちが、ふるふる言いながら足下をうろちょろするので、危うく踏んづけそうになる。本堂正面にぶらさがっている巨大な赤い提灯の下で手を合わせてから、小和田君は六角堂の壁に左手を添えて、ゆっくりと堂のまわりを歩き始めた。途中で足を止め、六角堂の軒先を見上げていると、同じように六角堂をまわっている追跡者が背後で息を殺しているのが分かる。

六角堂の裏手まで来たところで、小和田君は蝦蟇口をソッと地面に置いた。

少し先へ進んでから、唐突に引き返す。

しゃがみこんで蝦蟇口を拾っている追跡者とバッタリ鉢合わせした。

「どうして僕のあとをつけるんですか？」と彼は声をかけた。

彼女はキャッと悲鳴をあげて尻餅をついた。

「あなたは何者なんです？　正直に言わないと……」

そう小和田君が言うと、彼女はジロリと彼を睨み返した。

「正直に言わないと、どうなるんですか？」

「……べつにどうにもなりませんけどね」

彼女は眉をひそめて小和田君を見上げていた。やがて頬を膨らまし、ぺらぺらの手作り臭い名刺を出した。そこには「浦本《うらもと》探偵事務所・助手・玉川智子《たまがわともこ》」とあった。

小和田君は首を傾げた。

「探偵？　そのわりには尾行が下手ですね」

「……週末だけのアルバイトですから」

「探偵が僕に何の用ですか？」

「あなたに用があるのではなくて、ぽんぽこ仮面に用があるんです」

彼女は立ち上がり、ジーンズの埃《ほこり》をはたいた。「私は、ぽんぽこ仮面の正体を追及してるんです。理由は守秘義務があるから言えませんけど……あなたはぽんぽこ仮面の跡継ぎなんでしょ？」

「それは違いますよ。誤解だ」

「この耳で聞きましたけど」

「だから継がないと言ったでしょう」

「ええ、継ぐ継がないはあなたの勝手ですよ、もちろん。私にとって重要なのは、ぽんぽこ仮面があなたにつきまとっているってこと。あなたを見張っていれば、ぽんぽこ仮面に接触できるわけです」

小和田君はポカンとした。「なーる」と呟いた。

「そういうわけです」と言って女性は澄ましている。

「その蝦蟇口は何ですか？」

「護身用の蝦蟇口です。開けても開けても蝦蟇口が出てくる仕組みになってるの。相手が拾って、中身を確認しているうちに逃げるわけ。蝦蟇口を拾って中身を見ない人間なんていませんからね」そして彼女は自慢げに鼻を膨らました。「私が開発した探偵道具の一つです」

「狸柄じゃないか」

「狸大好き！」

「ひょっとしてぽんぽこ仮面も好きなんですか？」

「……どちらかといえば、好きな方の部類に入りますね」

そう言って彼女は眉間に皺《しわ》を寄せ、小和田君を睨んだ。

「分かってますよ。アンビバレントであることは承知してます。でも、これは仕事ですから」

「……分かりました。僕は何も気にしないことにしよう。ご自由にどうぞ」

「ありがとうございます」と彼女はニコニコした。

そして小和田君は六角堂から出た。

六角通を進んで烏丸通まで出ると、まだ交通規制は始まっていないものの、道路の両側にワゴン車が何台も停まって、露店の支度が始まっていた。道路脇に積まれたトウモロコシの詰まった段ボールに中年の女性が座り、街路樹に電線が張られる作業をポカンと眺めている。女性のかたわらには、鉄板やらテントの骨組みやらプロパンガスのボンベやらが雑然と積み上がっていた。

烏丸通を渡って、西の街中に入っていくと、街路に山鉾がそびえていた。狭い路地は見物客で混雑し始めている。

振り返ってみると、あの探偵が隠れ隠れつけてくるのが丸見えであった。小和田君は立ち止まり、「玉川さん、玉川智子さん」と呼んだ。

「なんですか？」玉川さんが自動販売機の陰から顔を出した。「気やすく名前を呼ばないで」

「下手くそな尾行はやめないか」

「下手くそって言わないでください」

「どうせついてくるんだろ？　いっしょに行こう。二人とも無駄に気を遣うじゃないか」

玉川さんは小首を傾げて思案していた。週末探偵としてのプライドと、尾行の億劫《おっくう》さを天秤《てんびん》にかけている様子が、その眉間の皺に見てとれた。

「……そうですね」

彼女は頷き、トットコと軽快に走ってきた。

〇

やがて右手に一軒の町屋が見えてきた。格子戸の古めかしい佇まいで、表には紺色の暖簾に「蕎麦処六角」という字が見える。格子戸に「本日無間蕎麦」という張り紙がしてあった。表の路上で耳を澄ませば、たしかに滝の音のようなものが響いてくる。

「ごめんください」

小和田君は格子戸を開いた。

そこは蕎麦を打つ音とすする音がぶつかり合う戦場だった。

左手にある吹き抜けになった調理場には湯気が濛々《もうもう》と渦巻いている。蕎麦を盛った笊《ざる》が次々と運ばれていく先は、襖《ふすま》を取り払った広い座敷で、客人たちが座布団に座っていた。蕎麦の笊と、大根おろし、葱《ねぎ》、海苔《のり》、茗荷《みょうが》、鶉《うずら》の卵が山盛りになったどんぶりが散らばっていて、めいめいが勝手に取って食べる仕組みらしい。その奥、坪庭に面した座敷では蕎麦打ちたちが蕎麦を打ち続けている。

調理場に立つ割烹着《かっぽうぎ》を着た女性が声をかけてきた。

「いらっしゃいませ。さあ、どうぞどうぞ」

導かれるままに座敷へ上がっていくと、先客たちは無言のまま蕎麦をたぐる手を休めて座布団をずらし、小和田君たちが腰を下ろす隙間を作った。玉川さんが「なんですか、これは」と囁いた。

「無間蕎麦という行事らしいのだけど」

「無間蕎麦って何なの一体……うわ、あれ！　見ました？　あれ！」

「ちょっとオジョウサン、お静かに」

「だって山盛りですもん。うわー、キモチワルイ」

そのとき小和田君は、座敷の隅に二人のぽんぽこ仮面が座っていることに気づいた。ギョッとして見つめていると、彼らは立ち上がって歩いてきた。片方のぽんぽこ仮面は「競馬ブック」を脇にはさみ、片方のぽんぽこ仮面は風呂敷包みをさげている。

「お二人とも、どうして狸のお面をつけてるんですか？」

「バレたわ」と、一方のぽんぽこ仮面が言った。

「バレたな」と、もう一方のぽんぽこ仮面が言った。「これ、ぽんぽこ仮面ファンのウエブサイトからダウンロードしたんだよ」

「よくできているでしょう？　私が見つけたの」

「いい歳をして、我々はお茶目だろう？」

「小和田さん、見て見て。どう？　似合う？」

恩田先輩と桃木さんは小和田君たちの向かいに腰を下ろした。そして桃木さんは割り箸を玉川さんに渡しながら、菩薩的微笑を浮かべた。「……ところで小和田さん、この方はどなた？」

「おい待てよ、小和田君。まさか、うやむやのうちに『ダブルデート』に持ちこむ魂胆か？」

『ダブルデート』とは、なんです？」

「この破廉恥君め。分かったぞ、さっきの電話はそういうわけか。尾行されてるとかなんとか、まわりくどい言い訳をしてイヤラシイ……」

「ちょっと待ってください」と玉川さんがピシャリと言った。「私は探偵なんです。玉川といいます。ある事情があって、小和田さんを尾行しているだけですから、その点、誤解なきよう願います」

「探偵だって？」

「いやだ、小和田さん。尾行されてるってホントの話なの？」

「そうなんですよ。尾行されてしまいました」

「へんだぞ。どうして尾行する人が尾行される人といっしょにいるわけ？」

「尾行の手間を省いたわけです」

玉川さんは澄まして言った。

恩田先輩はキョトンとしたあと、「まあいいや」と言った。

「はじめまして、恩田といいます。小和田君とは同じ研究所の仲間で、いわば俺は彼にとって頼りがいのある先輩です。そしてこちらのステキな女性は桃木さんです。戦力になってくださるのは嬉しいことだ。なにしろ蕎麦は無限に出てくるんですから」

「このテンコモリを食べろっていうんですか？」

「この会の主宰者は津田《つだ》さんと言いまして、俺が学生時代にお世話になった人なんです」

恩田先輩は坪庭に面した座敷を指した。

「津田さんはあっちで蕎麦打ち教室の会員たちを激励してる。蕎麦を打っているのは、みんな津田さんの教え子だ。さあさあ、食べて食べて」

恩田先輩は割り箸を振りまわした。

「蕎麦祭りだぞ、わっしょーい」

○

四人でとりかかっても、なかなか蕎麦は減らなかった。笊の底から蕎麦が湧いているかのようだ。座敷いっぱいに響く蕎麦をすする音が小和田君の眠気を誘った。

小和田君の脳裏に、いつかテレビで見たタヒチの景色が浮かんできた。

青い空と青い海。静かな無人島の砂浜。

「僕は宝くじを買おうと思います」

「また小和田君が妙なことを言いだしたぞ」

「宝くじをあてて、仕事を辞めて、南の島へ行くんです。俗悪な世間から遠く離れて、美しい海と空と水着姿の美女を眺めて、マンゴーのフラペチーノを飲んでごろごろする。所長のお説教も、恩田先輩のお誘いも届きませんよ。静かに、のんきに、ボーッとして、何もせずに英気を養う……するとどうだろう、僕の身体には逞《たくま》しい筋肉がつき、その厚い胸板に……」

「どうして南の島へ行っただけで筋肉がつくんですか？」と玉川さん。

「考えが甘いな、小和田君」

「そうよ、小和田さん。筋肉なんてつかないわよ」

「みなさん。他人の妄想を邪魔する者は、馬に蹴られて死ぬそうです」

ふいに恩田先輩が「ちょっと待ってくれ」と言って顔を輝かせた。「今、唐突に俺の脳にナイスなアイデアがひらめいたぞ。聞いてくれるかい？」

「聞かせて聞かせて」と桃木さんが言った。

「宝くじがあたったら、研究所の敷地内でアルパカを飼おう」

見よ、透き通る南国の青い海の向こうから、筏《いかだ》に乗ったアルパカの群れがおびただしく攻め寄せてくるではないか。例によって何を考えているのか分からない顔つきをして首をひょろひょろと伸ばし、みっちりと身を寄せ合っている。アルパカたちは続々と上陸し、鋼《はがね》の筋肉を持つはずの小和田君をやすやすと蹴りだして、美しい砂浜を占拠してしまった。

「僕の妄想が台無しだ！　どうしてアルパカなんです？」

「俺は馬と同じぐらいアルパカが好きなんだ。アルパカを飼って、研究所のマスコットキャラとして売りだそう」

「そいつはごめんです」

「小和田さん、アルパカって、可愛いのよ」

桃木さんはそう言いながら風呂敷を広げ、畳の縁《へり》におにぎりをならべだした。「さあ、おにぎりも食べてね。たくさんあるの」

「僕は先ほどタマゴサンドウィッチを食べたばかりで……」

「『スマート珈琲店』に行ったのかい？　所長がいなかった？」

「おられました」

「どうして土曜日の朝をわざわざ所長と過ごすんだ？」と恩田先輩が呆れて言うと、玉川さんが「あの人が所長ですって？」と口を挟んだ。「あのスキンヘッドの人が？」

「そうだよ」と小和田君は言った。

玉川さんは声をひそめた。「失礼ですが、皆さんは、何か違法な研究をされてるんですか？」

「いたって健全」と小和田君は胸を張った。「目的は人類の進歩と調和です」

「所長さん、まともな人には見えませんでしたけど」

「……まともな人ではないですからね」

「いわゆる鬼才ですよ」と恩田先輩は言った。「我々とは頭の機能が違うんです。集中すると脳がたいへんな熱を出すから、ああいうスキンヘッドにしてるんだ。熱が放散しやすいでしょう？　所長が論文をチェックしているときは、所長室の室温が五度上がるらしい」

「玉川さん、恩田さんは嘘つきだから気をつけろ」

「そうなのよ。この人はホントに嘘つきなの」

恩田先輩は「たしかにそうだが」と蕎麦をすすった。「でも俺の嘘なんて、所長に比べれば可愛いもんだよ？　あの人は危険だ。悪の匂いがする」

「それなのに送別会を開いてあげたりするのね」

「悪の匂いがしても上司だろ？」

そのとき小和田君が脇を見ると、玉川さんは早々に蕎麦地獄から逃れ、アツアツの蕎麦湯をフウフウやっているではないか。

「なにを早々と戦線離脱しているんですか？　あなた、やる気ないなあ！」

「お腹《なか》がいっぱいなんですもん」

「もっと食べてくださいよ。華厳《けごん》の滝が逆流するみたいに」

「華厳の滝なんて見たことありません」

「小和田君、彼女といちゃついてるヒマがあったら手を動かせ」と恩田先輩が言うと、玉川さんはキッと眉をひそめて睨んだ。「ちょっと待って。わたくし、恋人ではないと申し上げましたよね？」

「いいからいいから」

「何がいいんです。ちっとも良かないわ」

「小和田君、もっと気合いを入れて食うんだ。この蕎麦が食えなかったら、今年の暑気払いにも茄子《なす》の着ぐるみに詰めこんでやるから」

「どんとこい公私混同」

「小和田さん、おにぎりも食べてね」

桃木さんがおにぎりを小和田君の方へ押しやる。

○

「お待ちどお！」と声がして、蕎麦を山盛りにした笊が目の前に置かれた。

恩田先輩が口をポカンと開けた。

「よく来てくれたな。どんどん食べてくれ」

　そう言って畳に腰を下ろしたのは、捻《ねじ》り鉢巻きに桃色の作務衣《さむえ》を着た男だった。この人物こそ、「蕎麦処六角」の主《あるじ》にして、無間蕎麦の呼びかけ人、津田《つだ》氏である。彼はあぐらをかき、膝をわくわく揺らして笑っている。初めて参加する運動会の興奮に我を忘れ、万国旗にからまって転げまわる小学一年生のようであった。

「津田さん、どうも。盛況ですね」と恩田先輩は言った。

「すごいだろ。俺の弟子たちが打ったんだ。どんどん食べてくれ。いいねえ、『俺の弟子たち』という、この響き！　まったくな、今や俺は弟子を持つ身になったんだよ。『師匠』だよ、『師匠』！」

　恩田先輩が小和田君たちを紹介すると、津田氏は恩田先輩の背中をドンと叩いた。

「おまえもうまいことやりやがったな！」と言った。「楽しそうに暮らしやがって」

「おかげさまで……」と恩田先輩は照れくさそうにした。

　津田氏は恩田先輩の肩を抱えた。「恩田には恩があるんですよ。俺が京都を出ていくとき、見送りに来てくれたのはこいつだけなんです。鴨川べりで二人で酒盛りしてなあ。ちょうど宵山だったなあ」

「十年前です」

「こいつは俺を尊敬していたのですよ」

「あの頃はまだ大学に入ったばかりで純真無垢《むく》だったから……。それにしても、津田さんが人間世界にまともなかたちでカムバックするとは思わなかった。あのとき俺は、津田先輩と会うのも今宵かぎりと思ってた。だから、せめて見送りぐらいはしとこうかな、と思いましてね」

「ひでえな」

「それで、今はもう悪いイタズラはしてないんですか?」

恩田先輩が笑みを浮かべると、「おい、よせ」と津田氏は首を振った。「俺は昔の俺ならず、だ。珍念寺の和尚さんに性根を鍛えられたんだから」

「そうカンタンに過去から逃げられると思ったら……」

「縁起でもないことを言いやがる。あの頃は壮絶にヒマだったからな。小人閑居《しょうじんかんきょ》して不善を為《な》す、だ。しかし今は違う」

「イタズラ?」と玉川さんが首を傾げた。

「いや、どうか、どうかお嬢さん。そこは追及しないでください。若気の至りというのも恥ずかしい」

十年前、若気の至りに為したアレコレによって京都を追われた津田氏は、「こうなればどこまでも転がってやろう」と決意して、苔のつく間もないほど転がっていき、日本各地を旅してまわった。

最後に辿りついたのが信州の山間にある不思議な町であったという。

そこは町の住民が一人残らず蕎麦を打つために蕎麦屋がない。町に古くからある珍念寺は通称「蕎麦寺」と呼ばれ、天保年間に蕎麦を百日食べ続けて死んだお坊さんの墓さえあった。津田氏が主宰している「無間蕎麦」は、そもそもその町の夏祭りとして行われる一連の行事の一つであるという。人々は仕事を休み、珍念寺の本堂や町内のあちこちに臨時の蕎麦処を設け、ひたすら蕎麦を打ち、食べ、雑魚寝《ざこね》する。その間、町のどこを歩いても、風鈴の音に交じって蕎麦をすする音が聞こえてくるのだ。その行事は伝統的によそ者を迎え入れるきっかけでもあって、津田氏はそこでひたすら蕎麦を食べているうちに町に魅了され、ついに放浪をやめる決心をした。珍念寺の和尚に厳しく指導されながら、蕎麦打ち修行をすることになった。

「無間蕎麦とは何か」

津田氏は厳《おごそ》かに言った。

「これは修行なのだ。徹底して蕎麦と向き合うことによって、蕎麦好きが蕎麦嫌いになり、蕎麦嫌いが蕎麦好きになる。自分が蕎麦を食っているのか、蕎麦が自分を食っているのか。もはや無我の境地だ。和尚は言ったもんだよ——蕎麦と人間の対立が溶け合う地点において、おまえは世俗的な価値観に支配された世界を超越し、無限の世界に触れる。かくして自己を変革すべし、と」

「じつにうさんくさいですな」と恩田先輩が呟く。

「ようするに祭りさ。無間蕎麦は祭りなんだよ。京都のお祭りと言えば祇園祭だろ？　だから京都に帰ってきたとき、ぜひ祇園祭のときに無間蕎麦を一つやろうと思ってたんだ。それが今日実現したわけ」

蕎麦をすする響きが遠くなったり近くなったりする。その合間に祇園囃子が聞こえてきた。小和田君は顔を上げ、あたりを見まわした。

いくつもの扇風機が首をまわして風を送っており、鴨居《かもい》の風鈴は鳴りっぱなしである。蕎麦つゆの匂いをはらんだ熱気が座敷をうねり、海苔や葱のかけらを吹き飛ばしていく。襖を取り払った広い座敷には、大きな笊が散らばり、背を丸めて蕎麦をすする人々の群れが黒々としている。長く垂れた白髪を蕎麦つゆにつけてもぐもぐやって泣きべそをかく老人もいれば、蕎麦に埋もれて泣きべそをかく幼稚園児もいる。

茹で上がった蕎麦を山盛りにした笊が座敷に運びこまれるたびに、腕に覚えのある蕎麦好きたちが悲鳴をあげて逃げ惑い、分け入っても分け入っても蕎麦の山……この町屋に集《つど》った人々の胃袋に充満している蕎麦の一本一本は異次元的に結び合わされた無限遠の長さを持つただ一本の蕎麦であり、それは地球を七周半してはるか銀河系の彼方を目指す２００１年宇宙の蕎麦、これは蕎麦なのだろうか、それとも蕎麦を超えた何かなのか……。

小和田君は用を足すために立ち上がった。

◯

座敷を埋め尽くしている人々を踏みつけないように、慎重に歩いていった。人々は豪快に蕎麦をすすりながら、ぷつぷつ呟いている。

「おい、待てよ。こいつは蕎麦にしては太すぎる」

「喉ごしが悪いどころの話じゃない」

「病気のうどんみたいだ。もうちょっとデキの良いのはないの?」

「贅沢《ぜいたく》言うな。物質としては似たりよったり」

通り抜けた先は、半狂乱で蕎麦を打ち続ける素人蕎麦打ちたちの戦場だった。そして坪庭に面した縁側は、苦悶《くもん》の表情で最後の救いを胃散に求める犠牲者たちで死屍累々である。無間蕎麦に敗北した人たちは、濡《ぬ》れ手拭いで汗を拭き、うつろな目で石灯籠《いしどうろう》や苔を眺めていた。

廊下を伝って奥へ行くと、ドアを開けていったん外へ出るようになっている。右手には厠《かわや》があり、奥には蔵の入り口が見える。

用を足したあと、濡らした手拭いで汗を拭いながら、小和田君は蔵の入り口を見ていた。そのとき思い出したのは、江戸川乱歩が蔵に籠もって探偵小説を執筆したという逸話である。生まれてこの方、小和田君は蔵など入ったことがない。それでも、その中が薄暗く、ひんやりしているであろうということは想像できた。

　小和田君は蔵に足を踏み入れてみた。

　薄暗くて、広さもはっきりしない。水に沈んだように涼しく、異様な匂いがした。学生時代に住んでいたアパートの靴箱の匂い、奥座敷に広げられた華やかな呉服の匂い、旅先で訪れた古寺の本堂の匂い、雨に濡れた団地のコンクリート階段の匂い。そういったものがまだらに入り乱れている。まるで匂いの走馬燈《そうまとう》のようだ。目が慣れてくると、古い行李《こうり》や木箱などが積み上げられた間を縫うように通路が作られていて、その奥は暗がりに溶けている。

「見つかって叱られたら、道に迷ったと言おう」

　小和田君は涼しさを求めて奥へ奥へと入っていった。

　古ぼけて何が描いてあるかも分からない屛風《びょうぶ》の向こうに、茄子紺のすべすべした座布団がたくさん積んであった。無間蕎麦の座敷で客人たちが敷いていたものである。

　小和田君は積み上げられた座布団にグッと身体を押しつけてみた。生地はしっとりと冷たかった。匂いは祖母の仏壇のようだが、手ざわりはまだ見ぬ妻のようにやはらかい。なんというやはらかさだろうか。たかが座布団と侮《あなど》るなかれ、これはもはやお布団と言っても過言ではない。

気がつくと小和田君は、苔に埋もれる地蔵のように、座布団の山に埋もれていた。

遠くで蕎麦をすするような音が聞こえるが、あれは浜辺に打ち寄せる波の音なのだ。

小和田君の脳裏に南国の海が浮かび上がった。宝くじを当てたあとに彼を待っている休暇の王国。世界の果てのような砂浜にいるのは小和田君ただ一人。恩田先輩や桃木さんの誘いも、充実した休日を無理強いするスキンヘッド所長も、尾行する女探偵も、ぽんぽこ仮面も、南国の浜辺まで追いかけてくるわけがない。

「おや？」と小和田君は思った。

僕は今、南国の浜辺にいる。休暇中だ。ひょっとして蔵の中で座布団に埋もれている僕というのは、南国の浜辺にいる僕が見ている夢ではなかろうか。いったいどちらが現実かというと、僕にとってより快適なほうが現実であるべきである。

そういうわけで小和田君は南国を選んだ。

○

津田氏のところへ作務衣を着た若者がやってきて、「先生」と耳打ちした。津田氏の表情が険しくなった。彼は「ちょっと失礼」と慌てて席をはずした。

玉川さんは黙って蕎麦湯を飲んでいる。

「油断できないわ」

冒険の気配がどこに転がっているか分からない。彼女は周囲の気配に気を配った。まわりを包む滝音のような響きに交じって、祇園囃子が聞こえてきた。恩田先輩と桃木さんは先ほどから二人で手帳を覗きこみ、頷いたり笑ったりしている。

「何を見てらっしゃるんですか？」

恩田先輩は手帳を広げて見せてくれた。びっしりと時間を区切って、土曜日のスケジュールが書きこまれている。「このあとも遊ぶ予定がびっしりなんです。あと三十分もしたら、ここを出なくてはいけない」

「時間との戦いってわけですね」

「そのとおり。一日にどれだけたくさんの冒険ができるかっていうことを追求してるんです。一時間あれば我々は地下鉄東西線で琵琶湖にも行ける。近鉄電車で奈良の東大寺にも行ける。阪急電車と地下鉄を乗り継いで、大阪千日前《せんにちまえ》のなんばグランド花月《かげつ》にも行ける。忙しく遊ぶとき、心の時間はゆっくり流れる。それでこそ週末の拡張が可能になるんだ」

「のんびりしてるだけでは、のんびりできないってわけ」

桃木さんは微笑《ほほえ》んだ。「……小和田さんは来てくれるかしら？」

「よく三人で遊ばれるんですか？」

「彼は独身寮に閉じ籠もりがちだからな！」と恩田先輩が苦笑した。「できるだけ引っ張り出すことにしてるんです。でもこれがなかなかタイヘンなんだ。あなたはご存じないかもしれないけれど、彼は筋金入りの怠け者だからね」

「怠け者であることは知ってます」

「小和田さんは半分、石なんだわ」と桃木さんが言った。「奈良とかにある、ものすごく大きな岩とか、道ばたのお地蔵さんとか、ああいう感じ。時間の流れ方が私たちとは違うのよ」

そのとき、津田氏の声が座敷に響いた。

「みなさん」

座敷に充満していた蕎麦をすする音が絶え、ひっそりと静まり返った。憑《つ》かれたように蕎麦を打っていた男たちも直立不動になっている。

桃色の作務衣を着た津田氏が縁側に立っていた。

「素晴らしいゲストをご紹介したいと思います」

彼は満面の笑みで座敷を見渡した。

「私が命の次に大切にしている柴犬の『梅吉《うめきち》』のことは、みなさんご存じでしょう。つい先月のこと、塀を乗り越えた梅吉は鴨川までひとりで遊びに行き、何かの拍子で川辺にあったクーラーボックスにもぐりこみ、流されてしまったのであります。ここにご紹介する正義の味方は、五条大橋で流されているクーラーボックスに梅吉が乗っていることに気づき、我が身もかえりみずにザンブと川へ飛びこんで救ってくださったのでした」

そして彼は手を挙げた。

「本日のスペシャルゲスト、ぽんぽこ仮面さんです！」

調理場で濛々と渦巻く湯気の中から、ぽんぽこ仮面が現れた。

彼は縁側まで歩いてきて、無間蕎麦に集まった人々に向かって厳かにお辞儀をした。

まさかぽんぽこ仮面が来るとは誰一人思っていなかったので、座敷は興奮の坩堝《るつぼ》と化した。

恩田先輩と桃木さんは啞然《あぜん》としている。

「どうしてぽんぽこ仮面がここに？」

「すごいわ。まさか本当に会えるなんて。八兵衛明神のおかげね」

津田氏はぽんぽこ仮面と固い握手を交わして続ける。

「私はつくづく思いました。ぽんぽこ仮面さんはえらいと。そして彼の活動にできるだけ協力しようと、『蕎麦処六角』のフリーパスを進呈しました。みなさん、ぜひもう一度、温かい拍手をお願いいたします」

ふたたび拍手が巻き起こった。

ぽんぽこ仮面は集まった人々の間を歩き始めた。握手をしたり、サインを求められたりしている。

そのとき玉川さんは、目をぎらぎらさせた男たちが座敷に散らばっていることに気づいた。男たちはたがいに視線を交わして、無言のうちに情報を伝え合っている。

「なんだろう、この雰囲気？」

おびただしく交わされる目線が一点に集中するのを玉川さんは見た。縁側に仁王立ちしている津田氏である。彼は作りつけたような笑顔を見せながら、ぽんぽこ仮面の動きを射るように見つめている。異様なほどに流れ落ちる汗を拭おうともしない。

そのとき、玉川さんの探偵的直観が囁いた。

「彼らはぽんぽこ仮面を狙っている！」

○

ついに津田氏が手を挙げて目配せした。

茄子紺の手拭いで頭を包んだランニングシャツ一枚の屈強な若者が、茹で上がった山盛りの蕎麦を盥《たらい》のように巨大な笊に入れて運んできた。彼は「うわっ」とわざとらしい声をあげてぽんぽこ仮面に蕎麦をかけた。

よろめいたぽんぽこ仮面を、若者は背後からガッシリと抱いた。

「ぽんぽこ仮面、捕まえた！」彼は叫んだ。「手伝って！　手伝って！」

続いて他の連中が躍りかかろうとしたが、ぽんぽこ仮面はその怖るべきマッソウの真価を発揮して、屈強な若者を身体ごと振りまわした。朝の玉川さんとの対決から学んだぽんぽこ仮面は、右回転と左回転を適宜織り交ぜて三半規管の平衡を保ちつつ、まわりから押し寄せてくる今や敵に変貌した蕎麦打ち連を威嚇《いかく》した。若者はふりほどかれて座敷にひっくり返った。

座敷に集まっていた招待客たちは、ふいに始まった戦いを呆然と眺めている。

「まずいまずい。作戦変更！」

「だから言ったろ、筋肉があるって」

「いったん間合いを取れ！」

蕎麦打ち連とぽんぽこ仮面が睨み合う。

ぽんぽこ仮面は「どういうつもりだ」と困惑して言った。「我が輩は今日のスペシャルゲストじゃないのか？」

「すまん、ぽんぽこ仮面」へっぴり腰の津田氏の声も悲痛だった。「おとなしく捕まってくれ」

「そういうわけにはいかん。理由を言いたまえ。我が輩は正義の怪人だ。八兵衛明神の使いだ。こんな目にあわせてタダで済むと思っているのか？」

玉川さんはヴァイオリンケースを開け、小さな達磨を取りだした。「彼らがぽんぽこ仮面を捕まえてしまえば自分の仕事はふいになる」と彼女は考えた。ここは一時的にぽんぽこ仮面と暗黙の休戦協定を結んで共同戦線を張ろう。ロープを持った男がぽんぽこ仮面に飛びつこうとした刹那《せつな》、玉川さんは大きく振りかぶった。

達磨が宙を飛び、男の顔面に命中した。

「うわっぷ」と男はヘンな声を出してひっくり返る。

蕎麦打ちたちが驚愕《きょうがく》して玉川さんを振り返った。

「なんだよアンタ、乱暴な」

「邪魔しないでくれ」

「ぽんぽこ仮面は私の獲物です」と玉川さんは複数の達磨を手に取っている。「よけいなことをしないでくれます?」

「あんたの事情なんか知らないよ」

玉川さんは、摑みかかる男たちめがけて達磨を投げた。鼻に達磨をくらった男たちが涙目になって悶絶し、玉川さんは彼らの手の下をかいくぐって転がった。笊が跳ね飛ばされて蕎麦が飛び散り、悲鳴があがった。ドッと招待客が逃げ始める。

「捕まえろ」と津田氏が叫んだ。

追いつ追われつの混乱の中で、玉川さんとぽんぽこ仮面はいつの間にか背中合わせになり、蕎麦打ち連と対峙《たいじ》していた。

「我々も不本意なんだ」と津田氏は言った。「おまえを連れていかなければ、困ったことになる。正義の怪人なら、我々を助けると思って捕まってくれ」

「そんな頼みには応じられん」

床の間の掛け軸、蕎麦の笊、手拭いなどの曖昧な武器を手にした蕎麦打ち連が飛びかかってきた。達磨が宙を乱れ飛び、障子や襖は穴だらけとなり、電灯が砕けて火花が散った。床の間に飾られていた扇子は踏み破られ、蕎麦と大根おろしと葱と茗荷と鶉の卵が散乱し、山葵《わさび》を顔に塗りたくられて滂沱《ぼうだ》の涙を流す者があれば、熱い蕎麦湯をひっくり返して悲鳴をあげる者もある。

「おとなしくしろ！」

ぽんぽこ仮面が大声で叫んだ。

彼はマントの下から「とても臭いお香」を取りだして火をつけた。そのお香は、ぽんぽこ仮面が中京区《なかぎょうく》某所の秘密基地において、涙目になりながら作り上げた護身用の武器であった。人生の走馬燈が見えるほど猛烈に臭いものであるという。煙が立ち上るやいなや、誰もが噎《む》せ返って涙を流した。扇風機によって臭い爆風が座敷を席巻《せっけん》し、かろうじて居残っていた招待客たちをも一掃した。ぽんぽこ仮面本人もたまらず、黒マントをばさばさと揺らして煙を避けた。

座敷は阿鼻叫喚《あびきょうかん》の地獄絵図である。

「臭い臭い臭いよう、お母さん！」

「なんでこんな目に」

「もうやめた！　もうやめた！　ウンザリだ！」

そのとき、玉川さんはいち早く庭へ出て石灯籠に身を隠しており、恩田先輩と桃木さんは表通りに逃れて兎《うさぎ》のように鼻をクンクンさせていた。そして敗北を悟った津田氏は玄関から逃げようとするところを怪人に阻まれ、二階への階段を駆け上った。窓をくぐり、熱く焼けた屋根へ出た。

ぽんぽこ仮面はマントを翻して津田氏のあとを追う。

○

ぽんぽこ仮面は熱く焼けた瓦を踏みしめていく。

入り組んだ瓦屋根は、まるで近代的ビル街の谷間で波打つ海のようである。あぶられた瓦はフライパンのように焼けていて、割って落とした鶉の卵はアッという間に目玉焼きになった。砂漠のような熱風が祇園囃子を運んできた。

ぽんぽこ仮面は首筋の汗を拭った。

彼の目指す先では、屋根のてっぺんに桃色のものが進退窮まっていた。津田氏である。新撰組に踏みこまれて逃げ損なった桃色の維新の志士のようだった。

「もうダメだ。俺は死ぬ。落ちて死ぬ」

「落ち着け！　いま助けにいく」

ぽんぽこ仮面は慎重に屋根を歩いた。怒りがふつふつと湧き上がる。自分は街の人々に愛される存在のはずである。ことあるごとに通報されていた下積みの季節は過ぎ去り、今や誰からも愛される怪人になったはずだ。どうしてあんな目にあわなければならないのか。

「それにしてもすさまじい暑さだ」

どうして我が輩は旧制高校のマントなんぞを衣装に選んだのだろう。我が輩もまた、「正義の味方といえばマントですね」という固定観念の犠牲者だ。しかし今となっては、世間に流布《るふ》したイメージというものがある。ぽんぽこ仮面の黒マントに憧れるワラシもいるというのに、今さら自己都合で脱げやせん。しかしこの暑さは何のための苦しみか。我が輩は何ゆえこんなことをやっているのだろう。我が内なる怠け者の声を聞くがいい！　南国の海にでも出かけて、爽やかな水上コテージのベランダで、マンゴーのフラペチーノでも飲みながらゴロゴロしたい。あてもなくローカル線に乗って、山奥の無人駅に降り、蟬の声に耳を澄ましていたい。子どもの頃のように夏祭りに出かけ、長い夏休みに想いを馳《は》せて胸を膨らませたい。退屈で退屈でいやになるまで怠けなければ……。

ぽんぽこ仮面はハッと我に返った。

「まったく我が輩はなんという情けないことを考えているのか」

通信教育で学んだ呼吸法で精神を集中し、雑念を振り払う。

彼は几帳面《きちょうめん》に活動日誌をつけていて、あらゆる善行を記録し、活躍が報じられた新聞記事はすべてスクラップしている。一仕事を終えた後、薄っぺらい布団に寝転んで、それらのコレクションを眺めるのが活力の源だった。

かつての善行の数々が、走馬燈のように脳裏を駆ける。

鴨川を漂流しながらアンアン鳴いていた柴犬を救い、琵琶湖疏水《そすい》沿いの道路脇で眼鏡を落としてうごうごしていた小太りの学生を救い、助平な大人たちがアパートに溜めこんだ猥褻《わいせつ》物が燃えるのを未然に防いだ。それだけではない。山に籠もってラーメン道を究めようとして神経衰弱になった店主、報道記事を逆恨みされて忘年会を襲撃された大学新聞部、売り上げ減少になやむ商店街の人々、宝の地図を手にして如意《にょい》ヶ嶽《たけ》山嶺で遭難しかかった少年探偵団、秘伝の忍法帳の奪い合いで内紛に陥った社会人忍者サークルの人々、祖母とはぐれて三条大橋のたもとで泣いていた少年、夫婦喧嘩に猟銃を持ちだして睨み合っていた銃刀法違反夫婦、銭湯のおやっさん、千本中立売《せんぼんなかだちうり》の大衆居酒屋、丸太町通《まるたまちどおり》の古書店主、老舗《しにせ》珈琲店の大幹部、京都市役所の職員……救いの手をさしのべた相手は数知れない。

「そうとも、我が輩はぽんぽこ仮面である」

ぽんぽこ仮面は自分に言い聞かせた。

「誰もが我が輩を必要としている。これも世のため人のため！」

やがて彼は屋根のてっぺんまで這い登り、蕎麦打ち津田氏の腕を摑んだ。津田氏はひいひい泣いていた。そばつゆに染まった作務衣がはだけて腹はムキダシ、頭髪は種々雑多な薬味にまみれて香ばしい匂いがした。

「泣くな、みっともない。もう大丈夫だ」

「大丈夫なもんか」と津田氏は涙にむせびながら言った。「あんたを捕まえるのに失敗した。もう俺はおしまいだ」

「何か事情があるらしいな」

「言っておくけど、俺は悪くないんだ。そいつを忘れないで」

「よくもヌケヌケとそんなことが言えるな」

「嘘じゃないもん」

ぽんぽこ仮面は津田氏の襟首を摑んで持ち上げた。そのまま屋根の端へ引きずっていこうとする。津田氏はもがきながら慌てて叫んだ。「嘘じゃないんだ！　本当だ！　俺は命令されただけなんだ！」

「黒幕がいるというわけか？」

「そうとも！」

「誰だ？　言わないと、ここから投げ落とすぞ」

「待って！　待って！　大日本沈殿党だよ！」

○

「大日本沈殿党」とは、精神的に腐った生活に甘んじる学生たちが発足させた組織であった。「沈殿」というのは、なかなか頭角を現せないで、盆地の底にへばりついている自分たちのことを自虐的に表現したものである。長い歴史があると主張しているものの、じつは発足して十年である。その設立者にして、伝説の裏切り者こそ、今や蕎麦打ち名人として名をあげた津田氏であった。

　下鴨泉川町《しもがもいずみがわちょう》の学生アパート「下鴨幽水荘《ゆうすい》」。

　当初、津田氏が大日本沈殿党を設立したとき、それは他人の不幸を肴《さかな》に酒を呑むという素朴な会合であった。めいめいが見聞した他人の不幸話を持ち寄って、微に入り細を穿《うが》ってあげつらい、自分たちの境遇を慰め合う。

　酒を呑むには他人の不幸がなくてはならない。ところが、肴にする不幸話が底をついてきた。そのときである。

　当時捨て鉢になっていた津田氏が、四畳半の薄暗い片隅で声をあげた。

「肴がなければ作ればいいだろ？」

党はにわかに活気づいた。

ここから一つの思想が生まれた。

「幸福は有限の資源である」

彼らの理論によれば、社会全体の幸福はつねに一定の値をとる。つまりは限られた資源の奪い合いである。Aという人物の不幸は、Bという人物を幸福にし、その逆もまた然り。したがって、自分たちが幸せな学生生活を送ることができていないのは、どこかの誰かが幸せすぎるからであるという結論が導かれる（「幸福の寡占《かせん》状態」）。自分たちが幸せになるためには、どこかの誰かを不幸にすべし。その理論に基づき、党員たちはさまざまの些細な悪事を重ねて、小さな不幸を生みだすようになった。他人の自転車を荒縄で電柱に縛りつけ、下宿のポストに昆虫を放りこみ、鴨川で愛を語らう男女を挟撃した。そうすることで、自分たちが幸福になるチャンスが増大すると信じたのである。

ところが、行きすぎた幸福平等主義は、党員たちの相互監視状態を招く。せっかく自分の活動によって生みだされた幸福が、他の党員に横取りされては元も子もない。口先では己の不幸を嘆きながら秘密裏に幸福を愉《たの》しむ一方で、他の党員の幸福を破壊せんと目論《もくろ》む裏切り者が続出し、ついには党員同士の幸福破壊活動に時間を取られるばかりで誰ひとり幸せになれず、なんのために入党したのかてんで分からんという状態になってしまった。休日を潰して他の党員の足を引っ張ることに血道を上げ、学生の本分も忘れ去られ、設立者にして党首であった津田氏は絶望にさいなまれることになった。

「もうだめだ。ウンザリだ」

津田氏はみずから設立した組織を見捨て、放浪の旅に出た。

あれから十年。その間のできごとはすでに語った通りである。

津田氏は京都へ戻ってきた。信州の水と空気、そして寺の和尚の厳しい教えは、津田氏の魂を洗い清めて赤ん坊のようにピカピカにした。京都に帰ってきたとき、津田氏は大日本沈殿党の怖ろしさを忘れていた。過去のできごとは単なる若気の至り、ちょっぴり恥ずかしい思い出みたいなものに書き換えられていたのである。

ぽんぽこ仮面による「梅吉」救出騒動があった後、津田氏は梅吉を連れて下鴨神社界隈を散策していた。ふと気がつくと、見憶えのあるアパートの前に来ていた。眼鏡をかけてぷよぷよした学生がひとり、アパートに入ろうとしている。彼は声をかけてみた。

「やあ。津田という者ですが」

「はあ」と学生は暗い声でこたえた。「津田さん?」

「昔ここに住んでいたことがあるんだ。相変わらずでびっくりしたよ」

学生は眼鏡の奥で目を細めた。「ああ、そうですか。OBの方ですか」と急に親切になった。「ちょっと中を見ていかれます? 今は俺がこの下宿で一番の古株で、管理人の代理もやってます。珈琲をごちそうしますよ。昔の話を聞かせてください」

そして津田氏は学生に案内されて、昔懐かしい下宿屋に入っていった。このアパートの中だけ、一足先に日暮れがきたかのように暗かった。廊下は埃が積もってねたねたしており、蒸し風呂のように暑かった。彼は何もないがらんとした四畳半に案内された。薄汚れた流し台で珈琲の準備をする眼鏡の学生は不気味な笑みを浮かべている。表につないだ梅吉がアンアンと甲高い声で吠《ほ》えているのが聞こえてきた。

津田氏はふいに不吉なものを感じた。

眼鏡の学生を押しのけた。ドアを開くと、廊下にはいつの間にか大勢の学生たちが集まってきていて、津田氏を通そうとしない。

「どういうことだ？」

彼が振り向くと、四畳半の真ん中に眼鏡の学生はあぐらをかいていた。何かつまらなそうに、壁の染みを見つめている。脂で汚れた眼鏡が虹色に光っていた。「あなたが津田さんですね」

「君はなんだ？」

「大日本沈殿党の党首ですよ。もうそんな組織のことは忘れましたか？」

学生は眼鏡を拭った。

「あいにく、我々はあなたのことを憶えてますよ。伝説の裏切り者め」

○

「十年だよ。あれから十年」

津田氏は言った。

「……呆れるよ。どうして憶えてるの？　どれだけしつこいの？　そもそもいつまでやってるの？　大日本沈殿党は下鴨幽水荘を根城にして、まだ懲りずに活動してるんだ。連中は俺を脅した。あんたを連れてこなければ、今までのノウハウを注ぎこんで、蕎麦打ち会員たちに天誅《てんちゅう》を下すというんだ。連中の怖ろしさは俺が一番よく知ってる。弟子たちが巻き添えになるようなことがあったら、ここまで作り上げたものが水の泡だ」

「どうして連中は我が輩を狙うのだ？」

「あんたの存在が連中の思想に反することはたしかだろ。手当たり次第に人を助けて、幸せのお裾分けをしてるんだからな」

そして津田氏は、よたよたと土下座した。

「……反省しております。今度こそは深く反省しております。たしかに俺は善人というわけではない。しかし、これは重要なところだが、とりわけ悪人というわけでもないんだ。悪の組織に味方したいなんて思ったこともない。俺は仕事をしたい、蕎麦を打っていたい。それだけだ。じつはあんたの活動をひそかに応援していた。梅吉を助けてもらうよりも前から、去年あんたがこの街に姿を現したときから……」

流れた涙がぽたぽたと落ちて、熱く焼けた瓦屋根でジュッと音を立てた。

ぽんぽこ仮面は腕組みをして見下ろした。

「我が輩を大日本沈殿党へ連れていけ。話をつけよう」

津田氏は顔を上げた。涙と鼻水が熱風で乾き、またそこに涙と鼻水が流れる。涙と鼻水が塗り重ねられた津田氏の顔はてかてかと光っていた。

ぽんぽこ仮面はふいに優しい声を出した。

「どうした？　おまえは困っているのだろう？」

「……俺は困ってる」

「困っているならば、我が輩の手を摑むがいい」

ぽんぽこ仮面は右手を差しだした。

「困っている人を助けることが、我が輩の仕事ではなかったか？」

○

ちなみに。

その頃、小和田君は南国の水上コテージでごろごろしていた。

第二章　休暇の王国

なぜ我々の手から休暇は失われたのか。

かつては、たしかにこの手に握っていた。しかしある日、悪辣《あくらつ》な魔術師の呪文によって広大な湖が一夜にして干上がるように、我々の手から休暇は奪い去られた。今や残されているものは「週末」という名のオアシスだけであり、そのわずかな潤《うるお》いさえ、猛烈な砂嵐によって失われがちである。ある人は騙《だま》し騙しやっていく術を身につけ、ある人はその理不尽さに憤《いきどお》り続ける。筆者もしばしば怒っている。

ここで筆者は、ある友人が夢想していた不思議な王国のことを思い出す。

そこは時計もカレンダーもない、果てしない休暇が続くという伝説の国である。偉大なる「退屈王」がなんとなく支配しているというその最奥《さいおう》の地には、時間というものが掃いて捨てるほどあって、凡人にはしのぎきれないほどのおびただしい退屈がはびこっているという。我々の世界における休暇というものは、この不思議な王国が投げかける「影」にすぎない。

友人はこれを「休暇の王国」と呼んでいた。

小和田《こわだ》君が夏のヴァカンスを楽しんでいるのは、水上のコテージである。彼はテラスにある籐椅子《とういす》に腰かけてポカンとしている。潮風が彼の髪を揺らしている。そこから見えるものは、きらめく海と、空と、緑の島々だけである。

○

「そうとも。これだ」

小和田君は満足そうに頷《うなず》く。

その水上コテージには、ヴァカンスを快適に過ごすために必要なものはなんでもそろっていた。白いシーツをかけた清潔なベッド、色鮮やかな果実のならぶテーブル、本棚にはジュール・ヴェルヌの『海底二万海里』と、コナン・ドイルの『シャーロック・ホームズの冒険』。テラスから続く階段を下りると、そのまま桟橋へ出ることができ、澄んだ海がちゃぽちゃぽと音を立てている。いつでもそこから船出して、手近な島で退屈しのぎができる仕組みである。それにしても「退屈しのぎ」とは、なんと奥の深い言葉だろう。

つねづね小和田君は、もっと長い休暇が欲しいと願っていた。一日や二日の休暇に何の意味があろうか。人生全体から見れば誤差の範囲だ。いたずらに物足りなさを感じるばかりで、退屈の底まで行きつけない。退屈で退屈でイヤになるぐらい怠けなければ、働く意欲なんて湧くもんか。

「退屈の底を踏みしめてこそ浮かぶ瀬もあれ夏休み！」

小和田君はマンゴーのフラペチーノを掲げ、ひとり乾杯した。この地上の楽園では、マンゴーのフラペチーノはいくらでもおかわり自由である。

「アア僕はもう、有意義なことは何もしないんだ」

空と海の間に足りないものは、もはやお嫁さんだけだった。

さて。

読者の方々はご存じのように、現実の小和田君は薄暗い蔵の中で眠っている。

小和田君は泣き疲れて眠ってしまった幼稚園児のように中途半端な姿勢で、茄子紺《なすこん》の座布団に埋もれている。ピッタリ閉じた瞼《まぶた》から見てとれるのは、「決して起きんぞ」という不退転の決意である。

物語が半分も進んでいないのに、座布団に埋もれて眠ってしまう人。そんな人物に「主人公」を名乗る資格があるのだろうか。そう仰《おっしゃ》る人もあるだろう。

しかし皆さん。今、我々に必要なのは思いやりの心である。

眠れ、小和田君。眠れ。

主人公だから頑張らなければいけないなんて、いったい誰が決めた？

○

そのとき、週末探偵の玉川さんは入り組んだ瓦屋根の日陰にもぐりこみ、双眼鏡を覗《のぞ》いてぽんぽこ仮面を見張っていた。熱風が吹き、濡《ぬ》らしておいた金魚柄の手拭いはアッという間に乾いていく。彼女は双眼鏡を左手に持ったまま、右手で器用に日焼け止めクリームをその細い首筋に塗った。

「どう？　私も探偵らしくなってきた」

彼女はわくわくしていた。「これが冒険なんだ！」

それにしても、ぽんぽこ仮面をめぐる週末探偵の冒険が急展開を見せつつある土曜日の今、浦本探偵はどこで何をしているのであろうか。立誠小学校の朝の校庭で、彼は玉川さんに事件を引き継いだあと、「俺は手が離せない案件を抱えている」などと某名探偵のような呟《つぶや》きを残して消えてしまったのである。

「探偵としての自覚がなさすぎる」

いらいらしながら双眼鏡を覗いていたら、携帯電話が鳴った。

浦本探偵が「やぷー」と言った。「玉川さん、調子はどうだい？」

「浦本さん！　なんですかそのノンキさ」

「いちいちお腹を立てなさんな。今はどこにいるんだ？」

「お蕎麦屋さんの屋根の上です」

そして彼女は、六角堂における小和田君との合流から、無間《むげん》蕎麦における大騒動までを手際よく物語った。「何度も報告しようとしたんですよ。でも浦本さん、ぜんぜん電話に出ないんだもの」

「京都タワーの地下で風呂に入っていたからな」

「お風呂？　お風呂なんて入ってる場合ですか」

「おいおい、張りこみでドロドロだったんだぜ。髭《ひげ》も伸び放題だったし……」

「……とにかく、ぽんぽこ仮面を狙っているやつらがいたんです。今、津田さんっていう敵のボスが、ぽんぽこ仮面に追いつめられてる。屋根の上でずっと何か喋《しゃべ》ってるみたい」

「それ、盗み聞きできる？」

「無茶ですよ。ここから出ていったら丸見えですもん」

「それならいいや。何もムリして聞かなくても」

浦本探偵は何かをごくごくと飲み、喉から「クウッ」とペンギンが鳴くような声を出した。

「吞《の》んでるんですか？」と彼女は呆《あき》れた。

「大浴場で風呂浴びてさっぱりしたあと、ビールを吞んで休んでるところだ。適切な休息を取ることが良い仕事の秘訣《ひけつ》だぜ。いやあ、昼日中から呑むビールはうまいね」

「とにかく、私は尾行を続けますから、浦本さんもちゃんと働いてください」

「もちろん俺も行けたら行く。でも、これから散髪しなくちゃ」

そのとき玉川さんは双眼鏡を覗いて「待って！」と小さく叫んだ。ぽんぽこ仮面と津田氏に動きが見えた。ゆっくりと屋根を歩き始めている。「動きがありました。尾行します」

「気をつけろ、玉川さん。今日は宵山《よいやま》だ。君は方向音痴だから……」

「努力します！」

玉川さんは携帯電話を切った。

ぽんぽこ仮面と津田氏は町屋の屋根から塀に飛び移り、隣の雑居ビルの敷地へ降りた。彼女もすかさず後に続いた。雑居ビルの敷地から東へ出ると、狭い室町通は祭りの露店と見物客でいっぱいだった。カッと照りつける陽射《ひざ》しと人いきれで、あたりにはムッとするような熱気が淀んでいた。彼女の眼前には「黒主山《くろぬしやま》」がそびえ、駒形提灯《こまがたちょうちん》が強い陽射しに白く輝いていた。

ぽんぽこ仮面が黒いマントを翻《ひるがえ》して通りを走りだすと、「ぽんぽこ仮面だ」「ぽんぽこ仮面よ」と興奮した囁《ささや》きが狭い通りを伝わっていく。今までばらばらの方角を向いていた人々の顔がいっせいにこちらを向き、黒々とした人だかりが裏返って白くなった。

「皆さん、先を急ぎますので御免！」

　ぽんぽこ仮面が叫んだ。

　街路を塞いでいた人ごみに切れ目ができ、きれいな道筋ができた。ぽんぽこ仮面と作《さ》務《む》衣《え》の男はすいすいと雑踏を通り抜けていく。

　ぽんぽこ仮面がその人望で切り開いた道筋は、玉川さんの目の前で瞬《また》く間に閉ざされ、怪人の勇姿を見送る人々の黒山の人だかりに変わる。

「ちょっと！　通してください！　ちょっと！」

　人々の歓声が徐々に遠ざかっていくのを、彼女はもどかしい思いで聞いた。しばらくはその歓声を頼りに前へ進んだけれども、やがて手がかりは失われた。耳を澄ましても、聞こえてくるのはスピーカーから流れる祇《ぎ》園《おん》囃《ばや》子《し》と、子どもたちのあどけない歌声ばかりである。太陽は天頂にあり、焼けつくような陽射しが照りつけていた。

　玉川さんは四つ辻《つじ》の真ん中に立って地団駄を踏んだ。

　目のくらむような陽射しの下を見物客たちが行き交う。浴衣《ゆかた》姿の若い男女の二人連れ、真っ白な日傘をさした老嬢たち、高価そうな一眼レフをかまえてパシャパシャやっている中年男、和服にカンカン帽の老人、お揃《そろ》いの甚平《じんべい》を着た親子連れ。誰もが週末の祭りを楽しんでいる。

「でも私は仕事なんです。週末探偵ですから」

しかしぽんぽこ仮面を見失った今、彼女に何ができるだろう。ただ一つ残された手がかりは、あの「小和田君」という怠け者である。

「いったん蕎麦屋に戻って、あの人を確保しなくちゃ……でも、戻れるかな？」

こんなときにかぎって携帯電話の地図が不具合を起こし、現在位置を検索しても何も教えてくれない。「まったくもう！」と彼女は呟いた。道ばたに出したテーブルで、KBS京都が団扇《うちわ》を配っていた。団扇の裏面には、街の地図と山鉾《やまほこ》の配置が印刷されている。団扇を上にしたり横にしたりして首をひねりながら歩いていると、交通整理をしている警官に激突した。彼女は「キャッ」と悲鳴をあげた。

「お気をつけて」と警官は言った。まだ二十代とおぼしき若い警官だった。空色の夏制服姿で、赤い拡声器を持ち、親切そうな顔をしている。

「すみません」と玉川さんは言った。「私は今、どこにいるんでしょうか？」

「あ、地図をお持ちですね」と警官は言い、彼女の団扇を覗きこむ。すぐに「ここですよ」と地図の一点を指した。

「ありがとうございます。助かりました」

「混雑してますから、お気をつけて」

警官は爽やかに笑った。

そして玉川さんは歩きだした。

しかし、方角をつかさどる神に見放されている彼女は、第一歩目にして、まるで見当違いの方角へ出発していた。彼女にとって、もと来た道を引き返すということが、すでに高等技術なのだ。「もと来た道を引き返せ」なんて平気で言う人間たちは何も分かっちゃいないのだと、彼女はつねづね思っていた。行きと帰りの景色はぜんぜん違うではないか。見えていたものが見えなくなり、見えていなかったものが見えてくる。つまりそれはまったく新しい道を辿《たど》るということである。迷わない方がどうかしている。

彼女は小和田君に対して憤った。

「いったいどこで何をしてるのやら。このタイヘンなときに！」

半分は八つ当たりだった。

○

八つ当たられた男、小和田君はのんびりしていた。

南の島の籐椅子に寝転んで、楽園の退屈を味わっている。

「このまま眠ってしまおうかな」

そのときだしぬけに、潮風にのってアヤシゲな音楽が聞こえてきた。小和田君は眉間に皺《しわ》を寄せた。この音楽はどこかで聞いたことがある。祇園囃子だ。

小和田君は身を起こし、桟橋の方を見た。

こちらに向かって波を越えてくるのは、南国にまるで似合わない屋形船である。舳先《へさき》に設置された壊れかけのスピーカーから雑音混じりの祇園囃子が流れている。屋根の上には「狸山《たぬきやま》」と書かれた駒形提灯がピラミッドのように積み重ねられ、陽光に白く輝いていた。

やがて屋形船は桟橋につき、暑苦しいマントをつけたぽんぽこ仮面が姿を見せて、小和田君の優雅なヴァカンスを一撃で粉砕した。

「言ったろう。君がウンと言うまで、我が輩は何度でもやってくる」

「僕はヴァカンス中なんですよ」

「よろしい。ならば落ち着いて話せる」

二人は水上コテージに入り、テーブルを挟んでソファに腰かけた。ぽんぽこ仮面は仮面をつけたまま器用にフラペチーノを飲んだ。

「……おや、このフラペチーノは、やけにうまい」

「いいでしょう？　南国の味がするでしょう？」

「これぞヴァカンスの味だ。それにしても、このコテージはじつに気分の良いところだな。青い海に青い空、波の音だけが聞こえる。頭の中がからっぽになってしまう……いや、こんな話をしている場合ではなかった。どうも君の怠け癖は伝染する」

ぽんぽこ仮面はフラペチーノを置いて身を乗りだした。「我が輩が理想をいくら語っても、君の心は動くまい。しかし君は知らんのだ。ぽんぽこ仮面になると、さまざまな特典が受けられるんだよ」

そしてぽんぽこ仮面は、小和田君がぽんぽこ仮面2号となったあかつきに受けられるサービスについて語った。怪人としての活動に疲れた身体《からだ》を癒す、北白川ラジウム温泉の年間フリーパス。中京区にある秘密基地には電気ポットや仮眠用の布団を完備。高倉《たかくら》通《どおり》のおにぎり専門店「ころりん」から無限に提供されるおにぎり。中京郵便局の厚意によって開設されたファンレター専用私書箱……。

「乙女たちからの手紙だぞ。請け合おう。モテモテだ！」

「それがこころよい響きであることは認めます」

「街の人々との交流も、ぽんぽこ仮面の大切な仕事だ。まずは愛されること。愛されなくては通報されるからな」

「そう言われてみれば、僕はわりに愛されるタチ」

「受け取る恋文の重みは、ぽんぽこ仮面への愛の重みだ。君はぽんぽこ仮面という役割を引き継ぐだけではない、彼女たちからの愛をも引き継ぐのだよ」

「でも彼女たちが好きなのは、あくまでぽんぽこ仮面でしょう？」

「それはそうだ」

小和田君は少し考えてから、「僕はありのままの自分がモテなくてはいやです」と言った。

「コノヤロウ……いや、小和田君……」

　ぽんぽこ仮面は立ち上がり、水上コテージの中を歩きまわった。潮風がマントを揺らした。立ち止まってフラペチーノを飲んで心を落ち着け、また歩きまわる。「いや、我が輩には分かってる。分かっているとも」と自分に言い聞かせるように呟いた。「君は責任を引き受けるのを怖れているのだ。モテるモテないは本質的な問題ではない」

「とにかく僕は億劫《おっくう》なんです。僕には休暇が必要だ」

「休暇なんぞ必要ない」とぽんぽこ仮面は断言した。「君はただ漫然と動くのを止めれば休むことができると思いこんでいる。しかし我々に必要なのは、じつは動きを止めることではない。正しいリズムを維持することだ。マグロのように泳ぎ続け、疲労の向こう側へ突き抜けること。これがコツだ。したがって我が輩は疲労しない。慣れることだよ、小和田君。それだけのことだ。適応しろ」

　そして、ぽんぽこ仮面はどっかりとソファに腰をおろした。小和田君をなだめるように囁いた。「君は熱心に仕事をしている。勉強もしている。それは認めよう。しかし私生活に目を向ければどうだ？　もっと私生活の充実という観点から人生を見つめ直す必要がある」

「なんであなたにそんな意見を」

「ぽんぽこ仮面の意見と茄子《なすび》の花は千に一つの無駄もない」

以前にもこんなやりとりをどこかで、と小和田君は思った。

少しの間、二人は沈黙して見つめ合っていた。

やがて小和田君は「少し潮風にあたって考えてもいいですか？」と神妙な声で言った。

ぽんぽこ仮面は鷹揚《おうよう》に頷いた。「いいとも。重大な決断だからな」

小和田君は立ち上がり、フラペチーノ片手にテラスへ出た。桟橋へ降りていくと、足の下で海がちゃぷちゃぷと音を立てた。あとは風の音がするばかりである。彼方に見える海と空の境目は、ただ一本の線だった。世界は広々として、まるでからっぽのようである。時計もカレンダーも関係ない。ここは永遠に休暇が続くというあの伝説の国の入り口なのだ。その最奥にある地のことは誰もが知っている。そこでは時間というものが掃いて捨てるほどあって、凡人にはしのぎきれないほどのおびただしい退屈がはびこっているという。

「望むところだ。行けるところまで行ってやれ」

小和田君は桟橋から屋形船へ飛び移った。

ぽんぽこ仮面がコテージから飛びだしてきたときには、もはや手遅れだった。小和田君を乗せた屋形船は桟橋を離れ、澄んだ海を進みだしている。

ぽんぽこ仮面は桟橋を走りながら手を振り、待ってくれと叫んだ。

「ひどいではないか小和田君！　置き去りなんてあんまりだ！」

「どうぞごゆっくり！」

「とりあえず船を戻せ。行くな、な、な？　話し合おう！」ぽんぽこ仮面は切ない声で訴えた。「慌てて結論を出す必要はない。君は分かってない。ぽんぽこ仮面になってみろ。楽しいんだぞ。一度やったら病みつきになる。うずうずするんだ。止めたくても止められない。本業に支障が出るぐらいなんだ」

「そんなのいやです」

小和田君は「バイバイ」と手を振った。

すぐに桟橋は遠ざかり、ぽんぽこ仮面の声も届かなくなった。

小和田君は陽射しを避けて屋根の下に入った。畳が敷いてある。横になって背中に揺れを感じているうちに、彼はぐっすり眠ってしまった。

○

下鴨神社糺ノ森の東。ひっそりとした住宅街にそのアパートはあった。

津田氏によれば学生用アパートということだが、悪の権化《ごんげ》が立て籠《こ》もる最後の砦《とりで》にふさわしい異様なすがたであった。解体された古い家屋を夜陰に乗じて盗んできて、ゴテゴテと盛りつけたようである。窓から突きでた物干し竿に洗濯物がぶら下がっている様子は、夜の海をさまよう幽霊船を思わせる。壁面に張り付いている古色蒼然《そうぜん》とした配管や室外機は、とうてい機能しているようには見えなかった。

玄関脇に掲げられた看板には「下鴨幽水荘」という薄れた字が読める。

津田氏はぽんぽこ仮面の背中に隠れながら、「あんたは正義の味方であるわけだ」と言った。「つまり、こういう戦いには慣れてる。悪の組織なんてお手のもんだろ?」

「心配するな。我が輩にまかせておけ」

「俺は蕎麦を打つしか能のない男だ。サポートは期待しないでくれよ」

「やつらの首領と話し合ってくる。腕力に訴えるのはそのあとだ」

「そいつは紳士的だな。しかし話が通じる人間なら、そもそも『大日本沈殿党』なんかに入らないと思うよ」

「改心するチャンスは残してやる。それが我が輩の流儀だ」

「分かったよ、分かった。あんたにはあんたのやり方がある」と津田氏は両手を挙げた。

「……俺はここで撤退してもいい? 無間蕎麦がどうなってるか心配だから」

「いいだろう。行きたまえ」

そしてぽんぽこ仮面は、下鴨幽水荘に踏みこんだ。

白昼であるにもかかわらず、玄関から奥へ続く廊下は埃《ほこり》だらけで煉瓦《れんが》造りの隧道《ずいどう》のように暗い。廊下の突き当たりに、裏口の硝子《ガラス》戸がぽつんと白く輝いている。玄関脇の靴箱からは得体の知れない異臭が立ち上り、コンクリートのたたきにはぐしゃぐしゃに脱ぎ捨てられた靴が散らばっていた。夏祭りに出かける少女の足を飾るような赤い履き物が一つだけぽつんと置かれている。

　ぽんぽこ仮面は二階へ上がっていく。

「連中、我が輩に気づいているな」

　アパート全体が息を殺しているかのようにひっそりとしていた。炎天下に降る蟬時雨《せみしぐれ》が、別世界から聞こえる音のように頼りない。

　ぽんぽこ仮面は二階の廊下に出た。

　煮染めたような色合いの和簞笥《わだんす》や、埃の積もった達磨《だるま》ストーブ、へんな染みのついた古ぼけた段ボールでいっぱいである。薬局の店先に置かれているカエルや古本市の幟《のぼり》、古めかしい街灯まである。まるでこの廊下の奥が、そのままどこかの奇妙な裏町へ通じているかのようだ。視界の隅を何か赤いものがひらひらしたと思ったら、丸い金魚鉢を泳ぎまわる金魚であった。

　廊下の突き当たりは物干し台に通じているらしい。物干し台に面した硝子戸は、なぜか段ボールで目張りされ、僅かにできた隙間からレーザー光線のように光が射している。黄色い詰め物のはみだした緑のソファが置かれ、後光のように射す光を背にして、大日本沈殿党の党首が座っていた。どうして党首と分かったかというと、汗に濡れて透けてみえるTシャツの胸に、大きく「党首」と書いてあったからである。

「ようこそ、ぽんぽこ仮面」と党首は言った。

大学界隈《かいわい》で行われている罪深い試行錯誤の結果、大気中に漂う「男子学生」という概念が沈殿し、たまたま人のかたちを取ってそこにいる。その怪人はソファに座って、足を盥《たらい》の水につけ、棒アイスをがりがりと囓《かじ》っていた。マシマロのようにふわふわして可愛くさえある頬に不似合いな無精髭が散らばって、脂ぎって虹色に輝く眼鏡は顔にめりこんでいる。彼が貫禄《かんろく》のある肉体を動かすたびに、ソファから埃が噴き出し、金粉のように光の中を舞う。

「大日本沈殿党の党首だな?」

「裏切り者の津田さんは、逃げてしまったのかい。挨拶ぐらいしてくれてもいいが、まあいいだろう。裏切り者なりに義理を果たしてくれた」

「どうして我が輩を狙う?」

「あんたに恨みはないんだよ。……悪く思わないでくれ」

党首がそう言って手を打ち鳴らすと、各部屋のドアが開いて男たちが溢《あふ》れだし、薄汚れたトコロテンのようになって廊下を進んできた。そしてぽんぽこ仮面を四畳半へ押しこみ、バタンとドアを閉めた。その四畳半ときたら、まるでサウナのような猛烈な暑さである。がらんとして家具の一つもなく、流し台はカラカラに乾いて埃が溜《た》まっている。

窓を開けようとしたがビクともしない。

ぽんぽこ仮面は壁を背にしてあぐらをかいた。

天井の隅にある灰色のスピーカーがガリガリと音を立て、党首の演説が聞こえてきた。

「これまで我々は『幸福は有限の資源である』という思想のもと、地道な活動を続けてきた。提出直前のレポートに味噌汁をこぼしてやり、痴話喧嘩《げんか》を見れば火に油を注いでやり、休講の知らせを書き換えてやり、観光客を誤った名所旧跡へ導いてやり……想《おも》え、それらの涙ぐましい努力の数々を！　この我々の勤勉な働きによって生みだされた不幸の数々の対価は、正当な権利を持つ者に与えられるべきである。正当な権利を持つ者とは誰か？　我々のことに外《ほか》ならない！（「そうとも！」という声）。我々は他人を闇雲に不幸にして喜ぶヘンタイではない。クソ虫でもない。我々はただ、幸福の平等なる再分配を主張しているにすぎない！（「そうとも！」という声）」

そこで演説が中断された。

党首が「おい、ぽんぽこ仮面。聞いてるか？」と言った。「その四畳半は、『下鴨幽水荘』が誇る殺人的四畳半だぞ。その暑さはタクラマカン砂漠に匹敵する。何人もの下宿人を病院送りにしてきた怖ろしい部屋だ。なめんな。降参しておとなしく縛られるなら、もう少し快適な部屋に案内してあげよう」

「なんの。おまえこそ、降伏するなら今のうちだぞ」

「言ったな！　おまえが弱るまで、いくらでも演説してやる。演説は得意なんだ」

そして党首の演説は続いた。

「我が力を知るがいい。私が指を一本動かすだけで、百人の学生が留年し、鴨川の対岸で新婚家庭が崩壊する。これから我々は夏休みを迎える。休んでいる暇はない。まずは祇園祭だ。宵山をなめてかかる浮かれた連中に対して、地味に苛立《いらだ》つ嫌がらせを行うのだ。……だが誤解したもうな。私はこの世に悪をもたらすために来たのではない。その反対である。平和をもたらすために来たのだ。諸君は悪の仮面をかぶった平和の戦士なのである！　そして、この聖なる戦いを邪魔する男は誰であるか？（「ぽんぽこ仮面だ！」という声）」

党首は黙りこみ、様子を窺《うかが》った。

ぽんぽこ仮面は堂々と胸を張っている。微動だにしない。

「降伏しなってば」党首は心配そうに言った。「無理すると、本当に倒れちゃうぞ」

「なあに、まだまだ」

ぽんぽこ仮面は言った。

○

気がつくと玉川さんは小さな路地に出ていた。

炎天下を歩きまわったせいで頭がくらくらする。いつものことだが、自分がどうやってここまで辿りついたのか分からない。宵山の喧噪《けんそう》はいつの間にか遠ざかっていた。

「ぜんぜん見当違いのところへ出た気がするけど」

彼女は小さな社《やしろ》に気づいた。建物の隙間にある暗がりに、信楽焼《しがらきやき》の狸がぽこぽこと置かれ、涼しそうにしていた。

「八兵衛明神！」と彼女は呟いた。「……ということは、ここは柳小路？」

振り返ってみると、浦本探偵が張りこみ場所に決めた煙草屋があり、二階には簾《すだれ》がかっている。煙草《タバコ》屋の軒先にできたわずかな日陰に、太った猫が座っていた。「何をしているの、おデブちゃん」と玉川さんは猫を撫《な》でた。

ふいに猫が言った。

「ダイジョウブカ、オジョウサン」

「ちょっと疲れたの」

「ヤスンデオイキ」

玉川さんが煙草屋を覗くと、暗がりからおばあさんがふわりと姿を見せた。「やっぱりおばあさんが喋っていたのね」と彼女が言うと、おばあさんはオホホと上品に笑った。

「ちょっとお邪魔します。二階に上がってもいいですか？」

「はい、かまいませんよ。お仕事ご苦労さま」

彼女はもう一度猫を撫でてから煙草屋に入り、二階へ上った。柳小路に面した二階の四畳半は空気が淀《よど》んでいた。窓の簾が眩《まぶ》しく光り、かえって部屋の中が暗く見える。ぺらぺらした布団、底に少しだけ残った酒瓶、『名探偵の条件』という単行本、吸い殻でいっぱいになった灰皿、囓りかけの菓子パン、散らかったコンビニの袋とレシート、読み散らした週刊誌……それらは、まぎれもなく浦本探偵という混沌《こんとん》の申し子の痕跡であった。その眺めは、片付けても片付けても片付かない「浦本探偵事務所」とよく似ていた。

「あきれた！」

彼女はゴミを袋に詰めて週刊誌を積み重ね、布団を畳んで押し入れにしまった。そして部屋の隅にある黒い扇風機のスイッチを入れ、畳に座ってボンヤリとした。

「また私、片付けしてる……冒険もしないで」

玉川さんが浦本探偵事務所で週末のアルバイトを始めたのは、今から一年少し前のことである。そもそもは探偵業とは関係なく、整理整頓できない浦本氏のために事務所を片付けるのが仕事だった。当時の浦本探偵事務所の混乱ぶりときたらお話にならなかった。公安委員会への届出書には味噌汁《みそしる》がこぼれているし、一年前に囓ったマカロンが資料の間に挟まれ、ファイルシステムは崩壊していた。小学生が牛乳を拭いた雑巾を机の中に隠すように、黴《かび》だらけのレインコートがソファの下に押しこまれていた。彼女の初仕事は、味噌汁のこぼれた「探偵業届出証明書」を乾かし、ちゃんとした額に入れることであった。

そのうち探偵業への興味が芽生え、いつの間にか助手になっていた。給料は雀《すずめ》の涙だったが、仕事は気に入った。上司は浦本探偵ひとりであり、怠け者で酒好きである点をのぞけば、人間として薄暗いところのない人物である。彼女は黴の生えたレインコートを処分し、契約書の書式を改善し、ファイルシステムを立て直した。面倒な事務作業を掌握すれば、主導権を握るのはじつにカンタンであった。

しばしば次のように言われる。

「現実の『探偵』という仕事は華々しいものではなく、地味でつらい仕事である」

しかし、浦本探偵事務所に勤めているうちに、そういった仕事の内実は、まるっきり探偵によりけりであると彼女は確信した。浦本探偵は商売ッ気がなくて怠け者で、地に足のつかないふわふわした人だが、虚空《こくう》から仕事を摑《つか》みだす天賦《てんぷ》の才を持っていた。市バスでたまたま隣り合った人から、夜の木屋町で出逢《であ》った人から、街角で衝突した人から、天から降り地から湧くように、あらゆる依頼が舞いこんだ。古風な片眼鏡のレンズの捜索、瓜生山《うりゅうやま》の天狗《てんぐ》の身元調査、「六つの招き猫」事件……。

浦本探偵は事件を呼ぶ星のもとに生まれた男、紛うかたなき天才だった。まずは何をおいても依頼を手に入れること。探偵業にかぎらず、大切なのはそれである。彼女が不満に思っているのは、天才ゆえの鈍感さか、浦本探偵がせっかくの依頼を無頓着に扱うことであった。彼は夏休みの宿題を先延ばしする小学生のようにあの手この手で逃げを打ち、「人事を尽くさず天命をまつ」とうそぶいた。彼が披露した計算によれば、事務所に持ちこまれる案件のうち、五割は放っておいても自然に解決して些少《さしょう》の報酬をもたらし、三割は依頼人でさえ依頼したことを忘れるから、頑張る意味がないという。「だから、残る二割をしぶしぶ片付けておけばいいのさ」と彼は言った。

玉川さんは簾を巻き上げ、柳小路を見下ろした。

強い陽射しに照らされている柳小路は白々としていた。まるで時代劇のセットのように非現実的に見える。先ほどまで自分がそこにいて、外から煙草屋の暗がりを覗きこんでいたのが、まるで別世界の出来事であったかのように感じられる。八兵衛明神はただひっそりとそこにある。ぽんぽこ仮面は八兵衛明神のお使いですって？　本当だろうか？　どうして狸の神様がわざわざそんなことを？

ちりんと風鈴が鳴った。

一階からおばあさんが抹茶かき氷をお盆に載せて上がってきた。

「あらあら！　きれいに片付いたこと」

「だらしなくて、ごめんなさい」

「お暑いでしょう。これをお食べなさい。涼しくなりますからね」

おばあさんと世間話をしながらかき氷を食べているうちに、玉川さんの身体の中で渦巻いていた真夏の熱気がスゥッと消えて、「ああ暑かったんだな」と思った。彼女は冷たくて甘い溜息《ためいき》をついた。「あまり休んではいられないの」

「あら、お忙しいのね」

おばあさんは言った。「今日は宵山だというのに」

○

下鴨幽水荘では延々と党首の演説が続いていた。

演説の途中、党首は何度かぽんぽこ仮面に「降参しろ」と迫ったが、ぽんぽこ仮面は「しない」と言うばかり。やがて党首も息切れしてきた。

しばし沈黙があった。

「おい、聞いているのか？　ぽんぽこ仮面。降参か？」

四畳半は炎熱地獄だった。ぽんぽこ仮面はあぐらをかいて壁に背をつけていた。ぴくりとも動かない。やがてゆっくりと身体が横に傾き、ごろんと倒れてしまった。

四畳半のドアが開き、党首とその一味が入ってきた。

「蒸し風呂みたいだ」

「気が遠くなるな」

「こんなマントをつけてたら、そりゃキツイよ」

党首が歩み寄ってぽんぽこ仮面の肩に手をかけたとたん、今までボロ雑巾のようにぐったりしていたぽんぽこ仮面が跳ね起きた。党首の首を摑み、猛然たる勢いで向かいの壁に押しつける。「まずい、生きてた！」と党員たちが悲鳴をあげて逃げだした。

ぽんぽこ仮面はでろでろに伸びた党首のTシャツの裾を首に巻きつけて締め上げた。党首は茄子のように膨れてもがもがする。そのとき、ぽんぽこ仮面のマントがめくれた。マントの下の黒ジャージには、発熱時に額へ貼り付ける冷却剤が、便所のタイルのようにびっしり貼られている。「アアッ！　そういうことか、卑怯《ひきょう》もの！」と党首は悲痛な声で叫んだ。

「降参しろ、悪の親玉め」

「悪の親玉なんて、いやだな。そんな、たいそうなものでは」

ぽんぽこ仮面は党首を畳に押さえつけて尻をのせた。優雅な仕草でマントの下から取り出したスポーツドリンクを飲みつつ、手を伸ばして党首の眼鏡を奪い取る。脂ぎった眼鏡の柄は、セロテープで補強されている。

「おまえとは一度会ったことがあるな」

ぽんぽこ仮面は冷たい声で言った。「まさか忘れてはおらんだろう？」

党首は首を縮めた。「あんた、憶《おぼ》えてるの？」

ぽんぽこ仮面は党首の耳元に顔を近づけ、凄《すご》みをきかせて囁いた。

「……我が輩はすべて憶えている」

ぽんぽこ仮面の脳裏で、活動日誌の頁《ページ》がめくられていく。某月某日、琵琶湖疏水《そすい》と東《ひがし》鞍馬口通《くらまぐちどおり》のまじわるところで、眼鏡を落として半泣きになっていた人物を救ったことがあった。眼鏡をなくして眼鏡を捜索することはたいへん困難である。腰をかがめてもぞもぞするアヤシイ仕草のゆえに、道ゆく誰もが男の苦境を見て見ぬふりをしていたっけ。

「眼鏡をいっしょに探してやったのは誰かね？」

「……ぽんぽこ仮面です」

「眼鏡を見つけて、補強してやったのは誰かね？」

「……ぽんぽこ仮面です」

「そうだろう！　そうだろう！」とぽんぽこ仮面は叫んだ。党首の上でトランポリンで弾むように、ボヨンボヨンと身体を揺らした。「それなのに！　おまえは！　恩を！仇《あだ》で返して！　どういうつもりだ！」

「ごめんなさい！　ごめんなさい！　ごめんなさい！」

「なぜ我が輩の邪魔をする？　白状しろ」

「あなたの邪魔をするつもりはなかったんだ」と党首はべそをかきながら言った。「僕らが『正義の味方』にケンカを売ったりするもんか。僕らは世界で一番卑屈なイキモノ」

「ごまかすな。おまえらが黒幕であることはお見通しだ」

「それは認める。認めます。でも僕らも命じられたんだ！」

「……誰に命じられた？　言え！　言え！　言え！」

「閨房《けいぼう》調査団です！」

　ぽんぽこ仮面が押さえつけていた力をゆるめると、党首はぜいぜいと息をしながら、四つん這《ば》いのまま廊下へ転げでた。くちゃくちゃになったTシャツの残骸を首に巻き、ぷるんとふくれて汗に濡れた腹を出したまま、壁にもたれてグッタリした。「閨房調査団の命令にはさからえないんだ」と党首は言った。

「僕が下積みを経て党首になったとき、我が党は崩壊寸前だった。誰がこんなまわりくどい思想にかぶれてくれるもんか。党を立て直すにはエサが必要だった。党員たちの結束、男の絆《きずな》を固めるエサがね」

　党首は泣き声をだした。

「僕を救ってくれたのは閨房調査団だった。我々を結びつけてくれたのは、やつらの提供してくれた桃色資料だ。それのおかげで僕は、党員のハートをがっちりキャッチすることができたわけだ。閨房調査団は我々の桃色嗜好《しこう》を完璧に把握しているし、巨大な桃色コネクションを持ってる。あいつらなしにはやっていけないんだ。今さら閨房調査団の頼みをどうやって断る？」

　ぽんぽこ仮面は顔を上げて廊下を見た。

　下鴨幽水荘の廊下は、集まってきた党員たちで黒々としていた。エヘンエヘンと誰かが咳払《せきばら》いする音が聞こえた。ぽんぽこ仮面と視線が合うと誰もが恥ずかしそうに目を伏せる。

　ぽんぽこ仮面は大声を出した。

「どうした？　おまえたちは困っているのだろう？」

　党員たちの間をざわめきが伝わっていった。

「困ってる」と誰かが言った。「我々は困ってる」

「困っているならば、我が輩の手を摑むがいい」

　ぽんぽこ仮面はいつものように右手をさしのべようとした。

　しかし、どうしたことだろう、右腕がまるで泥に埋もれているかのように重い。

　自分を捕まえようとして集まったこの連中は何であろう、と彼は思った。今ここでポカンと待っている彼らの顔つきを見てみろ。何も考えずになりゆきにまかせているくせに神妙な顔つきで反省したフリをしてみせる。そうやってドングリのようにひしめきあっているのが、なんとなく可愛らしいから、いっそう癪《しやく》に障るのだ。この怠け者どもが！

ぽんぽこ仮面は湧き上がってきた怒りの言葉をグッと呑みこんだ。大日本沈殿党の党員たちに向かって、重い右手をさしのべた。

「困っている人を助けることが、我が輩の仕事ではなかったか?」

◯

柳小路を後にした玉川さんは、寺町通の方へ出ていった。

朝は閑散としていた商店街も、週末の午後らしい賑《にぎ》わいをみせている。

玉川さんは一軒の土産物《みやげもの》屋の軒先で足を止めた。たくさんのぽんぽこ仮面グッズがならんでいた。ぽんぽこ仮面手拭い、ぽんぽこ仮面Tシャツ、ぽんぽこ仮面タオル、ぽんぽこ仮面マグカップ、ぽんぽこ仮面扇子……。正義の味方が肖像権を主張しないのをよいことに、関連商品は作り放題である。

「これはなんというステキぶり……」

しばし任務を忘れてグッズを選び、ぽんぽこ仮面手拭いと、ぽんぽこ仮面扇子を買ってしまった。

「いけない。こんなことをしていては……」

彼女は歩きだした。

ときおり振り返りながら歩くその足取りには、自信のなさが表れている。

「今、私は北に向かって歩いていると思うんだけど、これまでさんざん騙されてきたから『北』のことはまったく信用してないの。北に向かって歩いていると思ってたら、それが南だったりするでしょう。『北』っていうのはまったくインチキだわ。いつも同じだったら対策の立てようもあるけど、裏をかいてやろうと思って反対に向かって歩いたら、そんなときにかぎって裏をかかない方が良かったと判明したりするわけ。なんですかそれ。初志貫徹してください。……まあ、私もオトナですから、『無茶言ってら』ってことは重々承知してますけどね。私の向から先がいつも自動的に北っていうことに法律で決まってたらいいのに！」

無間蕎麦の開催された「蕎麦処六角」が寺町通よりも西の方にあることは、彼女もなんとなく分かっていた。まっすぐ北へ歩いているだけでは辿りつけない。

「西というのはつまり左ってこと」

彼女は歩きながら、こっそり左を指さした。

「でもこれは私が仮に北に向かって歩いているとすればの話。もし南に向かって歩いてるとしたら、西は……右になるわけ。ちょっとの違いで大違いだわ。もし私が北に向かって歩いているなら左に曲がればいいけど、もし仮に私が北に向かってないとすれば、左に曲がったりしたら歩けば歩くほど状況は悪くなる一方です。西の反対って何だっけ？　私にどこへ行けっていうんですか？」

曲がる踏ん切りがつかないまま、彼女は商店街を歩いていった。

やがて「スマート珈琲店《コーヒー》」の前を通りかかった。

その珈琲店は、小和田君を尾行していたときに何度も前を往復したから、強く記憶に残っている。中の様子を覗きこむたびに、小和田君の向かい側に腰掛けていたあのスキンヘッドの怖ろしい顔をした男が鋭く睨《にら》んできたのだった。

彼女は珈琲店の中を覗いた。

ハッとして息が止まるかと思った。店の奥のソファに、ぽんぽこ仮面が二人、向かい合わせで座っているではないか。あっけにとられてまじまじと見ていたら、そのぽんぽこ仮面たちが彼女の方を向き、手を振った。お面をはずしたところを見ると、見憶えのある若い男女である。

「……恩田さんと桃木さん？」

彼らが手招きをするので、玉川さんは店内に入っていった。恩田先輩が席を勧めてくれたので、彼女は腰掛けた。

「とんでもない騒ぎでしたね」と恩田先輩が言った。

「ほんとに。ご無事で良かったわ」と桃木さんが言った。

玉川さんは「ごめんなさい」と言った。「私は逃げちゃったんです。あの後、どうなりましたか？」

「まったく、ひどいありさまでしたよ」

恩田先輩の語るところによれば、蕎麦打ちの師匠である津田氏は姿を消してしまい、座敷は蕎麦と薬味が散乱してメチャクチャ、招待客の大半は逃げ去った。しかし驚くべきことに、なお会場に踏みとどまって黙々と蕎麦を打ち続けようとする一部会員があり、彼らの情熱にほだされて蕎麦をすすり続ける招待客もいた。無間蕎麦の会は今もまだ続き、かぎりなくこの世の地獄に近づいているという。

「小和田さんの居場所をご存じですか？」

「あなたもご存じないですか。我々も知らないんですよ」と恩田先輩が顔を顰《しか》めた。

「蕎麦屋を抜け出すときに捜したけど、見つからなかった。いくら電話しても出ないし」

「寮に帰ったのかもって、話してたところなの」

「小和田さんの居場所が分からないと困ったことになるんですけど……」

「どうしてです？」

「仕事です。詳しい内容は言えませんけど」

「ふふーん」と恩田先輩が思わせぶりな笑みを浮かべた。「まあ、仕事ということにしておきましょう。二人のプライバシーを我々は詮索しませんよ」

「そうよ。詮索しないから安心して」と桃木さんも言った。

玉川さんは否定することを諦め、「もう一度あの蕎麦屋に戻りたいんですけど」と言った。

「六角通を西へ行って、烏丸通の向こう。北側ですよ」と恩田先輩は言った。

「六角通？」

「ここから南へ何番目だったかな。ほら、通りの名を憶える歌があるでしょ？」

「あねごぶっかくたこやくしってやつですか？」

「そいつはなんだか違う」

「あねさんろっかくたこにしき、じゃない？」と桃木さんが言った。「姉小路通《あねやこうじどおり》、三条通、六角通、蛸薬師通、錦小路通《にしきこうじどおり》。だから、三条通の一本南が六角通。だから……」

桃木さんはナプキンにボールペンで書きながら説明してくれた。

「まずは『スマート珈琲店』を出るでしょう。すぐに右に曲がります。商店街をまっすぐ歩いて、三条通を通りすぎて『六角通』の表示を見つけたら、また右に曲がる。あとはまっすぐ歩いていけばいいの。烏丸通の信号を渡ったら、向かって右手にお蕎麦屋さんが見えてくるはず。暖簾《のれん》に『六角』って書いてあるし、町屋だから、外観を見れば思い出せるんじゃないかしら。送ってあげられればいいんだけど、これからも私たち予定がたくさんだから」

「お二人はこれからどうされるんですか？」

「俺が学生時代に住んでいた『下鴨幽水荘』っていう下宿がありましてね。桃木さんが一度行ってみたいと言うもんだから、案内するんです」

「ものすごく古くて、要塞みたいなところなんですって」

「そのあとの予定も決まっている。下鴨幽水荘を探検したあと、大学の恩師に挨拶してから、北白川ラジウム温泉に行く。そして夜は宵山見物。露店で夕食を取ってから、四条烏丸の交差点で午後十一時に宵山が終わる瞬間を目撃する。どうですか、この完璧な週末の計画は！」

恩田先輩は手帳をしまって立ち上がった。

「宵山見物は小和田君も誘うつもりだったんです。彼を見つけたら連絡するように言ってください」

「そうそう。そうなの」

桃木さんは微笑《ほほえ》んだ。「伝えていただけますか？　逃げられると思わないでね、って」

○

そのとき小和田君は、列車に乗って旅をする夢を見ていた。

「そうとも。これだ」

彼は微笑みを浮かべ、ボックスシートで脚を伸ばした。

その車輛《しゃりょう》には、彼のほかに誰もいなかった。旅のおともは豊橋《とよはし》で買ったちくわと、ペットボトルのお茶である。手には青春18きっぷがある。その切符こそ、大学生時代に小和田君を日本各地へと連れていってくれた魔法の切符だった。ただひたすら安く遠くへ行くことだけを念頭において、常軌を逸したスケジュールを組み、列車から列車へと飛び移っていた。日が暮れる頃、見知らぬ町で下車しても、列車の揺れが追いかけてきたものであった。人を訪ねるでもなし、おいしいものを食べるでもなし、ただひたすら退屈を味わい、休暇の王国の奥底へ。学生時代の夏休みと鉄道の旅は分かちがたく結びついている。

「退屈だなあ。じつに退屈だ」

そうして小和田君が退屈の旅を楽しんでいると、隣の車輌から人がやってきた。車窓から射す真夏の陽射しが、そのスキンヘッドを滑らかに輝かせている。その人物は揺れる車内をツカツカとまっすぐ歩いてきて、小和田君の向かいに腰掛けた。

小和田君はびっくりした。「どうして所長がこんなところに」

「こんにちは、小和田君。また君はこんなところでボンヤリしているのですね」

「ボンヤリするしかないでしょう。駅につくまで、とくにすることもない」

「駅についても何をするのですか？」

「駅についたって何もすることはありませんよ」

「それではけっきょく何もしないのではありませんか」と所長は溜息をついた。「週末を充実させるという話はどうなったんです？」

「今まさに充実させているでしょう。ほら、退屈に充《み》ち満ちてる」

「これを充実と言いますか？　ここに冒険というべきものは何一つない」

「小冒険を嗤《わら》う者は小冒険に泣くといいますヨ」

するとと所長は「まったくもう！」と言ってスキンヘッドを撫でた。「君はもったいないことをしているんです。人生は短い。不気味なほど短い。そんなことは分かっていると言われるかもしれない。しかしそれは気のせいです。諸君は何も分かっていない」

「帯に短し襷《たすき》に長し」

「なんですって？」

「いや、べつに何でもないです」

「うかうかしている場合ではないのですよ。そうしている間にも、人生の負債は積み上がっていく。いずれ誰しも借金を返すときがくる。気づいたときには手遅れなのだ」

「所長、窓の景色を見ましょうよ」

「景色？」

「せっかく鉄道に乗っているんだから」

「しかしそんなことをしている場合では……」

「たまにはいいでしょう？」

小和田君が車窓を眺めていると、山間《やまあい》にある小さな見知らぬ町が見えた。ひょっとすると、いつか自分はその町を訪ねるかもしれない。山のふもとに神社があり、提灯がつらなっているのが見えた。鬱蒼《うっそう》とした森のせいでその一角だけが薄暗い。聞こえるはずもない祭り囃子が空間を越えて、こちらまで届くような気がした。

「聞こえますか？」と小和田君は言った。「祭りの音がしませんか？」

所長は怪訝《けげん》そうな顔をした。「聞こえませんね」

そして所長は色つき眼鏡の向こうから、鋭い目で小和田君を見た。

「君は自分に嘘をついています。怖がっている。本当は見知らぬ世界に打って出たい。冒険したい。人生を謳歌《おうか》したい。そう思っているはずです。そうに決まっている。私には分かるのです」

「それは違う。ぜんぜん違います」

「人間というものは、自分が真に求めていることに気づかないものですよ。真実の君は、新たな一歩を踏みだそうとして、今まさに葛藤しているのです。その苦しみはよく分かる。分かります。私だってそうでしたから。その葛藤を乗り越えたとき、君は一皮剝《む》けたイイ男になるわけです。ねえ、小和田君。私がここまでイイ男になるのに、どれだけ苦労したことか」

以前にもこんなやりとりをどこかで、と小和田君は思った。しかし思い出せない。所長は向かいの座席に座って沈黙している。

小和田君は言った。「少し一人で考えてきてもいいですか？」

「いいでしょう。私はたいへん大切なことを言いました」

小和田君は立ち上がり、隣の車輛へ歩いていった。

やがて列車は山間にある無人駅についた。見憶えのある駅だった。学生時代に訪ねたことがある。列車がガクンと揺れて完全に停止すると、あたりがシンとした。小和田君がホームに降りて待っていると、ドアは閉まり、列車はゆっくりと動きだした。

所長は座席にもたれ、ボンヤリと車窓を眺めていたが、ホームに立っている小和田君と目が合ったとたん、弾かれたように立ち上がった。掌《てのひら》で窓をバンバン叩《たた》き、「何をしているんです！」と叫んだ。

「僕は途中下車します。所長はお先に。ちくわもどうぞ」

所長は列車の進行方向とは逆に向かって歩きながら、小和田君に呼びかけ続ける。

「こんなところで下車してどうするんです？　騙し討ちとはひどい！」

「僕は怠けるためには何でもする」

「また君はそんなことを！　もっと冒険しなさい！」

「そんなのいやです」

小和田君は「バイバイ」と手を振った。

やがて所長を乗せた列車は走り去り、トンネルの奥へ消えてしまった。

小和田君は駅名標のとなりに立って、案山子《かかし》のように両腕を広げ、頭の芯にまで染み通ってきそうな蟬の声に耳を澄ました。その駅は自分と同じ名前なので、小和田君はなんとなく嬉《うれ》しかった。

飯田《いいだ》線「小和田《こわだ》」駅。

そのちっぽけな駅は、むくむくと盛り上がる夏山に埋もれるようにしてあった。トンネルから出てトンネルへ消える線路が、真夏の陽射しに鈍く光っている。

世界は退屈に充ち満ちている。

小和田君は木造の駅舎の日陰で座りこみ、列車の揺れの余韻に身を任せた。それは南国の浜に寄せて返す波のようだった。純粋な退屈を心ゆくまで味わっていると、世界がからっぽになったように感じられた。本当に時間は流れているのだろうか。本当に次の列車は来るのだろうか。

「アア僕はもう、有意義なことは何もしないんだ」

ふと、先ほど車窓に見えた山間の町の祭りのことが脳裏をよぎった。

「あの祭りは宵山だろうか」

そんなことをボンヤリと考えながら、小和田君は眠ってしまった。

○

下鴨幽水荘は沈黙に包まれている。

ねっとりと垂れる水飴《みずあめ》のように時間が流れていく。

ぽんぽこ仮面は階段脇にある洗濯機置き場に身を隠していた。

「閨房調査団」

彼は呟いた。

その名前には聞き憶えがあった。

閨房調査団とは、あらゆる分野におよぶ桃色資料を共同で蓄積して、大秘宝館の建設をもくろむ人間たちの連合体であった。書籍や映像にとどまらず、江戸時代の浮世絵から、歴史の荒波に揉《も》まれてアッという間に消えていった哀愁漂う玩具たちも蒐集《しゅうしゅう》の対象で、世界に誇れる（あるいは恥ずべき）一大コレクションを築き上げ、長岡京市の某所に共同アーカイブを建造中であるという噂も流れている。

ぽんぽこ仮面は脳裏にある活動日誌の頁をめくっていく。

京都市内に分散して保管されていた資料の一部が灰になるところを救ったことがある。北野白梅町《きたのはくばいちょう》の嵐電《らんでん》沿いにある古いアパートにおいて、某月某日、団員が古い電気ヒーターをつけたまま居眠りをした。崩れ落ちた資料が焼けて煙を上げ始め、慌てて窓を開けたところ、たまたまぽんぽこ仮面が通りかかった。ぽんぽこ仮面の働きによって、消防車や警察を呼んで桃色コレクションの存在を明るみに出すことなく、事態をおさめることができたのだ。慌てて駆けつけてきた閨房調査団の幹部は、平身低頭して感謝し、桃色コレクションの一部を贈呈すると言いだしたが、ぽんぽこ仮面はこれを固辞したものである。

彼らが自分を捕らえようとするのは恩を仇で返す行為だ。

そうして待っているうちに、閨房調査団の男たち五人が玄関に現れた。一人が「すみませーん」と声をかけた。ごそごそしながら「汚いアパートだ」、「暗くて何も見えない」などと不平を洩《も》らしている。

彼らが靴を脱ぎ、廊下を手探りで歩きだしたときである。

「かかれッ!」

ぽんぽこ仮面が号令するや、大日本沈殿党員たちが襲いかかる。「何をする!」「裏切りか!」と閨房調査団たちは口々に喚《わめ》いたものの、暗がりに目が慣れていなかったせいもあって不覚を取り、瞬く間に廊下にねじ伏せられてしまった。肌がつやつやした初老の男が床に押さえつけられ、「チクショウ!」と叫んでいた。ぽんぽこ仮面がマントを翻して立つと、男は息を呑んで黙った。

ぽんぽこ仮面は言った。「火事騒ぎの恩はもう忘れたのか?」

「……たしかにあんたにはお世話になりましたですよ、ぽんぽこ仮面」と男はふて腐れた。「でも、しょうがないでしょ。あのときはちゃんと感謝したじゃないですか。それはそれ、これはこれです。一度ぐらい助けられたからといって、未来永劫《えいごう》『恩に着ろ』なんて図々しい」

「どうして我が輩を狙うのだ？」

すると男は不敵な笑みを浮かべた。

「狙っているのが我々だけだと思っているのか？」

鬨《とき》の声のようなものが下鴨幽水荘の周囲で湧き起こり、崩壊しかけたアパートを揺さぶった。午後の真夏の光が溢れる玄関と裏口から、大勢の人影がドッと流れこんできた。まるで濁流のように廊下を前後から押し寄せ、閨房調査団と大日本沈殿党とぽんぽこ仮面を十把《じっぱ》一絡《ひとから》げにして揉みくちゃにする。たちまち、アパートの一階は、満員電車にツチノコでも現れたような大騒動となった。入り乱れる人間たちは興奮してぽんぽこ仮面を奪い合ったが、統制が取れていないためにいっこうに成果は上がらず、誰かが「捕まえた！」と叫ぶと、当の本人が押しのけられ、たがいにたがいを邪魔するばかり、煙玉を乱れ打って得意になっている者もあれば、自分で自分に網をかけて自己完結的にうごしている者もある始末だった。

ぽんぽこ仮面は呆然《ぼうぜん》としていた。

大日本沈殿党と閨房調査団は言うまでもない、彼を捕まえようとする敵の中には見憶えのある顔がいくらでもあった。大学新聞部の学生たち、地元小学生たちが結成した少年探偵団、忍法帳の奪い合いで内紛に陥っていたところを仲裁してやった社会人忍者サークルの人々、柚子湯《ゆずゆ》に使う柚子を坂道に転がして困惑していたところを救った銭湯経営者、商店街活性化のための「ぽんぽこ祭り」に協力した商店街の人々、崩落した明治文学全集の下から救いだした丸太町通の古書店主、珈琲豆窃盗団から守った老舗《しにせ》珈琲店の大幹部……あれほど感謝してくれた人々が、今や憤怒の形相で摑みかかってくる。

「どういうつもりだ！　我が輩はぽんぽこ仮面だぞ！」

そのとき、ザーッと音がして廊下いっぱいに水が注いだ。

猛り立っていた人々が悲鳴をあげた。

玄関の方から「ぽんぽこ仮面！」と呼ぶ声がした。見れば若い女性が、まるで西部劇の早撃ちガンマンのように腰の位置でホースを構えている。ホースから噴出された水流はアパートの廊下をのたうちまわり、10円電話を薙《な》ぎ倒し、天井にある電灯のカバーを落下させ、大日本沈殿党党首の眼鏡をやすやすと弾き飛ばした。濡れ鼠《ねずみ》になって身を縮める人々を押しのけ、一人の男が駆けこんできた。男はぽんぽこ仮面の手を摑み、玄関の方へ連れだそうとする。「逃がすか！」と喚いて追いすがる者たちは次々と水流に鞭《むち》打たれて悲鳴をあげ、飛沫《しぶき》が廊下に立ちこめた。

ぽんぽこ仮面は玄関の外へ転がり出た。

「戦略的撤退だ」

そのまま敷地を飛びだして、マントを翻し走り始めた。

「ぽんぽこ仮面！　待って！　待って！」と背後から声がする。

走りながら振り返ると、彼に追いつこうとしているのは、恩田先輩と桃木さんであった。ぽんぽこ仮面は走りながら礼を言った。「ありがとう！」

「いつも応援してます」と恩田先輩が喘《あえ》ぎながら言う。

「あのこれファンレター」と桃木さんも喘ぎながら言う。

ぽんぽこ仮面は走りながら手紙を受け取り、礼儀正しく頭を下げた。それから恩田先輩が差しだした色紙とペンを受け取り、すらすらとサインした。

「ご協力感謝する！　我が輩は先を急ぐので失礼！」

ぽんぽこ仮面が走り去ったあと、恩田先輩と桃木さんは立ち止まってハアハアと息をしていた。恩田先輩は濡れた髪をかき上げ、ついに手に入れたサイン色紙をチャンピオンベルトのように掲げた。

「見ろ、桃木さん！　我々はやったぞ！」

「すごい！　本当に予定通り！」

二人は顔を見合わせてニッコリと笑った。

背後を見ると、下鴨幽水荘は乱れ飛ぶ怒号と罵声で震撼《しんかん》し、今にも崩れ落ちそうである。あまりのことに野次馬も集まり始めた。やがて、ずぶ濡れになった人たちがよろよろと外へ出てきた。「誰だ！　水をかけたやつは！」という怒りに充ちた声が往来に響いた。

恩田先輩と桃木さんはもう一度顔を見合わせ、脱兎《だつと》のごとく逃げだした。

「充実した土曜日だ」

「充実した土曜日ね」

○

とにかく玉川さんは冒険したかった。

玉川さんという人は、あと少しのところで冒険を逃すことが多かった。浦本探偵は事件解決を流れにまかせる人だったから、次の展開を予想するのはむずかしい。探偵的直観を研ぎ澄ませていないと、冒険する間もなく事件が解決しかねない。彼女の本分は学生であるから、事件の展開に追いつくのはいっそう困難だった。彼女はどれだけやる気を持てあましたことだろう。「とりあえず事件が解決すればいい」とイイカゲンになれないところが、玉川さんという人の愛すべきところだ。

彼女は六角通を歩いていた。

ぎらぎらと太陽が照りつけ、民家や商店やマンションのならぶ通りには日陰もなく、いやになるほど暑かった。

「早くしないと！　早くしないと乗り遅れる！」

彼女の探偵的直観によれば、「ぽんぽこ仮面事件」は風雲急を告げつつある。事態が混乱してぐちゃぐちゃになっているときこそ、無名の人間が頭角を現すチャンスだというのが父の教えだ。この事件がなんとなく解決されてしまう前に、どうにかして首を突っこみたい。

そこへ浦本探偵から電話があった。

「やぷー。玉川さん、ぽんぽこ仮面はどうなった？」

「またノンキそうな声ですね、もう！」

彼女は六角堂の門前で溜息をついた。門の下には涼しい日陰ができていて、ビルの谷間を吹き抜ける熱い風に青々とした柳が揺れている。彼女はこれまでの経緯を手っ取り早く説明した。

「そうかい。ぽんぽこ仮面は逃がしちゃったか」

「宵山だから観光客がすごいんです」

「いいって、いいって。君の尾行が下手っぴなのは知ってるし」

「下手っぴって言わないでください」

「しかし、その小和田君という男を見つけたら、何らかの利益になるかもしれないな」

「なんとしても見つけます。ところで、依頼人から連絡はありました?」

「あったけど、適当にはぐらかしておいた。何をあんなに焦ってるのかね」

「浦本さん、事件を解決する自信があるんですか?」

「自信があろうがなかろうが、事件解決には何の関係もない。それだけは自信を持って言える」と、浦本探偵は言い切った。「それじゃまた連絡する。アデュー」

六角通をまっすぐ西に向かって歩いてきたのは間違いない。もうそろそろ蕎麦屋が見えてきてもいいはずだ。しかし露店がつらなるばかりで、紺の暖簾を下げた町屋は見あたらなかった。彼女はふと不安になった。

彼女は目の前で交通整理をしている警官に「すみません」と声をかけた。まだ二十代とおぼしき若い警官だった。空色の夏制服姿で、赤い拡声器を持ち、親切そうな顔をしている。

「この先は西ですよね?」

「いやあ、違います。この先は北です」

「ウオッ?……あ、ヘンな声が出た」

自分はたしか西に向かって歩いていたはずではないか。途中で曲がった憶えはない。それなのに北へ向かっているとは、何が起こったのか。ひょっとすると六角通というものは途中で北に曲がっているのか？

「そうすると……私は今、どこにいるんでしょうか？」

「あ、地図をお持ちですか？」

警官は言い、彼女の団扇を覗きこむ。すぐに「ここですよ」と地図の一点を指した。その頼りがいのある素早さに彼女は惚れ惚れとしたが、一時間ほど前に同じようなやりとりをしていたことを思い出した。案の定、彼女の顔を覗きこんだ警官が「あれ？」と呟くのが聞こえた。

彼女は赤面した。「また迷っちゃって……」

「この混雑ですからね。お気をつけて」

警官は爽やかに笑った。

彼女はそそくさと逃げるように歩きだす。

「おかしい。ぜったいにおかしい」

彼女は汗を拭いながら考えた。

「いくら私でも普段はこんなに迷わない。宵山のせいかしらん？」

玉川さんは露店の裏側を抜け、電気コードに引っかかりそうになり、トウモロコシの詰めこまれた段ボールとガスボンベの隙間を抜け、路地の奥にある見たこともない神社で遊ぶ子どもたちに道を訊ね、硝子窓から半地下の薄暗い喫茶店を覗きこみ、涼しげな金魚鉢が置かれた画廊の前を通り、軒先で陽射しに焼かれる鍾馗《しょうき》さんを見上げ、薄汚れて蔦《つた》のからまったビルの裏手を抜け、赤い風船が漂う地下道を歩き、大丸百貨店の食料品売り場をさまよったが、混迷は深まるばかりだった。彼女の向かう先で街はかたちを変え、見たこともない街が立ちふさがる。そしてどこを歩いても、祇園囃子が聞こえていた。

彼女の迷走っぷりに呆れている読者もおられよう。

しかし皆さん。今、我々に必要なのは思いやりの心である。

迷え、玉川さん。迷え。

探偵だから道に迷ってはいけないなんて、いったい誰が決めた?

◯

小和田君は座敷に座っていた。

涼しい夕風が簾を揺らし、網戸越しに吹きこんできた。風鈴が鳴った。簾の向こうには夕焼けに照らされて金色に染まった田んぼが広がっていて、遠くには盆地を囲む山々が見え、空は少しずつ暗くなっていた。ごろりと横になってみると、懐かしい畳の匂いがした。

「ここはじいちゃんの家だぞ」

小和田君は気づいた。子どもの頃、夏休みのたびに家族で出かけたものだ。今となっては祖父母の家はもうなくて、帰ろうにも帰れないのである。

そうなのだ。今は夏休みなのだ。あの頃は一ヶ月というものがとてつもなく長く感じられた。不思議なことだ。今は一ヶ月というものが週末を四回繰り返すだけで終わるということを僕は知っている。週末を気にしながら平日を過ごす。これを四セット繰り返せば、あっという間に一ヶ月が経《た》ってしまう。それを十二回繰り返せば一年だ。そんな一年を繰り返しているうちに、僕の二十代は終わり、三十代は終わり、四十代は終わって……もちろん、それだけ生きられればの話だけど。それにしても、子どもの頃には無限にあるんじゃないかと思っていた夏休みはどこに消えたんだろう。

小和田君はしばらく横になって、蟬の声を聞いていた。淋《さび》しい夕暮れだった。しばらくして、小和田君はふと肘をついて身体を起こした。

簾の向こうに耳を澄ました。

「お祭りの音がするな」

人の姿は見えないけれど、祭りへ向かって歩いていく人たちの気配があった。遠くから風にのって、田んぼを渡り、簾を揺らして座敷に吹きこんでくる祭りの音は祇園囃子だった。

「そうか、今日は宵山か」

小和田君はあぐらをかいて座った。

「みんな宵山へ行くんだな。恩田先輩と桃木さんはどうしているだろうか」

かたわらを見ると、畳の上に水の溜まった金魚鉢があった。簾から洩れてくる夕方の光が、ガラス製の金魚鉢を光らせている。中を覗きこんでも、金魚はいない。

「なんだこりゃ？」

小和田君はあぐらをかいたまま、水ばかりの金魚鉢を眺めていた。

やがて簾の向こうを赤いものがひらひらと舞うのが見えた。その華やかな赤いものは簾の下をくぐり、網戸を開けて座敷に上がってきた。それは一人の、金魚のように真っ赤な浴衣を着た女の子だった。まるで見えない誰かにくすぐられているかのように、のべつくすくすと笑っているのが、なんとなく不気味な感じであった。その女の子が座敷に入ってきたとたん、簾の向こうの田んぼでは、すっかり日が暮れたらしい。あたりを照らすものは太陽の光ではなく、どこからか射してくる提灯の赤っぽい光だった。

女の子はくすくす笑いながら小和田君を見ている。

「お祭りへ行くのかい？」

小和田君が訊ねると、女の子は口をつぐんだまま首を振った。くすくすと笑うくせに、腹を立ててるみたいに頬を膨らませている。

その目つきは大人の女性みたいに艶《なま》めかしい。

彼女は得意そうに顎を上げ、プッと息を吐いた。その口元から赤いものが飛びだして、小和田君のかたわらにある金魚鉢に飛びこんだ。

金魚鉢を覗くと、赤い金魚がひらひらと泳いでいる。

小和田君は呆れた。

「器用なことをするなあ！」

女の子は声も立てずに笑った。

祇園囃子が聞こえていた。

◯

ふたたび玉川さんは柳小路で八兵衛明神を見つめていた。

「ほんとに狸くさい空間、けしからんほどステキだわ」と彼女は考えた。

「かわいいかわいい狸さん」

玉川さんは歌うように呟いた。「またお会いしましたね」

ひょっとすると狸に化かされているのかしらん。

彼女は一度も狸を飼ったことはないけれども、狸への思い入れはひとかたではない。子どもの頃、彼女の家には狸と満月を描いた古い屏風《びょうぶ》があった。その屏風は彼女の曾祖父が友人の画家から贈られたという話だった。大学の先生であった曾祖父は狸たちと仲が良くて、「狸先生」と呼ばれた。その頃、玉川家は現在の岡崎のあたりにあったが、まわりは森と草っぱらで、毛玉と見分けのつかない狸たちがあたり一面ころころしていたにちがいない。

玉川家の家訓というか、先祖伝来の風邪の治し方として、寝た子どものまわりに屛風を張り巡らせて悪い風を防ぐという風習があって、彼女は風邪をひくたびに屛風の狸たちを眺めることになった。風邪で寝こんでいるときというのは何もすることはないし、退屈で淋しいものである。そういうとき、屛風に描かれた狸たちがどれほど彼女を慰めてくれたことか。彼女は屛風に入っていって狸たちと遊び、屛風から出てきて布団のまわりを転がる狸たちを追いかけたものだった。

祖父が子どもの頃には、狸が坊主に化けて家を訪ねてきて、孔雀《くじやく》の羽根が飾られた洋間で曾祖父と夜更けまで談笑し、生意気にも葡萄酒《ぶどうしゆ》を飲んだりしたという。ある日、狸の坊主が帰っていくあとを祖父がつけてみたら、途中で坊主の禿《は》げた頭にわっさわっさと毛が生えだして、あれよあれよという間に巨大な毛玉になり、野原をごろんごろんと転がっていったという。「狸が人を化かすときには独特の気配があるものだよ」と祖父は言った。「なんとなく狸気《りき》が濛々《もうもう》と立ちこめてくるのだ」

玉川さんはくんくんと鼻を鳴らし、八兵衛明神に語りかけた。

「狸に化かされるのはステキだけど、今日は勘弁してもらえませんか?」

柳小路に降り注ぐ陽射しには、夕暮れの気配が交じり始めている。

「いやんなっちゃう！」と彼女は呟いた。

そのとき、「お嬢さん」と煙草屋のおばあさんが声をかけてきた。「また戻っていらしたの？」

「戻りたくなかったけど、戻ってしまったの」

「ずいぶんお疲れのようね。休んでいかれたら？」

彼女はふたたび煙草屋の二階に上がった。

張りこみ部屋の四畳半から柳小路を見下ろすと、八兵衛明神はちゃんとそこにある。彼女は濡れた手拭いで汗を拭い、畳にごろりと寝転がった。全身から疲れが染みだしていくようだった。窓の簾をポカンと見上げていると、ここが新京極に近い街中だとは思えないほどである。顔を横に向けると、半開きになった押し入れの下段に、赤い達磨が置かれているのが見えた。林檎《りんご》ぐらいの大きさで、夕闇に浮かぶ赤い提灯みたいに光っているような気がした。

次に浦本探偵の呑み残した酒瓶が目に入った。

「テングブラン」という古風なラベルが貼ってある。

テングブランという奇妙な酒のことは、浦本探偵から聞いたことがあった。

明治時代に浅草の神谷バーで考案された「デンキブラン」という酒がある。場所は変わって京都、当時電信局の職員で「稲妻博士」と呼ばれた日曜発明家が、デンキブランを真似ようとして実験を繰り返し、偶然に発明してしまったのが「テングブラン」である。そのおいしさは筆舌に尽くしがたく、天狗になって空を駆けるような酔い心地だということからその名がついた。一方、それはデンキブランを意図して作り損ねた偽物であるから、「偽電気ブラン」という呼び名でも知られている。テングブランは現在も京都のどこかで秘密裡に製造され、夜な夜な街に運びこまれる。とくに今日のような宵山前後、祭りの気配が高まるときは、テングブランの流通量も厖大《ぼうだい》なものになるという。

「テングブラン、どんな味かしら」

彼女は手を伸ばしかけ、「いけないいけない」と首を振った。「何やってるの。仕事中にお酒なんか呑むわけにはいかない。浦本さんと同じになっちゃう」

やがて煙草屋のおばあさんが冷たいラムネを持って上がってきた。

「お暑いでしょう。これをお飲みなさい」

よく冷えたラムネは身体の隅々まで染み通っていくようだった。「五臓六腑《ごぞうろっぷ》に染み渡るって、こういうのかも」と彼女が言うと、「お嬢さんは難しい言葉をお使いね」とおばあさんは言った。玉川さんは風鈴の音に耳を澄ましつつ喉を鳴らしてラムネを飲み、甘く爽やかな匂いのする溜息をついた。

「どうして私、こんなにも道に迷うのかしらん?」

「宵山のせいでしょう。不思議なことが起こるものです」

「子どもの頃にも迷子になったんですよ。だから宵山はきらい」

なにしろ幼い頃のことなので、すべての記憶が曖昧である。自分の記憶と、後から父に聞かされた話の境目がぼやけている。父と宵山に出かけて、迷子になったことがあった。しばらくの間、自分がどこで何をしていたのか、ハッキリとしたことは分からない。楽しい思いをしたという漠然とした感触があるばかりだ。

「あなたも迷子になったのね？」とおばあさんは微笑んだ。「私も迷ったことがありますよ。それ以来怖くて、宵山に出歩いたりはしないのですよ。とくに夜ともなればね」

「そうだわ。夜になったりしたら、もっとタイヘン。だからこんな寄り道をしてる場合じゃないんだけど……あ、おばあさんと話したくないってことじゃないの」

「また道に迷ったらいつでもお立ち寄りくださいな」

「ありがとう。とても助かるけど、いくらなんでも三回目はないと思う」

「でもね、二度あることは三度あると言いますから」

彼女が煙草屋を出るとき、時計はすでに午後四時をまわっていた。煙草屋の暗がりから猫を抱いたおばあさんが手を振った。そのとき玉川さんは煙草屋の棚にならんだ煙草の隅に、古風なラベルを貼った小さな酒瓶が置いてあることに気づいた。ラベルには「テングブラン」と書いてあった。

◯

玉川さんが煙草屋をあとにして半時間ほど後のこと。

柳小路をよろよろと歩いてくる黒い人影があった。ぽんぽこ仮面である。

ぽんぽこ仮面は疲れ果てていた。

下鴨幽水荘の襲撃から辛くも逃げだしたあとも、彼は行く先々で追い立てられた。下鴨神社で遊ぶ子どもたちは防犯ブザーを鳴らして彼のあとを追い、出町商店街は立ち寄ることさえできず、タクシーには乗車拒否された。荒神橋《こうじんばし》のそばにある珈琲店の暗いドアから、古びた八百屋の深い軒下から、京都ホテルオークラのロビーから、京都市役所の裏口から、次々と追っ手が飛びだした。

はじめのうち、ぽんぽこ仮面は襲ってくる相手を捕まえ、自分を追う理由を訊《き》きだそうとしていた。しかし誰もが開き直り、ふて腐れ、泣きだした。「本当はぽんぽこ仮面のファンなんです」と訴え、「命じられただけなんです」と言い訳する。指揮命令系統は複雑で、本人たちでさえ分かっていない。命令された組織がさらに命令を出したり、協力を要請したり、命令が合流したり分岐したり、ひどい場合には同じ命令がぐるぐると一ヶ所でまわっている。いくら問い詰めてみても埒《らち》が明かなかった。

自分の向かう先々で、あれほど好意に充ちていた街が、敵意に充ちた街に変貌していく。ことあるごとに通報されていたあの下積み時代の悪夢的再来。もはや逃げるほか打つ手はない。

そしていつしか彼は柳小路に辿りついたのである。

ぽんぽこ仮面は柳小路に面した建物の壁に張りつくようにして前後を窺い、追っ手の気配に耳を澄ました。

「あいたたた……」

彼は肩をまわして呻《うめ》いた。肩胛骨《けんこうこつ》周辺がバリバリと痛んで、今にも悪魔の翼が生えそうだ。首と肩は緊張で固まっているし、かすかに目眩《めまい》の気配がある。

「温泉へ行きたい……」

ぽんぽこ仮面は愛すべき北白川ラジウム温泉のことを脳裏に描いた。湯の花のこびりついたタイルの手触りや、湯の流れる音、裏手に迫る森から聞こえる蝉の声などを思い浮かべると、息苦しさや緊張がやわらいでいく。どうして自分がこんな目にあわなければならないのか。人々のために尽くしてきたこの自分が。怒りがふつふつと湧き上がってきた。内なる怠け者が「もうウンザリだ。今すぐ温泉へ行こう!」と叫んだ。怠けたい、怠けたい、怠けたい。襲ってきた連中の中には、かつて自分が助けた連中が少なからずいた。恩知らずどもめ。そんな連中のために、どうして身を削る必要があるのか。これが生き甲斐《がい》だというのか？　これが生き甲斐だと自分に言い聞かせているだけではないか？　逃げてしまえばいいじゃないか！　さっさとおさらばして、北白川ラジウム温泉でグウタラしようぜ！

ぽんぽこ仮面は内なる怠け者を一喝した。

「黙らんか！」

怠けられるものか。ここで逃げると癖になる。いったん逃げればおしまいなのだ。そういう人間は大勢見てきた。我が輩は一度決めたらやり遂げる男であったし、これからもそうだ。いいかげんおまえは黙れ、この内なる怠け者め。ここが踏ん張りどころだ。あの峠を越えれば海が見える。希望が見える。とにかく態勢を立て直し、なぜ俺が追われることになったのか、裏で糸を引いている黒幕をあきらかにする。必ず黒幕がいるはずなのだ。そして、この週末のうちに決着をつける。あとは小和田君頼みだ。彼が跡を継いでさえくれれば、自分は安心して引退できる。だからこそ、彼をさんざん説得してきたのではないか。

「どうせ譲るつもりはないんだろう？」

内なる怠け者が鋭く言った。「だからこそ彼を選んだのだろう？」

ぽんぽこ仮面はギョッとした。

唸《うな》るように呟いた。「……怠け者め、おまえに何が分かる！」

すると彼の内なる怠け者は嘲笑《あざわら》った。

「分かるに決まっているじゃないか。俺はおまえだ」

そのとき、柳小路に面した煙草屋の二階から、「ぽんぽこ仮面さん」「ぽんぽこ仮面さん」という優しい声が降ってきた。見上げると、少し巻き上げた簾の隙間から、煙草屋のおばあさんが手招きしていた。

「ちょっと上がってきてくださいません？」

内なる怠け者は「やめとけやめとけ」と言った。「どうせ大した用じゃないって。達磨をならべ直してくれとか、つまらん頼みさ。それに……ひょっとすると罠《わな》かもしれないぜ」

「いや。我が輩は行く」

「本当にもう、呆れたもんだね」

ぽんぽこ仮面は煙草屋に足を踏み入れた。

○

「上がっていらして」と二階から声がする。

ぽんぽこ仮面は用心しながら階段をのぼっていった。

柳小路に面した二階の四畳半に出た。明かりのついていない部屋は薄暗い。窓にかかった簾の隙間から、傾いた陽射しがちらちらしていた。窓のそばにおばあさんが正座していた。彼女のかたわらには魔法瓶とコップの載った盆と、赤い達磨が置いてあった。

おばあさんは微笑み、上品に頭を下げた。

ぽんぽこ仮面は右手を差しだしながら訊ねた。

「どうしましたか？　困っている人を助けることが……」

「困っているわけではないのですよ。いつぞやは孫がお世話になりました。憶えておいでかしら？」

そう言われて、記憶が甦《よみがえ》ってきた。まだぽんぽこ仮面としての活動を始めて半年も経たない頃のこと。三条大橋のたもとで迷子になって泣いていた子どもと、迷子を捜してうろたえるおばあさんを街中で見つけ、慌てて二人を引き合わせたのだった。孫は「ありがとう！」と大はしゃぎをしてマントを引っ張った。おばあさんは涙を流して感謝した。あの善行には目撃者が多数あり、ぽんぽこ仮面の評価が著しく高まるきっかけとなったのである。

「……その節はきちんとしたお礼もできませんで」

「我が輩は人助けが仕事ですから、お気になさらず」

それ見たことか、このようにかつての善行をきちんと憶えていてくれる人もちゃんといるのだ！　と、ぽんぽこ仮面は叫びたい気持ちだった。おばあさんは畳に置かれた盆に手を伸ばした。魔法瓶からガラスコップへ麦茶を注いだ。「お暑いでしょう。どうぞお飲みくださいな」

「歓待していただけるのはありがたいのだが……」

「分かっておりますよ。追われているのでしょう？」

おばあさんが麦茶をぽんぽこ仮面の前へ押しながら静かな声で言った。

「どうしてそれをご存じで？」

「うちは煙草屋ではございますけど、テングブランの販売も手がけておりまして」

「テングブラン？」

「みんなが知っている秘密のお酒。このお酒、誰が運んでくるかご存じ？」

おばあさんは「テングブラン流通機構」について語った。

テングブラン流通機構とは、京都市内の某所にある工場で製造されている幻の酒「テングブラン」の流通を一手に握っている団体である。誰もが知っている秘密のお酒の供給を自由に操れるということは、絶大な影響力を持つということだ。組織の頂点で采配を振っている大番頭は「五代目」と呼ばれている。流通機構の番頭はあくまで裏の顔、表の顔は噂によれば新橋通に店をかまえる骨董《こっとう》屋だとか。風貌はアルパカにそっくりであるという。

「その五代目から命令が下ったのです」

五代目の下した謎めいた命令は、テングブラン流通機構を走り、末端の販売所である煙草屋のおばあさんのところまで届いた。彼らは鵜《う》の目鷹《たか》の目でぽんぽこ仮面を捜している。ここ数日、自分たちだけでは手に負えないと思ったのか、複雑な結び目を作って絡み合う街の組織まで巻きこんで、さらに包囲網を広げている。五代目は焦っているらしいのだ。今や、京都市内のあらゆる銭湯、あらゆる古書店、あらゆる理髪店、あらゆる喫茶店、あらゆる定食屋、あらゆる商店街、そして京都市役所や商工会議所、神社仏閣の一部勢力、各山鉾の保存会に至るまでが包囲網に加わった。

おばあさんは達磨を撫でながら言った。

「じつを申しますと、私もテングブラン流通機構の一員ですの」

ぽんぽこ仮面はサッと立ち上がり、間合いを取った。

部屋がいっそう暗くなったように感じられた。

「我が輩を捕まえようというのか？」

おばあさんは微笑み、簾の隙間から下を覗いた。その視線の先には柳小路があり、八兵衛明神の小さな社がある。「あなたは八兵衛明神様のお使いです」とおばあさんは言った。「そのうえ孫の恩人。どうしてそんなことができましょう？」

「八兵衛明神……」

ぽんぽこ仮面は呟いた。

初めて柳小路に迷いこみ、その小さな社を見つけたとき、自分が「八兵衛明神」の名を騙《かた》るようになるとは思ってもみなかった。今もまだ、八兵衛明神の名を騙ることを申し訳なく思っている。せめてもの罪滅ぼしに、朝のプロトコルに八兵衛明神への参詣を組みこみ、念入りに祈っているのだ。週末の朝、「勝手に名前を使って申し訳ありません」と頭を下げるたびに、彼の脳裏には毛深い神様がころころ転がって、「いいって！　いいって！　気にするな！」と言ってくれるのであった。

ぽんぽこ仮面はおばあさんに言った。

「そうとも。我が輩は八兵衛明神の使い……」

「どうか、しばらく隠れていなさい。悪いことは言いませんから。たとえ行いは正しくとも、流れにさからえば潰される。行いの正しさに驕《おご》らないで、流れが変わるまで辛抱なさい」

まるで母親のようなことを言う——と、ぽんぽこ仮面は思った。

そのとき、一匹の太った猫が座敷を横切っていき、おばあさんの膝に這い上がった。

「おお、よしよし」とおばあさんが猫の頭を撫でると、そのデブ猫はグルグルと妙な音を立てた。おばあさんは猫と達磨を膝にのせて、「これでよし」と満足げな顔をした。

「この騒動が落ち着くまで、私は姿を隠すことにいたしましょう」

「待ってくれ。まだ分からないことばかりで……」

「さようなら、ぽんぽこ仮面。応援している者がいることを、どうかお忘れなくね」

おばあさんは太った猫を抱きかかえ、ふいに腰を上げた。膝にあった達磨を、ぽんぽこ仮面の目の前に転がした。ふいに達磨が風船のように膨らみ、パンと音を立てて弾けたかと思うと、煙が濛々と立ち上ってぽんぽこ仮面の視界を閉ざした。

そして煙が晴れたとき、おばあさんと猫の姿は忽然《こつぜん》と消えていた。

○

ぽんぽこ仮面は階段を下りた。煙草屋に人の気配はない。

彼はマントを脱ぎ、汗でよれよれになった狸の面を取った。カツラを脱ぐと、その汗に濡れた禿頭《とくとう》がギラリと光った。煙草屋の店舗から外へ出たところで、ひどい目眩に襲われた。

「いったん秘密基地へ引き揚げよう」

しかし秘密基地に戻ったとしても休んでばかりはいられないのだ。仕事は山積みである。活動日誌を書かねばならないし、新聞記事の切り抜きをスクラップしなくてはならない。護身用の武器である「とても臭いお香」を作らねばならない。破れたマントも繕わなければならない。彼には最先端の科学兵器を備えた秘密基地はない。ぽんぽこ仮面は通りすがりの人に親切にするだけの四畳半的怪人であった。キケンな悪の組織と戦ったりする必要はなかったのだ、今日までは。

彼は帰ろうとしたが、足は一歩も進まなかった。

やむを得ず、煙草屋の軒先に座りこんだ。

柳小路の一角は一足先に夕暮れがやってきたかのように薄暗い。両側の軒先に切り取られた空は桃色に染まっていて、もうすぐ街の灯《ひ》がともり始める頃合いだ。そして彼のすぐ目の前に、小さな八兵衛明神の社があり、信楽焼の狸たちが薄闇の中にうずくまっている。

ポケットで何かがガサガサと音を立てる。引っ張りだしてみると手紙であった。すっかり忘れていたが、下鴨幽水荘で窮地を救ってくれた男女から渡された手紙である。彼は微笑みを浮かべて、その文章に目を走らせた。末尾には「恩田・桃木」とサインがあった。

「部下からファンレターをもらうとはね」

彼は手拭いでスキンヘッドの汗を拭い、ポケットから取りだした色つき眼鏡をかけた。このスキンヘッドと色つき眼鏡のために、自分があたかも悪の組織の大幹部のように見えることは知っていた。

「それにしてもなんという週末だろう」

彼はゆっくりと息を吐いた。身体がひどく重い。まるで自分のものではないようだ。しかし、こんな苦しさはこれまでに幾度も乗り越えてきた。とりわけ頑丈なことを誇り、あらゆる難局に立ち向かい、軟弱者たちを蹴散らして、他人には出せない成果を叩きだしてきた自分ではないか。ここで倒れてたまるものか。疲労の裏側へ突き抜けてやる。私はコツを知っている。

「休むのではありません。これは休むのではない」

後藤所長は力なく目を閉じた。

「……私は戦う準備をしているのです」

○

小学生の頃に迷子になって以来、玉川さんは宵山に近づかないようにしていた。

彼女が次に宵山に足を踏み入れたのはつい一年前のことである。浦本探偵事務所でアルバイトを始めたばかりで、黴だらけのレインコートをソファの下で発見して悲鳴をあげたり、からっぽのヴァイオリンケースを見つけて浦本探偵にねだったりしているうちに時間が過ぎ、気がつけば祇園囃子が聞こえていた。事務所の階段を下りて室町通へ出ると、祇園囃子が聞こえ、すでにそこは宵山だった。

「まさかこの年齢で迷子にはならないでしょ」

それは誤りであった。行けども行けども宵山の雑踏から外へ出られず、「このまま夜を明かすしかない」と民家の軒下にしゃがみこんで赤い防水バケツを見つめていたとき、あの怪人は現れたのだった。一年前、その怪人はまったくと言っていいほど無名の存在で、手間ひまを惜しまぬ正義の人に、ばんばん通報されていた頃だった。無理もない。ふざけたような狸のお面に、時代錯誤な旧制高校の黒マント。しかしその夜、街は宵山の熱気に呑みこまれ、いつもより怪人に寛大だった。

「お嬢さん、困っているのかね？」と怪人は言った。

「あら、ステキな狸のお面！」と玉川さんは言った。「そのお面はどこで売ってるんですか？」

「これは自分で作ったのだよ、お嬢さん」

「あきれた！」

「そう言いたもうな。我が輩は人助けをする怪人なのだ」

「本当？　道に迷ってしまったんですけど、助けてくれます？」

するとと怪人は身をかがめて右手を伸ばした。

「困っているならば、我が輩の手を摑むがいい」

玉川さんが手を伸ばすと、怪人はその手を握って彼女を立たせた。まるで外国人のように大きな手であった。

そして怪人は先に立って歩き、彼女はその黒マントを握って歩いていった。「なにあれ？」という囁き声が聞こえたけれども、玉川さんは恥ずかしく思う余裕もないほど疲れていた。やがて宵山の終わるところまでやってきて、ぽんぽこ仮面は地下鉄烏丸線への階段口を示し、「気をつけて帰りたまえ」と言った。

翌週末、浦本探偵事務所に出かけて彼女がその夜のできごとを語ると、浦本探偵は「なんだそりゃ！」と笑い転げ、玉川さんをおおいに憤慨させたのだが、そのとき二人はまだ知らなかったのだ。彼女の出逢った怪人が、やがて「ぽんぽこ仮面」として一世を風靡《ふうび》することになろうとは。

そして今、暮れかかる街を歩きながら、玉川さんは考えていた。

「ぽんぽこ仮面、どこにいるの？」

「今こそ助けて欲しいところだわ、いろいろと！」

煙草屋のおばあさんの縁起でもない予言通り、三回目に柳小路に戻ってきたとき、彼女はしばし呆然と立ち尽くした。細くて狭い路地には、いち早く夕闇が垂れこめている。ちょうどそのとき、どこかの涼しい珈琲店で冷やした珈琲を飲んでいる浦本探偵から電話がかかってきた。「どうせ戻ってくるならここにいればよかったんです」と彼女が嘆くと、浦本探偵は「しょうがない」と慰めた。

「迷うべきときに迷えるのも才能だ」

「その才能、なんの役に立つんですか？　私の冒険はどこですか？」

「散歩してたんだと思えばいいだろ」と浦本探偵は言った。「雇い主がそれでいいと言ってんだから。あ、そうだ。せっかく柳小路にいるんだから、煙草屋の二階を引き払ってきてくれない？」

「え？　もう張りこみは終わりですか？」

「もうそろそろ潮時だろ？」

「でも……でも……まだ事件は……」

「宜《よろ》しく頼むよー」と言って浦本探偵は電話を切った。

玉川さんは携帯電話を睨み、「本当にもう」と呟いた。

そのとき、彼女は煙草屋の軒先にひとりの男がうずくまっていることに気づいた。男は膝を立てて座っていて、スキンヘッドが闇の底で鈍く光っていた。その迫力のあるスキンヘッドは忘れようとしても忘れられるものではない。今朝、「スマート珈琲店」で小和田さんと話していた人物だ。恩田先輩が「鬼才」と呼ぶ、彼らの研究所所長。それにしても「今朝」というものがなんと遠くに感じられることだろうか。

彼女は「大丈夫ですか？」と声をかけた。

所長はびくりと肩を震わせ、ゆっくりと顔を上げた。怖ろしげな風貌とは裏腹に丁寧な口調で言った。「これは失敬。驚かせてしまいまして、申し訳ございません」

「体調がお悪いようですが」

「ご懸念には及びません。ちょっとばかり休憩しているだけなのです」

そうは見えないわ、と玉川さんは思った。まるで精も根も尽き果てたように見える。私もへとへとだけれど、この人は少なく見積もっても十倍は疲れてる。何をしたらそんなに疲れるんだろう。

所長は膝を叩いて言った。「さて。そろそろ行くとしましょうか」

「立てますか?」

しかし所長はふうふうと息を吸うばかりで、ちっとも身体が動かない。「かなりお疲れですね」と彼女が言うと、所長は苦笑して首を振った。「なんのこれしき」

彼女は手をさしのべた。

所長はためらった。「いやそんな」

「困っておられるんでしょう?」

「……困った人を助けることが、あなたの仕事というわけですか?」

そして所長は右手を伸ばし、彼女の手を摑んだ。外国人のように大きな手であった。彼が身体を動かすと、ボキボキと音が鳴った。彼は立ち上がったものの、しばらく煙草屋の硝子戸に手を添えてジッとしていた。

「ありがとうございます。元気百倍です」

まったく元気そうではない。

そのとき、彼女の探偵的直観が「この男だ」と囁いた。この男を引き留めなければ。

……しかし、この男が何だというのか？

彼女が戸惑っているうちに、所長は「それでは先を急ぎますので」と言った。八兵衛明神に小さく手を合わせ、よろよろと歩いていく。煙草屋の軒下に黒い布でくるんだ何かが残っていた。彼女が「お忘れ物ですよ」と言うと、彼は慌てて引き返してきて、彼女が拾おうとするのを横からひったくるようにした。胸に抱えて「ありがとう」と言った。「すみません」

「本当に大丈夫ですか？」

「大丈夫です。ひとりで大丈夫なのです。ひとりで……」

所長は色つき眼鏡の奥から彼女を見た。睨むような目つきだった。彼が色つき眼鏡をかけるのは、その眼光の鋭さを隠すためかもしれない。

そして所長が去ったあと、彼女は煙草屋の軒先に座りこんだ。

「もう歩けない。もう無理」

所長の双肩におおいかぶさっていた疲労が乗り移ってきたかのようだ。

彼女は目の前の八兵衛明神をボンヤリと見た。そういえば先ほど、所長は八兵衛明神に手を合わせていた。こんなふうに小さな神様でも、いろいろな人がお参りするのだ。

浦本探偵は「ぽんぽこ仮面は八兵衛明神の使いなんだから、八兵衛明神を見張ってみようや」なんて言ってたけど、それ見たことか、あんな当てずっぽうがうまくいくはずがないのである。地元の人だけじゃない、狸とは縁もゆかりもなさそうなコワモテの所長さんでさえお参りするんだから。あんな人でさえ……。

「ちょっと待って！」

ふいに彼女は身を起こし、架空の誰かに言った。

「今、考えてるの。邪魔しないで」

右手を握ったり開いたりして、先ほど所長を助け起こしたときの感触を反芻《はんすう》した。

その外国人のように大きな手の感触を彼女は記憶していた。誰かの手に似ていた。のべつまくなしあちこちで男の手を握っているわけではないから、その記憶はかぎられている。どこで握ったのだろう。やがて彼女の脳裏に、一年前の宵山の光景が浮かんできた。手をさしのべてくれたのは誰であったか。

◯

大物を逃がしたと気づいたときの玉川さんの絶望たるや、詳述するのも憚《はばか》られるほどである。筆者としては同情に堪えない。逃した冒険は大きく感じるものである。

すでに所長は喧噪を増しつつある街へ姿を消し、今さら追いつけそうもなかった。

「なんてこったい！」

玉川さんは呟いた。

彼女はしばらく立ち上がる気にもなれず、煙草屋の軒先でうなだれていた。身体は汗でべとべとする。まるで汚れた水をたっぷり詰めた水風船になったような気分であった。そうしている間にも、夕空の色は刻々と変わり、街は夜の祭りへと沈んでいく。祇園祭の宵山が始まるのだ。子どもの頃に迷子になり、あろうことか昨年も迷子になって怪人の世話になった、あの宵山がやってくる。

どこからか涼しい風が吹いてきた。

彼女はふと心細くなった。まるで夏の夕暮れに家で留守番をしている子どもみたいだ。畳でうたた寝をして、ふと目覚めてみると自分ひとり。自分はどこにいるのだろう。そんなふうに感じることが、子どもの頃にはよくあった。こんなふうに書くと、「つまり私はぜんぜん成長していないと、アナタはそう言いたいわけですか？」と玉川さんは筆者に対してケンカ腰になるかもしれない。「もちろん自分が柳小路にいるってことぐらいは分かってますよ！」と言うだろう。

「でも他の場所に行けないんだったら、ここが柳小路だと分かって何になるんですか。どこにも行けないんだったら、今いるところが柳小路だろうが、モンパルナスの丘だろうが関係ないでしょ。迷うべきときに迷うのも才能だと言ったって、迷うべきときが分からないなら意味がないでしょ！」

彼女はすっかりふて腐れていた。

「八兵衛さん、八兵衛さんったら！」

彼女は夕闇に沈んでいく陶製の狸たちに呼びかけた。狸たちは彼女の悲嘆など気にせず、暢気《のんき》に宙を見て笑っている。天真爛漫《てんしんらんまん》な狸たちは、「気にするな！　気にするな！小さなことじゃないか！　もっと心を毛深くしてやれ！」と言っているみたいなのである。

狸たちを眺めているうちに、玉川さんの苛立ちはおさまってきた。

「そうね。頑張ろう」

そうとも。自分は週末探偵であった。仕事がある。巨大な獲物を取り逃がしたとしても、ショゲている場合ではない。まずは煙草屋の二階を引き払わなければならない。

「とにかく、片付けられることから片付けよう」

彼女は煙草屋を覗いてみた。

明かりは落ちていて、おばあさんの姿はない。

彼女は硝子戸を開け、「ごめんください」と声をかけた。売り場から上がった奥は真っ暗である。そのすぐ右手に階段があって、二階の四畳半に通じている。

奥の暗闇から涼しい風が吹いてきて、彼女の汗に濡れた頬を撫でた。その風には不思議な匂いが混じっている。気味の悪い孔雀の羽根が飾ってあった古い洋間の匂い、サークル仲間が暮らしている北白川仕伏町《しぶせちょう》にあるアパートの靴箱の匂い、母の鏡台のまわりに漂っている匂い、気分転換のためにときどき散歩に出かける近所の寺の本堂の匂い。

さらに不思議なことは、その暗がりの奥から、いっそう大きく、祇園囃子が聞こえてくることだった。

「おばあさん、いらっしゃいますか？」

彼女は不安になって声をかけた。返事がない。

「浦本探偵事務所の玉川です」

奥に進もうとしたとたん、彼女はバランスを崩した。

床に足がつかなかった。黒々とした穴が開いていたのである。

彼女は悲鳴をあげる間もなく落っこちた。

◯

彼女が落ちた穴の底には、ふわふわしたものが積み重ねられていた。あたりには不思議な匂いが充ちている。何も見えないから、いっそう匂いが鼻につくのかもしれない。

彼女は自分を受け止めてくれたやわらかいものを手でまさぐった。小さくて、ぶ厚くて、四角くて、表面がひんやりしている。

「……座布団？」

目が慣れてくると、どこからか洩れてくる光が感じられた。こんなにもたくさんの座布団を見たのは初めてのことである。少し身体を動かすと、座布団の海にずぶずぶと沈んでいく。どうして煙草屋の奥がこんな座布団世界に通じているのか。なんとか這いだそうとしてもがもがしているとき、座布団の海に浮かんでノンキに寝息を立てている男に気づいた。

玉川さんはその男の顔を覗きこんだ。

「こんなところにいた……」

その男の安らかな寝顔を見ているうちに、彼女のお腹《なか》の底から、むらむらと湧き上がってくるものがあった。それは、この貴重な土曜日をまるまる棒に振ったという怒りと、その壮大な無駄を挽回《ばんかい》するチャンスを目前にして逃してしまったという絶望と、その目前で逃したチャンスをなんとしてでも取り返してやろうという不屈の闘志であった。かくして彼女は座布団を摑み、その怠け者の顔をばふばふ叩きながら叫んだのである。

「小和田さん！　起きろ！」

第三章　宵山重来

宵山《よいやま》とは祇園祭《ぎおんまつり》の行事の一つである。

夏の日が落ちると、駒形提灯《こまがたちょうちん》を灯《とも》した山鉾《やまほこ》が各町内に高々とそびえ、四条烏丸のオフ

ィス街には鉦《かね》と笛の音が響き渡り、まるで魔界の光のようなものが街路を充《み》たす。

筆者が初めて宵山見物へ出かけたのは、大学二回生の頃であった。

友人と二人で出かけたのだが、驚くなかれ、我々は二人とも「山鉾」というものを知

らなかった。山鉾とは、長い歴史と絢爛《けんらん》たる装飾に彩られた山車《だし》である。宵山の夜とも

なれば、幾つも連ねた駒形提灯が山鉾の前に吊《つ》られ、すべてを幻想的な光に包む。山鉾

は祇園祭の象徴と言っていい。にもかかわらず我々は、祇園の八坂神社にお参りしただ

けで、「たいして面白くないもんだナ」と早合点し、山鉾も見ないで帰ってしまった。

じつのところ、今でも祇園祭のことはよく分からない。平安時代に疫病退散を願った

御霊会《ごりょうえ》が始まりであるとか、あの歴史の教科書に載っていた「応仁の乱」によって中断

されたとか、宵山や山鉾巡行だけでなくさまざまな儀式が行われ一ヶ月も続くとか、そ

の歴史と規模を前にヘナヘナになるばかりだ。

そのくせ、毎年のように見物に出かけている。

○

昨年も筆者は宵山見物に出かけた。

地下鉄烏丸線の烏丸御池《おいけ》駅で降りて地上へ出ると、空は澄んだ紺色だった。烏丸通では交通規制が始まっていて、露店の明かりがオフィス街の底を輝かせていた。数え切れない露店の行列の彼方に京都タワーが見え、湿っぽい夕風が焼けたソースの香りを運んできた。

筆者は烏丸通から西に入り、室町通を南へ歩いてみた。「黒主山《くろぬしやま》」という山鉾を通りすぎたあたりで、右手に五階建ての雑居ビルを見つけた。古びたコンクリートの殺風景なビルである。一階の理髪店の前には露店がならんで鉄板がジュウジュウと音を立て、涼み台には浴衣《ゆかた》姿の見物客たちが腰掛けている。

浦本探偵事務所はそのビルの三階にあり、通りに面した窓からは明かりが洩《も》れていた。宵山の明かりと熱気が街を呑《の》みこんでいるというのに、あいかわらず浦本探偵は「潮が充ちる」様子を高みで見物し、事務所でごろごろしているらしい。ふいに筆者は理髪店の脇にある狭い階段を上って、探偵事務所を訪ねたくなった。宵山の喧噪《けんそう》を逃れ、古ぼけたソファに寝転んでテングブランでも一杯やり、あの「ぽんぽこ仮面事件」の顚末《てんまつ》について浦本氏に相談してみたい。しかし、彼は世界でもっとも怠け者の探偵として名高い。「人事を尽くさず天命をまて」などと煙《けむ》に巻かれては締切に間に合わない。

「いかんいかん。それは困る」

筆者は背を丸め、さらに宵山の喧噪の中をひとりで歩いていった。

やがて四条烏丸の交差点に出た。

四条烏丸とは、四条通と烏丸通が交わる交差点である。

北東角の京都三井ビルディング、北西角のアーバンネット四条烏丸ビル、南西角の四条烏丸ビル、南東角の京都ダイヤビルが、天蓋《てんがい》を支える柱のように立つ。東西南北どちらを向いても、広々としたビル街の谷間を見物客たちが行き交い、街の明かりが夜の底を輝かす。東には長刀鉾《なぎなた》、西には函谷鉾《かんこ》と月鉾《つき》がそびえ、大群衆が入り乱れ、祇園囃子《ばやし》が響き渡る。

ここにおいて天は地に近づき、時の流れは止まる。

「四条烏丸大交差点」と敬意をこめて呼ぶことにしよう。

その大交差点の真ん中で三日三晩寝そべっていれば、天狗《てんぐ》への階梯《かいてい》を上れるというもっぱらの噂である。交差点というものは、それほど神秘的なものだ。そして、その大交差点こそ、この物語が終わるところであり、新たな物語が始まるところなのである。

とりあえず、主人公たる小和田《こわだ》君と再会しなくてはならない。

我々の夜はそこから始まる。

○

そのとき小和田君は、小学校時代の夏休み的世界でごろごろしていた。

小和田君はひとりである。赤い浴衣を着た女の子はくすくす笑いながらどこかへ行ってしまった。彼は畳に横になって、金魚鉢の中でひらひら泳ぐ金魚を眺めていた。簾《すだれ》の向こうで暮れかかる町からは、遠い祭りの音が聞こえる。無限に思える夏休みが目の前に広がっており、時間は掃いて捨てるほどあった。

しかしその夏休みを断ち切ろうとする邪悪な者の声が聞こえてきた。

「小和田さん！　小和田さん！」

「起きなさい！　起きろ！」

ぐっすり眠っているところを力まかせに起こされるのは、たいへんつらいものである。なぜ自分はこんな思いをしなければならないのか、そうまでして起床しなければならない人生というものはいったい何かと、内なる怠け者が猛《たけ》り立つ。おまえ、何の権利があって眠れる獅子《しし》を起こそうとするのだ？

しばらくは自分がどこにいるのか分からなかった。

「やっと起きましたか」という声が聞こえた。見上げると、座布団の山を踏みしめて、仁王立ちしている人影がある。小和田君はあくびをした。

「おや、玉川さん？　おはよう」

「こんなところで何をしているんです？」

「いわゆるお昼寝というものだ」

「いくら起こしても起きないんですもん」

「僕は石みたいに寝るのだよ。……ところで、今は何時？」

「もうすぐ日が暮れます」

「半日も眠ったのか。どうりで気分爽快だ、あはは」

「それじゃあ、ずうっとここで眠ってたんですか？　あきれてモノも言えない！」

玉川さんが怒りで声を震わせると、小和田君は座布団の上にあぐらをかき、心外だとでも言うかのように彼女を見上げた。「いいかね、玉川さん。今日は休日だ。僕には自由にだらだらする権利がある。それに僕はずっとここにいたのだから、君に対して便宜を図ったことにもなるわけだ。尾行するのも楽だったはずだろ？」

「小和田さんがこんなところで寝てるって、私は知らなかったんですもん！」

玉川さんは怒りにまかせて飛び跳ねた。「小和田さんがお地蔵さんみたいに座布団に埋もれている間、私がどれだけ街をぐるぐる歩きまわったと思ってるんですか？」

「そんなにイライラしないでおくれ。とにかくここから出ようじゃないか」

小和田君は座布団の山から飛び降り、薄暗い蔵の中を歩いていった。蔵の扉はがっちりと閉じられていて、押しても引いても動かない。誰かが外から鍵をかけたのだろう。天井近くの小さな穴から明かりが洩れているけれども、そんなところから脱出できるのは魔術師か鰻《うなぎ》ぐらいだ。

「君はどこから入ってきたの？」

小和田君が振り返ると、玉川さんは和箪笥《わだんす》を押しのけて、暗がりの奥へ進もうとしている。「小和田さん、こっちです」と彼女は言った。

「そんな暗いところへ入るのは御免だな」

「おいしそうな匂いが流れてくるんです。抜け道があるんじゃないかしら」

蔵の奥は闇の中であり、鼻の前に手を持ってきても見えないほどだった。

〇

「小和田さん、こっちですってば」

「こっちと言われても何も見えない。待ってくれ」

「ここんとこ、段差になってます。気をつけてください」

「暗すぎるよ。やめておこう」

「キャッ！　何かが顔に！　顔に何かが！」

「落ち着きなさいって。蜘蛛《くも》の巣だ」

「本当に蜘蛛の巣ですか？　まるでハンモックみたいな弾力ですけど」

「うむ、こいつは不気味なぐらいの大物だな」

「やめて、想像させないで」

「きっと、毛ガニみたいに大きな蜘蛛がその奥に……」

「やめてって言ってるじゃないですか！」

「怪獣がいたって見えるもんか、この真っ暗闇では」

「まるで清水寺の胎内めぐりですね」

「……玉川さん、引き返すという選択肢はないのかい？」

「そんなムズカシイことを言わないで」

「来たところを引き返すだけじゃないか」

「ホントもう、その台詞《せりふ》には飽き飽きです。私の辞書に『引き返す』という言葉はありません。今日どれだけ私が引き返し損ねたと思います？」

「ははあ、分かったぞ。君は方向音痴なんだな」

「アッ！」

「どうしたの？」

「……なんでもないです」

「なんでもないことないだろ？」

「頭を下げてください。ここに何かとげとげしたものが」

「君の表現は抽象的すぎる」

「……あ、ほら！　風が吹いてきた！　良い匂いがするでしょう。分かります？」

「なーる。こいつは宵山的な匂いだ」

「私が正しかったでしょう？　あるんですよ、抜け穴が！」

「お好み焼きとたこ焼きとベビーカステラの匂いをベースに、焼き鳥と林檎《りんご》飴《あめ》の匂いが少し。腹が減ったなあ。ここを出たら、露店で何か食べよう」

「あんなに蕎麦《そば》を食べたくせに」

「それも半日前の出来事で……僕が寝てる間に、何かおもしろおかしい出来事があったかね？」

「ぽんぽこ仮面を狙う人たちが出てきたんです。いよいよ大冒険が始まるというときになって……私は置いてけぼりですよ。それもこれも小和田さんの責任です」

「何と何が僕の責任だって？」

「もうちょっと跡継ぎとしての責任を持ってほしいわ。でも、こうして小和田さんをふたたび押さえたっていうことはまだチャンスがあるわけです。今度は逃がしませんからね。ぽんぽこ仮面1号が悪の組織と戦っているのに、ぽんぽこ仮面2号が蚊帳《かや》の外なんておかしいです。きっと小和田さんもこの冒険に巻きこまれますからね」

「いやな予言はやめないか」

「探偵的直観が囁《ささや》くの。そして私も大冒険に巻きこまれて浦本探偵事務所は有名になって……あ、ダメ、鼻血出そう」

「君が何を目指して動いているのか分からなくなってきたな。ぽんぽこ仮面なんてどうでもいいみたいじゃないか。不純な動機がありそうだ」

「飛んで火に入る夏の虫って言うじゃないですか」

「何の話？」

「虫は火に向かって飛ぶ。私は冒険に向かって飛ぶんです」

〇

彼らが出たところは、新町通《しんまちどおり》の山鉾「北観音山《きたかんのんやま》」の下だった。

玉川さんに続いて這《は》いだしたとき、小和田君は自分の真上に山鉾を見た。暮れかかる紺色の空に、たくさんの駒形提灯が輝いている。

「へんなところに出た」

「小和田さん、埃《ほこり》まみれですよ」

「玉川さんもね」

彼らが身体を払うと、綿のような埃のかたまりが千切れ、謎めいた毛深い生き物のように街路を転がっていく。玉川さんが手を振って、二人の間にはりめぐらされている蜘蛛の糸を切断した。

柵の外で山鉾を撮影していた見物客が、驚いて彼らを見つめている。

小和田君と玉川さんは、保存会の人たちに見つからないように柵を乗り越え、宵山の雑踏にまぎれて歩きだした。逓信《ていしん》病院の電光看板が夕闇に輝き、狭い通りには露店がならんでいた。山鉾に上るために待つ人々の行列が伸び、見物客が流れていく。古い民家の軒先で、脚立に乗った老人が「御神燈《ごしんとう》」と書かれた提灯を吊《つる》している。アスファルトの余熱、人いきれ、露店の焼けた鉄板が、涼しいはずの夕風を熱風に変えていた。

「私たちはどこにいるんですか？」

「あの山鉾には『北観音山』と書いてある」

小和田君は振り返って指さした。

狭い通りを塞ぐようにして明るい光が充ちていた。組み上げられた山鉾は、街路の電線よりも高々とそびえている。大屋根の頂点には、青い松の枝が立てられている。

玉川さんは小和田君の腕を摑《つか》んだ。

「浦本探偵事務所まで連れていってもらえませんか？　住所は名刺に書いてあります」

「そんなに遠くないだろう？」

「ここで置いていかれたら、また柳小路に戻っちゃう。逃がしませんからね」

そう言うやいなや、玉川さんは手拭いを取りだし、自分の手首と小和田君の手首を結びつけた。小和田君は連行される犯人のような気持ちになった。

「はぐれたら、もう二度と再会できないと思ってください」

「分かったよ、分かったよ。大げさだね」

小和田君は玉川さんを連れ、浦本探偵事務所を目指して歩きだした。

ある四つ辻へ来ると、どちらを向いても見物客で埋め尽くされている。

小和田君は交通整理していた警官に道を訊《たず》ねた。警官は小和田君に道を教えながら、玉川さんの顔を見て、「おや」という表情を浮かべた。「三度目ですね」と警官は言った。玉川さんは赤い顔をして、「お世話になりました」と言った。

彼らは見物客で埋まる室町通を北に向かって歩いていく。狭い通りの両側に露店がひしめき、街の底が黄金色に輝いている。「大衆遊技場」の看板を掲げた射的屋、あてもの、かき氷、金魚すくい、ベビーカステラ、広島焼き、べっこう飴とカラメル焼き、たこ焼き、焼きそば、地鶏《じどり》焼き鳥、はしまき、スーパーボールすくい……何かを焼くうまそうな匂いが熱風によって運ばれてきた。

「いい匂いがするね」

「小和田さん、寄り道しないでください」

「これで我慢しろなんて、人権侵害もいいとこだ」

ある露店では、コンロから立ち上る熱気の向こうに、がっしりとした体格の中年男が立っていた。Tシャツを汗に濡《ぬ》らし、頭には手拭いを巻いている。屋台のテントには「地鶏焼き鳥」と書いてある。小和田君が剣術試合を申しこむように「一つ」と言うと、中年男は黙って頷《うなず》いた。やがて手渡された串焼きの肉は、まだジウジウと熱い脂が音を立てていて、何からうまみのある謎めいた粉がふんだんにかけてあり、闇市のような荒々しさがいっそう食欲をそそるのだった。

小和田君が鳥肉を囓《かじ》りながらかたわらを見ると、すでに玉川さんも魔道に落ちて、宝石みたいな林檎飴をぺろぺろ嘗《な》めており、顔の横にはいつの間にか「ウルトラマン」のお面がくっついている。

「君も満喫しているじゃないか。そんなお面を買って」

「これは仕事に使えると思ったんです、変装とか」

そのとき、小和田君の目の前を赤い浴衣の女の子たちがひらひらと通り過ぎた。あまりにも華やかなのに、彼女たちのまわりだけがシンと静まり返ったように感じられた。最後に通り過ぎたひとりが小和田君の方をちらりと見た。その顔には見憶《みおぼ》えがあるような気がした。

○

小和田君が浦本探偵事務所を見つけたとき、玉川さんはなかなか信じなかった。小和田君が「ここだろう?」と言っても、林檎飴を囓りながらキョトンとしていた。

雑居ビルの一階にある理髪店の前には露店がならび、涼み台が出ていた。見物客たちが足を休めて、たこ焼きやかき氷を食べている。小和田君は玉川さんを引っ張って露店の間をすり抜け、ビルの階段口まで行った。郵便ポストを指さした。「ほら、ここを見なさい。『浦本探偵事務所』と書いてあるだろ?」

「なーる」と玉川さんは呟《つぶや》いた。「変われば変わるものですね」

「そんなことだから道に迷うんだ」

「馬鹿にしないでいただけます? 宵山のせいなんです」

浦本探偵事務所はその雑居ビルの三階にある。一つの階には三つの部屋がならんでいて、浦本探偵事務所は一番手前であった。隣は司法書士の事務所で、一番奥は空室らしい。

「ここです」

玉川さんが事務所のドアを開けると、薄暗い室内には夏の熱気が淀《よど》んでいた。弱々しい蛍光灯の光が十二畳ほどの空間を照らしている。

安っぽい衝立《ついたて》の向こうに、中古屋に二束三文で売られていそうな合成皮革の長ソファが、フロアテーブルを挟んで向かい合わせに置かれている。その脇に小さな木の椅子が二つ。書類ファイルや雑書で埋まった書棚、粗末な簡易ベッド、その隙間に置かれているブラウン管のテレビ、何が入っているのか分からない段ボールの山。ブラインドは陽《ひ》に焼けて変色している。事務机は上も下も書類や本に埋もれていて、机としての機能を失っている。週刊誌や探偵小説が交じっているが、それが「探偵」という仕事のための資料なのか、それともただ依頼人を待っている間のヒマつぶしのための道具なのかハッキリしない。まるで人を小馬鹿にしているかのような信楽焼《しがらきやき》の狸《たぬき》、得体の知れない達磨《だるま》の山、タイヤがパンクした自転車。薄汚れた流し台には、カップ麺《めん》の空き容器や飲み残しのペットボトルが詰めこまれている。天衣無縫のだらしなさである。自分の事務所さえ片付けられない探偵に事件を片付けることができるのだろうか――そう考える依頼人がいてもおかしくない。

「ステキなところじゃないか。心がやすらぐね」

「どこがですか。ゴミ溜《た》めみたいですよ、へんな臭いもするし！」

玉川さんは流し台に置いてあった消臭スプレーを手に取り、あちこち噴霧してまわった。小和田君にさえ噴霧するという念の入れようであった。

「たしかにこの事務所を見たら依頼人は心配するだろう」

「そもそも、これぐらいでひるむような人は依頼に来ませんけど」

「片付けなさいよ」

「これでもだいぶ片付けたんですからね。床が見えるだけマシなの。このままではゴミに埋もれて死ぬって浦本さんが思って、だから私をアルバイトに雇ったんです。それなのに、片付けるそばから浦本さんがぐちゃぐちゃにしちゃうでしょう。今は二人の力が拮抗《きっこう》しているから、この程度で済んでいるわけ」

「なるほど。その浦本探偵という人物はたいしたもんだね」

「たいした怠け者ですよ」

玉川さんは自分と小和田君を結んでいた手拭いをほどき、手洗いに行ってくると言って、出ていった。

小和田君は汗にまみれたシャツを脱ぎ、冷たい水道水で手拭いを濡らした。手拭いで身体をこすっているうちに、乾布摩擦をやっている小学生のような健康的な力が湧いてきた。小刻みに腰をゆらしながら、「うんとこしょ！　どっこいしょ！」とかけ声をかけると、ますます愉快になった。「それでもカブは抜けません！」

すっきりしてから、小和田君はシャツを着て、ソファに座って焼き鳥の残りを食べた。ソファのかたわらには大小さまざまの達磨が積まれている。

「おい、君たち」

小和田君は達磨に話しかけた。

「そんなところで何をムズカシイ顔をしているのか。今日は祭りの日だぞ」

そこへ玉川さんが戻ってきた。「何を達磨と喋《しゃべ》ってるんですか？」と彼女は濡らした手拭いをひらひらさせながら言った。流し台の隣にある小さな冷蔵庫を開け、「缶ビール様、缶ビール様、おいでませー」とぷつぷつ言いながら、浦本探偵の私有財産とおぼしき缶ビールを二本取りだした。

「玉川さん、急に上機嫌になったね」

「とりあえず無事に探偵事務所に戻れましたし、汗を拭ってサッパリしたし、なにより、小和田さんの身柄を確保しましたからね」

「犯人を捕まえたみたいに言わないでくれ」

「小和田さんはぽんぽこ仮面につながる重要な手がかりですから。まだ冒険のチャンスはあるってこと」

「もう冒険はじゅうぶんだよ」

「何を軟弱な。これから！　これからですよ！」

小和田君は缶ビールを開けた。玉川さんも開けた。二人はごくごくと喉を鳴らしてビールを呑み、小和田君は「うまいぞ！」と達磨たちに声をかけた。「しかし土曜日がほとんど終わってしまった。このままうかうかしてると月曜日がくるぞ」

「小和田さんのお仕事はなんですか？」

「食品の保存に使う新素材の研究をしている」

「なにそれ、すごいマトモじゃないですか」

「きわめてマトモですよ僕は。何を言っているんだね、君は！」

「だって所長さんも恩田さんも小和田さんも、へんな人ばっかりなんですもん」

「玉川さんが毎日テキトウに使い散らかしている日用品もね、僕や恩田さんのような優れた人物が、室長や所長にしごかれながら、コツコツ研究した成果を利用しているのですよ。いわば縁の下の力持ち。ありがたく思ってください。あと、お買い上げありがとうございます」

「はいはい、お見それしました」

「とはいえ、まだ僕は下っ端だから。測定装置の使い方や仕事の段取りを呑みこんで、あと恩田さんに褒められてニヤニヤしたりとか、所内で発表をやったりとか。かわいいものだよ。まあ、もし僕が出世したりしたら、週休五日制をムリヤリ導入したりして、会社は潰れるだろうけど」

「出世する心配はないんじゃないですか」

○

室町通に面した事務所の窓には、祭りの明かりがちらちらしていた。その向こうには、鉄板から立ち上る煙と見物客の人いきれが濛々《もうもう》と渦を巻き、裸電球と駒形提灯の輝きが充満しているにちがいない。

小和田君は往来から届く宵山のざわめきに耳を澄まして、しばらくボンヤリした。

ふと気がつくと、玉川さんは缶ビールを片手にぺたんと床に腰をおろし、テーブルに便箋を広げて、ちまちまと書き物をしている。彼が覗《のぞ》くと、彼女は便箋を両手で隠した。

「人の手紙を盗み見るなんて！　不作法ですよ」

「それはぽんぽこ仮面へのファンレター？」

「そうです」

「ねえ君。そんなに好きなら、正体を暴くなんて止《や》めなさいよ」

「アンビバレントであることは承知してます。でも、仕事ですから」

玉川さんはつんとした顔のまま手紙を書き終え、封筒に入れた。そして小和田君があくびをするのを目ざとく見つけて、「まだ眠いんですか？」と言った。「眠ろうという意志さえあれば、僕はいつでも眠れる」と小和田君は言った。

「あんな蔵の中で、よく半日も眠れましたね」

「おかげでね、へんてこな夢を見たのだよ」

小和田君は南の島のヴァカンス、飯田線の旅、そして小学生時代の夏休みといったものの醍醐味《だいごみ》について語った。

「小和田さんは夢の中でも怠け者なんですね」と玉川さんは言った。「南の島でヴァカンスとか、ローカル線にぐうたら乗るとか、小学生の頃の夏休みとか」

「夢の中ぐらい怠けてもいいだろう。そもそも我々は怠けるために眠るんだ」

「眠ってる場合じゃないわ。私は現実世界でバリバリ活躍したい。不眠不休で働いてやる！」

玉川さんは大学の三回生であり、これから始まる夏休みには浦本探偵事務所で縦横無尽に活躍するつもりである、と固い決意を語った。この事務所も徹底的にキレイにして案件ファイル管理システムを確立し、へんてこな事件にもばんばん首を突っこんで冒険するのだという。まことに凄《すさ》まじい気迫であった。

「今日から活躍しようと思ってたのに、半日を棒に振りました」

「つまり君は怠けていたわけだろ？」

「怠けてませんよ！　それはもう必死でした」

「目的地にまっすぐ行けなくて、迂回《うかい》してたわけだ。それはただの『寄り道』ではなかろうか」

「いやなことを言いますね」

玉川さんは少し躊躇《ちゅうちょ》し、小さな声で言い訳するように言った。「……浦本さんは『迷ってもいい』と言うんです。『迷うべきときに迷えるのも才能』ですって。まあ、そういう人なんですよ」

「いいこと言うね、君の雇い主は」

「ホントは私、そういう慰めはきらいなんです。君の苦労は決して無駄じゃなかった、とかそういうの。甘っちょろい！　無駄なものは無駄なん――」

ふいに玉川さんは何か大切なことに思い当たったようだった。肺いっぱいに吸いこんでいた空気が抜けたようにしぼんでしまった。そして、まったく異なる輝きがその目に戻ってきた。食ってかかるような勢いは消えていた。「……浦本さんは名探偵というわけではないけど、天才ではあります。たぶん」

「興味深い人だな。僕と気が合いそうだ」

「……でも、本当になんにもしない人なんですよ！　いやんなっちゃう」

「でも君だって何もしなかったろう？」

「少し黙ってくれます？　その件はおしまい！」

彼女は缶ビールを呑み干し、「なくなっちゃった」と呟いた。彼女の顔は酒精でホカホカと赤らんでいる。「誰か、酒持ってこーい」と言うので、小和田君は冷蔵庫に歩いていって、缶ビールを持ってきた。缶ビールを受け取ると玉川さんは嬉しそうにニッと笑った。

「玉川さんは大学を卒業したら名探偵になるつもり？」

「そんなわけないでしょ。……どうしたもんでしょうかね」

「僕に相談しても、無益なことしか言わないよ」

「ご心配なく。小和田さんに人生相談するつもりはありません」

「君は僕の偉大さに気づいていないから……」

「自分が偉大ではないという可能性は考慮しないんですね」と玉川さんは言った。「でも小和田さん、お仕事楽しそうじゃないですか。恩田さんみたいな良い先輩もいるし」

「僕は愛されているから」

「よくヌケヌケと言えますねえ、そんなこと！」

「研究所においては、小和田はスルメのようだと言われている。『地味だけど嚙《か》めば嚙むほど味の出てくる男』だ。したがって猫も杓子《しゃくし》も僕が好きだよ」

そんな話をしているうちに、まるで魔術のように、葡萄酒《ぶどうしゅ》の瓶とグラスが二つ、テーブルの上に出ていた。玉川さんは葡萄酒のコルクを抜き、二つのグラスにコッコッコッと音をさせて注《つ》いだ。薄暗い蛍光灯の明かりの下で、葡萄酒の赤が不思議と鮮やかに見えた。ふいに小和田君は、宵山を抜けていった赤い浴衣の女の子たちを思い浮かべた。それと同時に、赤い風船がワッと空を舞う光景が脳裏をよぎった。

「まるで宙に浮かんでいるみたいだ」

「なんのお話ですか？」

「外ではお祭りをやっているというのに、我々はその真ん中でグウタラお酒を呑んでる」

「この怠け者め！」

「言っておくけど、玉川さんだって同類だからね」

そして彼らは葡萄酒の入ったグラスで乾杯した。

「我らが内なる怠け者に」と小和田君は言った。

○

玉川さんは、崇高な予言をする部族の長老のようにタオルケットを肩に掛けている。彼女は葡萄酒を呑み、グラスを蛍光灯に透かして、その鮮やかな赤に見入っていた。探偵事務所はひっそりとして、古ぼけたエアコンの音と窓の外の宵山の喧噪がやわらかく聞こえるばかりである。

小和田君はうつらうつらした。

「眠いんですか？」と玉川さんがふわふわとした口調で言った。「寝ちゃうんですか？」

「眠ろうと思えばいつでも眠れる。意志の問題だ」

「ナニ軟弱なことを言ってるんですか。もうちょっと呑みましょうよ、あはは」

「玉川さん、へんな酔い方してるぞ」

「よく考えるとへんな一日だったなあって考えて、なんだかおもしろくなっちゃったんです」

「それはなにより」

「ぐうぐう寝ていただいてけっこうですよ。私はひとりで呑むもん」

「よく知らない男の前でべろべろに酔っぱらうのはよくない」

「どこがべろべろなんですか。私は冷静沈着そのものです、うふふ」

小和田君は立ち上がり、ソファの隣の棚にぎっしりならんだ達磨たちを眺めた。大きな達磨も小さな達磨もみんなそろって気難しい顔をしている。けばけばしい赤色が燃え上がるようだ。ソフトボールぐらいの大きさの小さな達磨を手に取ってみた。両目が黒々と入っている。その背には小さな紙が貼り付けてあり、「蒟蒻《こんにゃく》イモ偽貴族事件」というメモと、依頼日と解決日が書かれてあった。

「事件の依頼があったら、達磨を用意して片目を書き入れるんです。事件が解決したら、もう片方の目を入れるの。もし事件解決後に依頼人が欲しがったら、想《おも》い出の品として進呈します。浦本探偵事務所独自のサービス、達磨捜査法です」

「これだけたくさんあるってことは、ずいぶん実績があるわけだ」

「依頼人もこの実績の山を見れば安心するってわけ」と玉川さんはくすくす笑う。「言ってておきますけど、これは私のアイデアですからね！」

　とりわけ大きな一つの達磨が、小和田君にウインクしたようだった。彼はそれを抱え上げた。背には「ぽんぽこ仮面事件」と書かれていて、依頼日は二週間ほど前である。小和田君は赤ん坊を抱くようにその達磨を持ってソファに戻り、膝にのせてぺたぺたと叩《たた》いた。

「達磨で遊ばないでください」

「この達磨に、もう片方の目を書き入れる目処《めど》はついたの？」

　すると玉川さんはニッと笑った。

　彼女はもったいぶるようにワインを呑み、グラスを置いてソファに深く身を沈めた。そして、まるであの倫敦《ロンドン》の名高き名探偵のように、両手の指先を合わせた。

「やはり重要なのは小和田さんですね」

「そうかなあ。僕は比較的重要でない人物だと思うけどな、世の中全般において」

「教えていただけますか？　どういうきっかけでぽんぽこ仮面に出逢《であ》ったか」

　小和田君は恩田先輩たちと瓜生山へ出かけたときの話をした。玉川さんはワインを呑みながら聞き入っている。彼が話し終える頃には、彼女の目はいっそう生き生きと輝き始めた。

「たまたま山で会って、その場で跡継ぎを決めるなんておかしくないですか？」

「ぽんぽこ仮面は知らないんだよ、僕がどれだけ怠け者かということを」

するとと玉川さんは待ちかまえていたように叫んだ。「そうではないんだよ、ワトソン君！」

「なんだい、なんだい」

「お酒を呑むと頭がすごく働く……私、天才かもしれない」と、玉川さんはぶつぶつ呟いた。「ちがうんですよ。ぽんぽこ仮面は小和田さんのことを知っていたんです」

そして彼女はヴァイオリンケースを開け、狸や達磨のシールをこてこてに貼り付けたぶ厚いノートを取りだした。その使いこまれた愛用の赤いノートには、ぽんぽこ仮面の活躍を報じた新聞記事の切り抜き、八兵衛明神の歴史、ぽんぽこ仮面へのファンレターの下書きから毛深い狸への愛の言葉などが書きこまれている。彼女は頁《ページ》をめくり、曜日別に作られたグラフを指した。

「ぽんぽこ仮面の活躍する時間帯や曜日を記録してみたんです。平日は基本的に夜が多いでしょう？　昼間はほとんど姿を見せません。ぽんぽこ仮面の活躍が一番派手なのは、金曜日の夜です。そして週末と祝日は朝から晩まで満遍なく活躍しています。これから分かるのは、ぽんぽこ仮面は勤め人で、余暇を利用して活躍しているということ。そして小和田さんの話から考えると、ぽんぽこ仮面は以前から小和田さんのことをよく知っている。つまり——」

「同僚、もしくは友人？」

「無間《むげん》蕎麦の会場にぽんぽこ仮面が現れたとき、恩田さんと桃木さんはその場にいらっしゃいましたよ。だから恩田さんでもないし、桃木さんでもない。でも私、その人に会ったことがあると思います」

彼女は意味ありげな沈黙を挟んだ。

ややあって小和田君はハッとした。「まさか、所長か？」

「そうです。それが私の推理」

「いくらなんでもそれはない」

「じつはあの蔵の中で小和田さんとお会いする前、柳小路で所長さんらしい人と会いました。あのスキンヘッドは間違えようがないです。ものすごく疲れてるみたいでした。へたばって座りこんでいたので、手を貸してあげました。じつは私は以前、ぽんぽこ仮面に手を貸してもらったことがあります。あの手の感触は忘れられません。外国人みたいに大きな手で、すごく頼り甲斐のある……」

「しかし、それだけでは証拠として不十分だ」

「もちろんそうです」玉川さんは露店で買ったウルトラマンのお面をかぶってみせた。

「本当に確かめるには、あのお面を剥ぐしか方法はありません」

「……所長はそんな馬鹿なことはしない」

「ぽんぽこ仮面になるって、そんなに馬鹿なことですか？」

あの所長がぽんぽこ仮面になるなど、小和田君にはとうてい想像がつかなかった。しかし人間は、何かに追いつめられてむしゃくしゃして、自分でもアッと驚くようなへんてこなことをしでかす生き物だ。玉川さんに指摘されてみて、呑み会を途中で抜けだす所長の癖、謎のベールに包まれた休日の行動とその住処《すみか》、今朝の「スマート珈琲店」で所長と交わした会話の一つ一つ……それらの記憶が、隠されていた意味を囁き始める。

「でも……どうして僕なんだ？」と小和田君は言った。「もしぽんぽこ仮面が所長なのだとしたら、僕がどれだけ怠け者かっていうことは知ってるはずだ。僕ほど跡を継ぎそうもない人間はいない」

「まったくです」

「どうして、よりにもよって、僕みたいな怠け者を？」

「私が一つ考えたのは、本当は跡を継がせたくないのかもってこと。……誰にもね」

その言葉をきっかけに生まれた沈黙を破ったのは、玉川さんの携帯電話であった。

「あら！　浦本さん！」と彼女は言った。「私、ちゃんと事務所まで帰ってこられましたよ！」と自慢している。少し喋るうちに、彼女の眉間に皺《しわ》が寄ってきた。「すぐ行きます」

彼女は電話を切ると、「本当にもう」と呟いて立ち上がった。

そして小和田君の腕を引っ張った。「なんだなんだ」と彼は言った。

「浦本さんは屋上にいるそうです。テングブランを呑んでるんですって！」

○

小和田君と玉川さんは狭い階段を上って屋上へ出た。

すでに日は没している。屋上は殺風景なところだった。室外機や給水タンクやアンテナが、街の灯を背景に黒々と浮かび上がっている。そこから見渡せるのは、まるで天狗のたぐいが跳梁跋扈《ちょうりょうばつこ》していそうな屋上の世界だ。

「まるで天狗になって空へ飛んでいけそうだな」

室外機から噴きだす熱風を背に受けて、小和田君は夜の街を見渡していた。

玉川さんが「浦本さん！」と叫んで、屋上の向こうへ歩いていく。

「やあ玉川さん。よく事務所に戻ってこられたな」

のんびりした声が応えた。「えらいえらい」

「おちょくらないでもらえます？」

がらんとした屋上の真ん中にパラソルが開き、籐椅子《とういす》が置いてある。派手な柄のシャツを着た男が、横たわってのんびりしていた。サイドテーブルには酒瓶とグラスが置いてある。籐椅子の足もとに子ども用のビニールプールが置いてあり、探偵はズボンの裾をまくりあげて毛ずねをムキダシにして、プールの水に足を浸していた。

小和田君が近づいていくと、浦本探偵は籐椅子に座ったまま会釈した。

「初めまして。小和田さんですな」

「あなたが浦本探偵ですね」

「世界で一番怠け者の探偵ですよ。ごらんの通りのありさまで」

そのとき、浦本探偵のポケットで携帯電話の音がした。探偵は億劫《おっくう》そうに電話を取りだし、着信を一瞥《いちべつ》すると、またポケットにつっこむ。玉川さんはサイドテーブルの酒瓶を持ち上げた。ラベルには「テングブラン」という字が見えた。「こんなところでお酒を呑んで！」と彼女は憤《いきどお》った。

「そう怒りなさんな」

「けっきょく浦本さんは何一つ手伝ってくれませんでしたね」

「行けたら行くと言ったろ？　行けなかったら行かないさ」

「ここでノンビリお酒を呑んでるじゃないですか！」

「よく考えたまえ、麗しの助手よ。君は無事に事務所まで帰ってきた。事件の重要参考人も押さえた。そして俺はここで報告を受けている。何もかもうまくいってる。どこに問題があるのかね？」

「ホントにもう！」

地団駄を踏む玉川さんに対し、浦本探偵はじつにユッタリとしていた。

玉川さんはこれまでの経緯を説明し、浦本探偵は愉快な音楽でも聴くかのように耳を傾けていた。彼女が「ぽんぽこ仮面＝後藤所長」仮説を述べると、暢気《のんき》な探偵は小和田君の方を向いて、「あなた、彼女の推理についてどう思います？」と訊ねた。

「どうですかね。そんなことは本人に訊《き》いてみなくちゃ分からない」

「正論ですね。じつに正論だ」

ふたたび浦本探偵の電話が鳴った。彼がポケットから電話を取りだしたとき、スキをついて玉川さんが奪い取ろうとした。浦本探偵は怠け者に似合わぬ素早さでかわし、ニヤリと微笑《ほほえ》んだ。着信をチラリと覗いて、「あぶないあぶない」と呟いた。そのくせ電話には出なかった。

玉川さんが鋭い声で「やっぱり！」と言った。「依頼人からの電話なんですね？」

「そうだよ」

「呼びだされてるんでしょう？」

「今は潮が充ちるのを待っているところさ。いずれ、何もかもがあるべきところに落ち着く。タイミングを見極めるのが大事だよ。それが我々の利益にも関係してくる。ここで依頼人からよけいな口を出されると、タイミングの見極めが難しくなる」

そして浦本探偵は笑った。

「まあ仕事なんかいいから、呑もうぜ。諸君、今日は祭りの日だ」

「そうだよ、玉川さん。呑もう呑もう」と小和田君も言った。

玉川さんはムッとした顔つきのまま、持ってきた葡萄酒の瓶をサイドテーブルに置いた。「気がきくね」と浦本探偵は呟き、グラスをテーブルに三つならべ、それらに少しずつテングブランを注ぎ、その上から葡萄酒を注いだ。それらのグラスは、まるで赤い提灯のような不思議な輝きを放った。

玉川さんはちびちびと呑みながら呟いた。「また事件に置いていかれちゃう」

「焦りなさんな、玉川さん。雇い主がサボれと言ってんだぜ」

「このままじゃ路傍の石ころだもの」

「石ころでもいい。いずれ大きくなればいい」浦本探偵は赤いグラスを街の灯に透かしながら言った。「俺なんぞはまだそこそこの大きさの石ころだけど、いつかは大岩になりたいと思ってるんだ」

そして浦本探偵は小和田君の方を見た。

「ここに川が流れているとしましょう。大きな岩や小さな石ころがたくさん転がっているでしょう。小さな石は川の流れで、川下の方へ流されていく。では、大岩はどうなると思います?」

「流されないでしょうね」

「それが違う。よく聞いてください、ここがじつにステキなところなんだ」

浦本探偵は嬉しそうに酒を呑む。

「ここに大岩があるとしましょう。いくら川の流れが速くても大岩は流されない。すると川の水が大岩にぶつかるところの川底が、水の勢いでエグられていくわけです。どんどんエグられていくと、いずれ大岩はバランスを崩して、川上に向かって一つゴロンと転がるでしょ。そんなことが繰り返されるとどうなります？　決して川に流されない大岩は、むしろ川をさかのぼっていくことになるわけだ。どうです、ステキでしょう？」

玉川さんは「そのお話は聞き飽きました」と、ぷつぷつ言っている。

浦本探偵はちっともかまわず得意げである。

「事件解決も同じことですよ。いつも川は流れている。みんな流されるでしょう？　流されながらなんとかしようとする。俺のやり方は違うのですよ。何もせずにぼんやりとかまえている。そうすると、勝手に変化する事件の状況が、俺を真相へ運んでいってくれるわけです」

「それは浦本さんが天才だからですよ」

「玉川さんは行動する人だが、向かう先を間違えがちでね」

「方向音痴ですもん」

「言っておくけど、そういう人はそういう人で、俺はきらいじゃない。俺には弟がいるんだけど、こいつがへんな騒動ばかり起こすやつでね。でも憎めないやつなんだ。メチャメチャに事態が紛糾するほど生き生きとしてくるところなんか、玉川さんにそっくりだぜ」

玉川さんは黙ってしまった。

浦本探偵は小和田君に向かって言った。

「こう見えて俺も、ずいぶん長い間、引き籠《こ》もって暮らしていたことがありましてね。その時代には、身の上相談をやっていた。その経験を通して、浦本式探偵術を会得《えとく》したわけです」

小和田君は静かに感服し、おはぎのようにむっちりと苔のついた大きな岩の姿を思い描いた。彼が声もなくグラスを上げると、浦本探偵もまたグラスを上げた。二人は黙礼した。グラスとグラスが触れ合って澄んだ音を立てた。それは、たがいの内なる怠け者が響き合う音であった。

「役に立とうなんて思い上がりさ」

浦本探偵は言った。

◯

眼下の室町通から、宵山の喧噪が湧き上がってくる。

小和田君は手すりにもたれてテングブランの葡萄酒割りを嘗めている。

テングブランとは不思議な酒だった。いや、これは本当に酒なのだろうか。割った葡萄酒の味をくるみこんでいるものは、何か透明な、良い香りのする、曖昧なものだった。

「うまいというか、なんというか、へんなお酒だ。香りを呑んでるみたいだ」

「何で割ってもテングブランの味になるんですね。もういくらでも呑んでやるわ。どうせ今日の冒険はこれでおしまいなんだもの。浦本さんはやる気ないし」

玉川さんはずんずん呑んでいた。その瞳にはテングブランの靄《もや》がかかってきた。その瞳を覗きこんで、「玉川さん、酔ってるね」と小和田君は言った。

「酔ってません、ちっとも！」

「酔ってないって言い張る人は酔ってるもんだよ」

「そんなら、わたし、酔ってる。酔ってるるるー」

浦本探偵は籐椅子から立ち上がって歩いてきた。彼は小和田君の隣にならび、テングブランを透かして宵山の街を見下ろした。

「呑めば天狗になったような気持ちがするから『テングブラン』という名前がついたという人もあるし、天狗が発明したからその名がついたのだという人もある。そもそも浅草のバーで発明された『デンキブラン』をまねて作ったのだから『偽電気ブラン』が正しいという人もある」

「どこで作ってるんです?」

「俺は知ってるけど言わないでおこう。命が惜しいもの」

「誰でも知ってるひみつのお酒なのね」

「諸君、眼下にあるのはテングブランの河だ」浦本探偵はグッとテングブランを呑み干して目を閉じた。「テングブランを呑んで、こうして目を閉じて、両手を広げてみなさい。空を飛ぶまであと一歩という感じがするなあ。飛ぶか飛ばないかは運次第という感じだ。テングブランを呑んで、天狗の気分を手軽に味わおうぜ」

小和田君は目を閉じてみた。

そうして宵山の喧噪に耳を澄ましていると、自分の立つ位置が曖昧になってくる。どうやら少し浮かんでいるらしい。目を開ければ元に戻ってしまう。もう一度目を閉じると、また身体は浮かんでいく。そんなことを繰り返して遊んでいるうちに、自分の位置を少しずつ引き上げていけるような気がした。目を閉じたままでいれば、まるで自分が空にいるように感じられた。頬に当たる風はたしかに空を渡る風である。

「おっと、また電話だ。しつこいねえ」

浦本探偵の声がした。

小和田君は目を開いた。

探偵がポケットから電話を取りだした瞬間のことである。玉川さんが小和田君を押しのけて跳躍し、探偵の手から電話をもぎとった。

「いただき！」

彼女は叫び、素早く間合いを取った。

浦本探偵はからっぽになった右手から、玉川さんへ視線を移した。彼女は、鳴り続ける電話をオリンピックで獲得したメダルのように誇らしげに掲げていた。

「酔っぱらってると思ってたのに」と浦本探偵は言った。

「酔っぱらっているふりは得意なんです」

「いや、君は酔っている」と浦本探偵は断言した。「依頼人の電話に出るなんて、正常な判断力を失っている証拠だ」

その間も、電話は爆発へのカウントダウンのように鳴り続けている。小和田君も「玉川さん、やめときなよ」と呼びかけた。「我々の内なる怠け者に乾杯しただろ」

「玉川さん、所長としての命令だ。電話を返しなさい」

「止めないで。玉川智子、電話に出ます！」

「待て、玉川さん！　早まるな！」

呼び出し音がやみ、玉川さんは携帯電話を耳に当てて、ハキハキとした口調で喋り始めた。酔っぱらっているとは思えない冷静な口調だった。やがて彼女は「ご報告に伺います」と言って電話を切った。

「あーあ」と浦本探偵が溜息《ためいき》をついた。「あの骨董屋《こっとうや》かい?」

「依頼人です。レストラン菊水の屋上ビアガーデンで待っているそうです。さあ、浦本さん! しょげてる場合じゃないですよ!」

そして彼女は小和田君の方を見た。「いっしょに来てくださいますよね?」

小和田君はキョトンとした。「どうして?」

「ぽんぽこ仮面の二代目ですもん。小和田さん、いいかげん自分が重要人物だってことを自覚してもらえると嬉しいです」

小和田君は何も言わずに籐椅子のところへ歩いていった。靴下を脱ぎ、ズボンの裾をまくりあげて、籐椅子に寝転んだ。足をちゃぷんとプールに浸すと、「僕はここから動きませんぞ」と小和田君は宣言した。

「それじゃあ俺も……」

浦本探偵は小和田君のそばに寄ろうとした。

「この怠け者たちめ!」と玉川さんが叫び、浦本探偵は背中に銃を突きつけられたかのように両手を挙げた。「分かりましたよ。ワタクシもお供します」

「依頼人の期待に応えましょう。浦本さん」

「まだ何も報告することはないんだよ。土下座でもするかね」

玉川さんは浦本探偵が逃げないように、その腕を摑んだ。そして小和田君に向かって言った。「小和田さん、約束してくださいね。私たちが戻ってくるまで、このビルから勝手に外へ出ないでください。ここでグウタラしていること。いいですね？」

そして玉川さんはテングブランの瓶を彼の目の前に置いた。

「これ、ぜんぶ呑んでいいです」

「よし、分かった。僕はグウタラしていよう」

小和田君は頷いた。

「お二人が戻ってくる頃には、僕は天狗になってるかもしれませんな」

○

屋上にひとり残された小和田君は、ちびちびとテングブランを嘗めた。

彼は「ようやく運が向いてきたのではなかろうか」と考えていた。テングブランを嘗めながら、屋上でのんびり籐椅子に座り、宵山を高みの見物。紺色の空は美しく透きとおって、宵山の明かりが映えている。

そこで思い出したのは恩田先輩のことである。

「いかん。連絡するのを忘れていた」

慌てて電話をかけると、「やほーい」と陽気な恩田先輩が出た。「生きてたかい？　いったい君はどこにいるんだね、小和田君」

「蕎麦屋の蔵で寝てました」

小和田君がこれまでの経緯を説明すると、「ホントに君は大したやつだよ」と恩田先輩は言った。「筋金入りの怠け者だな」

「光栄です。恩田さんはどこにいるんですか？」

「今ね、北白川ラジウム温泉にいるんだよ。宵山なのに温泉っていうのが意表を突く感じでステキだろう？　貸し切り状態でガラガラよ」

「桃木さんもごいっしょですか？」

「もちろん。我々はいつだって仲良しさ」

すると桃木さんが電話を代わり、「小和田さん、お元気？」と言った。「聞いて聞いて。私たち、ぽんぽこ仮面を助けたのよ」

電話の向こうで恩田先輩が「いやそれは電話で喋るのはもったいない」と言うのが聞こえた。「どうしてどうして」と不満そうな桃木さんから電話を奪い返し、恩田先輩は言った。

「小和田君、これから合流できそう？」

「うーん」と小和田君は唸《うな》った。「難しいなあ」

「まだ土曜日は終わっていないよ。このあとも予定が詰まってる。これから街に出て宵山を見物して、露店で晩ご飯を食べる。津田さんの無間蕎麦を覗きに行く。それから四条烏丸の交差点で宵山が終わるのを見るんだ。午後十一時だよ。そこで会おうよ。我々がぽんぽこ仮面を救った大活劇の顛末を聞きたくないかね？」

小和田君はテングブランをすすった。自分の眠っている間に何があったのだろう。

「しかし僕は多忙なんですけど……」と彼は言った。

「多忙だって？　いったい何があったの？　トラブルかい？」

「あの……玉川さんと約束したんですよ。ここで待ってないと、また話がこんがらがるんです。なにしろあの人は方向音痴だし、僕を見失うと……」

すると恩田先輩は電話の向こうで朗らかに笑いだした。

「なんだよ。破廉恥《はれんち》君！　そういうことなら早く言え！」

「え、なんのことですか？」

「女の子を待たせるんじゃないよまったくもう！　親はなくとも子は育つってやつですか、土曜日充実しまくりじゃねえかベラボウめ！　宵山デートを邪魔しちゃってすまん、俺ホント恥ずかしい、とんだお邪魔虫になっちゃったよ、テヘッ！」と、唐突に恩田先輩がワケの分からない人物に豹変《ひょうへん》したかと思うと、桃木さんの「なんだかへんなこと言ってるー」という楽しそうな笑い声を最後に響かせて電話はぶつんと切れてしまった。

「違う話になってしまった」

小和田君は電話を見つめて呟いた。

そのとき、ビルの裏手から荒々しい声が聞こえてきた。「逃げたぞ！」「あっちへまわれ！」などと言う声が聞こえる。小和田君は籐椅子から立ち上がり、屋上の端へ歩いていった。彼は手すりから身を乗りだした。

向こうには呉服会社の商標を刻印したビルが立ち、眼下には古い町屋の瓦屋根が暗く波打つように広がっている。ジッと目を凝らしていると、黒い影がよろよろと屋根の上を伝っているのが見えた。ぽんぽこ仮面である。大冒険に心身を磨《す》り減らした怪人は、哀れにも這々《ほうほう》の体《てい》だった。黒マントが古いアンテナにひっかかり、「アウッ」とひっくり返る始末である。

「あのマントは厄介だな」

小和田君が高みで見物していると、数人の黒っぽい背広姿の男たちが、まるでモダンな忍者のように屋根に這い上がってきた。彼らは懐中電灯で暗がりを探っている。瓦を一つ一つ舐《な》めまわすように辿《たど》っていった光が、アンテナと格闘しているぽんぽこ仮面を照らし出したとたん、男たちは色めきたった。

「こっちだ！」「用心しろ！」と荒々しい声が響き渡る。

ぽんぽこ仮面を追っているのは明らかだった。

小和田君は思わず叫んでいた。

「ぽんぽこ仮面、うしろうしろ！」

男たちの振る懐中電灯の光が、こちらに射してきた。危ういところで小和田君は身を隠す。しゃがみこんだまま、手すりの隙間からこっそり眺めた。黒い背広の男たちがじりじりとぽんぽこ仮面に近づいていくのが見えたが、ふいに「ブシューッ！」とくぐもった音がして、白煙が男たちに噴射された。「キャッ！」と可愛い悲鳴をあげて、追っ手たちは退いた。「まだ武器を持ってるじゃねえか！」

ぽんぽこ仮面はマントをたくしあげ、弾かれたように走りだした。

小和田君は思わず応援していた。

「走れ！　走れ！」

ぽんぽこ仮面は町屋の屋根から、蔵の屋根へ飛び移り、さらに奇跡的な跳躍を見せて、小和田君のいるビルの外廊下へ飛び移ったように見えた。

それきり、ぽんぽこ仮面の姿は見えなくなった。

ビルの谷間で濛々と舞う消火器の白煙の中を、サーチライトのように懐中電灯の光がうごめいていた。「どこへ行った？」「いないぞ」という追っ手たちの声が、ビルの谷間に不気味にこだましていた。

〇

またしても冒険的気配が立ちこめ始めた。

「困ったもんだ」と彼は思った。

それでも小和田君がビルの階段を下りていったのは、玉川さんの推理が気にかかったからである。もし所長がぽんぽこ仮面であるとすれば、まったくの無関心ではいられない。階段を下りていく途中、祇園囃子に交じって、ビルの裏手で男たちが呼び合っている声が聞こえてきた。小和田君は身を低くした。

二階の廊下まで下りた。

不気味に瞬《またた》く蛍光灯の下に、浜辺に打ち上げられた巨大な昆布のように平べったくなって、ぽんぽこ仮面が伸びていた。小和田君の足音を聞くと、怪人はびくりと顔を上げ、「ああ君か」と溜息をついた。

「怪我してませんか？」

「怪我してない。大丈夫。まったくへいちゃらだ」

「へいちゃらには見えませんが」

「いやいや、きわめて健康体だ。活力に充ちている」

べろんと横たわったその姿からは、本人の主張するような活力は微塵《みじん》も感じられない。それはまさに、おのれの内なる怠け者たちに本丸を取り巻かれ、陥落しかかっている人の姿であった。そのときビルの裏手で、瓦屋根を何者かが踏んでいく音が聞こえた。

小和田君は声をひそめ、「追われてるんですね？」と囁いた。

「テングブラン流通機構という連中だ。心配するな。この問題は我が輩がすべて片付けるから、君が心配する必要はないのだ」

「仮面を脱いで逃げればいい。ほら、マントも脱いで脱いで」

小和田君が手を伸ばすと、ぽんぽこ仮面はくねくねと首を振って抵抗した。「やめろやめろ。何をするんだ。我が輩はぽんぽこ仮面だぞ。ぽんぽこ仮面はいつだって正々堂々……だがしかし、ビルのまわりは敵だらけだ。秘密基地に立て籠もろう」

ぽんぽこ仮面は苦しそうに喘《あえ》いだ。

「……ちょっと肩を貸してくれないか？」

小和田君の肩を借り、ぽんぽこ仮面はよろよろと立ち上がった。マントが翻《ひるがえ》ると、丸一日走りまわって疲労の極みにある男の臭いが爆風のように広がり、小和田君は咳《せ》きこみそうになった。よく見ると、彼の狸のお面は汗と埃でヨレヨレで、ところどころ破けてさえおり、かろうじて顔にひっかかっているのである。

這うように三階まで上がり、ぽんぽこ仮面は廊下を進んでいく。

浦本探偵事務所の前を通り過ぎ、司法書士事務所の前を通り過ぎた。

「ここだ」とぽんぽこ仮面は言った。

「ここ？」と小和田君はあっけにとられた。

あろうことか、ぽんぽこ仮面の秘密基地は、浦本探偵事務所の二部屋隣であった。

「灯台もと暗し」とはこのことだ。浦本探偵と玉川さんは怪人が自分たちの隣人であることに気づきもしなかったのである。

ぽんぽこ仮面はマントの下から鍵を出して、ドアを開けた。

浦本探偵事務所よりもいっそう狭い部屋だった。灰色のカーペットが敷かれた床にはほとんど家具もない。電気スタンドの置かれた小さな卓袱台《ちゃぶだい》と座布団、古い箪笥、魔法瓶と湯呑み、丁寧に折り畳まれた布団が一組。部屋の隅には古びた電気ポットがある。エアコンがガタガタと音を立て、生ぬるい風を吹きだした。

ぽんぽこ仮面は深い溜息をつくと、小和田君の肩から離れた。マントを脱いだ。その下から現れたのはスポーツ用品店の安売りコーナーにならんでいそうな黒っぽいジャージである。ぽんぽこ仮面は小和田君に座布団を勧め、魔法瓶からお茶を注いで卓袱台に置いた。

「くつろいでくれたまえ」

そしてぽんぽこ仮面は和箪笥から裁縫箱を取りだしてきて、床に腰をおろしてマントを入念に調べている。やがて、その大きな背中を丸めてちくちくと指を動かしだした。

「何をやってるんですか？」

「先ほどの戦いでマントに穴が開いてしまったものだから」

「そんなことより、休んだ方がいいですよ」

「我が輩は休まないのだよ、小和田君。戦う支度をする」

ぽんぽこ仮面は、筋骨逞《たくま》しいお母さんのように縫い物を続ける。小和田君は呆《あき》れて麦茶を飲み、卓袱台に積まれている狸のお面を手に取った。プリンタを使って自作したものであろう。そのツルツルした紙の安っぽい感触は、正義の怪人たるぽんぽこ仮面の舞台裏を雄弁に物語っている。

しばらくすると、ぽんぽこ仮面が首を傾げた。

「手元がよく見えない。どうしてこんなに瞼《まぶた》が重いのだろう」

「つまり眠いんでしょう」

「眠いとは言っていない。瞼が重いと言ったのだ」

やがて、ぽんぽこ仮面はうつらうつらし始めた。

小和田君は卓袱台に何冊も積んであるスクラップ帳に目をとめた。

新聞記事や雑誌の切り抜きを貼り付けたスクラップで、ぽんぽこ仮面の活躍の記録である。糊《のり》で几帳面《きちようめん》に貼り付けられた小さな記事が、頁をめくってもめくっても、どこまでも続いていた。穴埋めのような小さな記事が、まるでテトリスのブロックのように組み合わされている。頁をめくり、新しいスクラップ帳に移るにつれて、記事の量は増え、貼り付け方も几帳面さを増していく。

小和田君は溜息をついて、スクラップ帳を卓袱台に戻した。

そのとき、ぽんぽこ仮面が呻《うめ》くように言った。

「他人の新聞の切り抜きを確かめるというのは、たいへん不作法なことです」

小和田君はハッと息を呑んだ。

○

ここで我々は北白川ラジウム温泉へと飛んでいこう。

表玄関から階段を上っていくと、赤い布張りの廊下がのびている。裏手には崖が迫っているので、電灯のついた廊下は薄暗く、いささか湿っぽい。その廊下に面して襖《ふすま》を立てた広い座敷があり、座卓がならび、座布団が置かれていた。

恩田先輩と桃木さんはその座敷でのんびりとしていた。寒くなるほど冷房がきいていて、温泉の前の府道を通り過ぎる車の音と、暗い山から湧き上がる蟬《せみ》の声が聞こえてくる。

二人は下鴨幽水荘でぽんぽこ仮面を救った後、恩田先輩が学んだ大学の研究室を訪ねて淀川《よどがわ》という教授と歓談し、吉田山を散策して喫茶「茂庵《もあん》」で休息し、白川通でタクシーに乗って北白川ラジウム温泉までやってきた。そして、ゆっくりと風呂につかり、マッサージチェアで身体をほぐした。

恩田先輩は愛読している「競馬ブック」を畳に広げ、立て膝で熱心に読んでいる。

「見ろ、桃木さん」と彼は馬のような顔をつるりと撫《な》で、預言者のように厳《おごそ》かに言った。「馬たちが誌面を走っていく。俺は馬の気持ちが分かるんだヨ」

桃木さんは「へんなこと言ってる！」と笑った。彼女は洗い髪を撫でながら座卓に向かい、手帳を熱心に見つめていた。日曜日の計画を何度も確かめているのだ。しばらくすると彼女は満足そうにひとり頷き、「どーん」と言って仰向けに寝転んだ。恩田先輩も「どーん」と言って寝転んだ。

「明日も完璧な計画だわ」と桃木さんは夢見るように呟いた。「磨き上げられてる」

「ぴかぴかだろ？」

「ぴかぴかよ。泥だんごみたいにぴかぴかよ」

恩田先輩はのびのびと手足を伸ばし、天井を見つめて微笑んだ。森の奥の静けさに耳を澄ましながら寝転がっていると、まるで時間が流れるのをやめて、ここにひととき溜まっているように感じられた。そして自分たちの目の前には、まだ来ぬ日曜日という明日が、無限の広がりをもって待っている。

「静かだなあ。腹に染みいる蟬の声」

「……ねえ、なんだか『夏休み』みたいな感じしない？」

「人生いたるところに夏休みあり。社会人が夏休みを満喫してはいけないなんて誰が決めた？」

「だれもきめてません」

「宵山なのに温泉なんかに入る。これが宵山温泉」

「よいやまおんせん」

「二人は仲良し」

「ふたりはなかよし」

こうして書きながらも、筆者は苦笑を禁じ得ない。かくも「関係のない人にはまったく無益なやりとり」というものがあるだろうか。そして愛し合う若い男女に関係があるのはおたがいのみであるから、筆者も含めて我々はみんな無関係なのである。なんということだろう。置いてけぼりである。

ふいに恩田先輩が呟いた。「そういえばアルパカの人はどうしたろう？　長風呂だなあ」

桃木さんはコロリと転がって俯《うつぶ》せになった。

「アルパカの人ってなあに？」

「そっくりの人がいたんだよ」

先ほど恩田先輩が風呂に入っていたときのことである。

恩田先輩は風呂好きである。好きなことに没頭しているとき、人は幸せになる。幸せの極みにあるとき、しばしば人は阿呆《あほ》になる。したがって彼は濛々と立ちこめる湯気の中に立ち、上機嫌で尻を振りながら歌いだした。いっそ読者にお聴かせしたいぐらい、その声は気持ちが良さそうだった。何もかもが自分の思い描いた通りに進んでいるという喜びに充ち満ちて、長い夏休みを前にした小学生みたいに天真爛漫《てんしんらんまん》な歌声だった。浴室の窓の外はすっかり夕闇に沈んでおり、府道を通り過ぎる車からは下半身が丸見えになる恐れがあったが、そんな猥褻《わいせつ》可能性も意に介さなかった。充実した土曜日は我が掌中にあり！　望月の欠けたることもなしと思えば！

あまりに上機嫌であったことと、自分自身の歌声が浴室に反響していたせいで、もう一人の客が入ってきたことに恩田先輩は気づかなかった。知らず歌いながら「へいへい！」と尻を振り続けていたら、「上機嫌ですな」と声をかけられ、アッと我に返った。恥ずかしさのあまり小さくなった。「失礼しました。一人だと思いこんでいて……まったく申し訳ないです」

「いや、なに。かまわんですよ」

そして気まずい沈黙が降りた。

「それじゃお先に」

そそくさと湯から上がるとき、恩田先輩はチラリと横目で客の顔を見た。客は湯気の向こうでキッチリ乳首まで湯に浸かったまま、仏像のように目を閉じていた。

恩田先輩が起き上がってその男の様子を再現してみせると、桃木さんはくすくす笑った。

「本当にアルパカそっくりだったんだよ」

「どうせ大げさに言ってるんでしょ！」

「アルパカによく似た人か、もしくは人によく似たアルパカだな。きっと前世はアルパカだ。そして来世もアルパカだろう。超然とした、じつに良いお顔をしておられた」

「もうやめて、お願い」と桃木さんはお腹を抱えた。

「どうして？　俺はアルパカが好きなんだもん。馬とアルパカで話が合うかな？」

「その人が来て、笑っちゃったらどうするの？　失礼でしょ！」

桃木さんが囁いたとたん、襖がスッと開き、件《くだん》の男が入ってきた。首に手拭いをかけ、ほかほかと顔が上気していた。ひと風呂浴びたあとのアルパカそっくりであり、恩田先輩の言う通り、前世から来世へ向かう束の間《つかのま》に、たまたま人間界に立ち寄ったかのような、みごとなアルパカぶりであった。

○

恩田先輩と桃木さんはサッと居ずまいを正した。

アルパカ男は「お邪魔いたしますよ」と軽く礼をし、彼らから少し離れたところへ腰を下ろした。そして虚空《こくう》を睨《にら》むようにして、口をもぶもぶさせている。まるで何かを反《はん》啜《すう》しているかのようである。

しばらくすると、桃木さんがブホッと妙な音を立て、座布団で顔を押さえて座敷から逃げだした。

アルパカ男が恩田先輩に話しかけた。「お連れ様は大丈夫ですか？」

「大丈夫なんです」と恩田先輩は正座したまま言った。「思いだし笑いがひどい人なんです」

「なるほど。思いだし笑いですか」

「そうなんです」

「何を思いだしたものでしょうな」

恩田先輩は初めてアルパカ男と目を合わせた。

そのとき、何か自分でも説明のつかない戦慄が恩田先輩の背筋を駆け抜けた。「京都に暮らす怪人はたいていい知り合い」とホラを吹いてきたことを後悔するほど、自分の目の前であぐらをかいている男の目つきは怪人らしいものであった。しっかりと目を合わせているはずなのに、相手の視線は恩田先輩の目を貫き、その内側をじかに覗きこんでくるようだった。

アルパカ男はキョトンとした顔つきのまま言った。

「こんな日に、お若い方がこんなところへいらっしゃるのは珍しい」

「そうですかね」

「みんな宵山見物でしょう。ほら、我々のほかには湯に入っている者などいない」

「これから行くんです。まあ、温泉に入るのは『禊《みそ》ぎ』みたいなもので」

「ほほう。それは感心な、お心がけ」

恩田先輩はとっさの思いつきで「禊ぎ」と言ったのだが、アルパカ男はしきりに感服した。表情を一切変えずに、「身体を清めて宵山へ出かけるのは正しいこと」と言った。

「なにしろ宵山は特別な日です。天が地に近づく。用心するに越したことはないのです。私も同じく『禊ぎ』です」

「これから宵山見物に行かれるんですか？」

「いや、今宵は多忙を極めておりましてね。まだ仕事が片付かない」

アルパカ男の言う「仕事」が何であるのか。それを訊くのは憚《はばか》られた。恩田先輩は曖昧な笑みを浮かべながら、自分の脳の中にある「怪人名簿」を繰っていた。

ふいにアルパカ男の携帯電話が音を立てた。

アルパカ男は恩田先輩を見つめたまま、スッと携帯電話を取り上げた。「私です」と答えながらも、その視線は太い鉄の棒のように恩田先輩を押さえつけている。男は「はい、はい」と小さな石を一つずつ池に放り投げるようなやわらかな口調で相槌《あいづち》を打った。

「もし彼がそのビルから外へ逃げだしているならば騒ぎになるはずでしょう、宵山なのですから」とアルパカ男は言った。

ふいに冷え冷えとした怒りが、その座敷いっぱいに漲《みなぎ》った。

「何もかも私が教えてやらないと分からないのですか？　騒ぎになっていないということは、つまり外へ出ていないということに外なりません。そのビルにあるドアというドアをすべて開ければいい。管理会社に声をかければイヤとは言いますまい。一つだけ言っておきますが……『逃げられました』で話が片付くと思うなよ。手ぶらで帰ってきやがったら、背中に鉋《かんな》をかけてやる」

恩田先輩は相手の視線に釘付《くぎづ》けにされながら、「カンナ？」と思った。カンナとは何だっけ？　大工さんが使う道具だったような気がするが……と考えたところで、背中にびっしょりと嫌な汗をかいた。

「探偵の報告は受けますとも。レストラン菊水で。はい。健闘を祈ります」

そして男は電話を切った。

まだ恩田先輩をジッと見つめていた。

「仕事の話なのです。どうやらまだ休めない。因果な商売であります」

襖が開き、笑いの発作をおさめた桃木さんが戻ってきた。彼女の先手を打つように、恩田先輩はそそくさと立ち上がった。「それじゃあ我々はお先に」と震える声で言い、桃木さんの肩を抱いて回転させ、押しだすように座敷を出た。アルパカ男は「どうもお疲れ」と頭を下げたらしかったが、襖を閉めるときに振り返っても、まだ恩田先輩が座っていた場所を見たままであった。

「もう行くの？」

桃木さんが戸惑って言った。

「何をそんなに急いでるの。あら、すごい汗！」

「あの男はヤバイ」

恩田先輩はそれだけ言い、桃木さんの手を引っ張って外へ出た。

二人は府道脇のバス停に立ったが、京阪バスはなかなか来ない。バス停には宵山に出かけるとおぼしき赤い浴衣姿の女の子がひとりぽつんと立っている。桃木さんが恩田先輩に「かわいい」とソッと耳打ちする。しかし恩田先輩はかすかに頷くばかりで、府道の向かいに輝く温泉の玄関を見つめていた。黒々とした森の中に輝く北白川ラジウム温泉の明かりが急に不気味なものに思えてきた。

やがて玄関からアルパカ男が出てきた。どこに隠れていたのか、黒っぽい背広姿の男たちを二人連れていた。間髪容《い》れずに黒塗りのリムジンが音もなくやってきて彼らを吸い上げた。そのまま方向転換して、街の方へ下っていくのかと思いきや、リムジンは恩田先輩と桃木さんの前でぴたりと停まった。

真っ黒な窓が開き、リムジンの闇の奥からキョトンとした顔が白く浮かび上がった。

男は桃木さんに「やあ、お嬢さん」と言った。「笑顔が素敵ですね」

「ありがとう」

『禊ぎ』を終えてから宵山へ向かうとは感心なお心がけ」

「みそぎ？」と桃木さんが首を傾げると、恩田先輩は「そうそう、みそぎみそぎ」と言った。リムジンの窓からはのんびりしたハワイアンが流れでている。

「どうしてハワイアンなんですか？」と桃木さんは無邪気に訊ねた。

「いつかヴァカンスで南の島へ行きたいと思っているのです。それまでの『まやかし』です。なにしろ私の上司は怖ろしい人ですから、なかなか休暇をくれません」

「それは良くないですね、お身体には気をつけて」

「ありがとう。お二人とも、素敵な宵山をお過ごしください……おお、そうだ、忘れるところでありました。これを一本差し上げようと思ったのでした」

アルパカ男はいったんリムジンの奥の闇に引っこんでから、酒瓶らしきものを窓から差しだした。恩田先輩は緊張し、へっぴり腰で受け取った。

「そんなに恐縮することはありません」

アルパカ男は言った。「こうして出逢ったのも何かの御縁」

そして男がジッと恩田先輩を見つめている間に窓が閉じた。真っ黒な窓の向こうで、男が同じようにキョトンとした顔でこちらを見つめている様子が、恩田先輩には容易に想像できた。

リムジンは走り去り、夕闇に甘い芳香が漂った。

「いい人ね」

桃木さんは言い、呆然としている恩田先輩の手の中を覗きこんだ。

酒瓶のラベルには「テングブラン」と書かれていた。

○

ぽんぽこ仮面の秘密基地では、小和田君がのんびりとお茶を飲んでいた。

彼の目の前では、ぽんぽこ仮面が時折手を休めながら黒マントを繕っている。ふと動きが止まるときには眠っているらしいが、小和田君に指摘されると、ぽんぽこ仮面は「眠ってない」と言い張った。そのくせ、その豪快な運針は酔っぱらい運転のようにぐねぐねとしている。

「少し休んだらどうですか」

「休んでいる暇はない。君は我が輩が兼業の怪人であることを忘れたのか。重要な問題は週末のうちに片付けなければ」

「今日は一日中、その格好をして走りまわってたんでしょう」

「いつものことだ」

「さっきはどうして追われていたんです？」

ぽんぽこ仮面は説明した。自分を狙っているのが「テングブラン流通機構」という組織であるという情報を摑んだものの、狸のお面はぐにゃぐにゃになっているし、マントの綻《ほころ》びも大きくなっていたので、いったん秘密基地に引き揚げて態勢を立て直そうとした。しかし途中でテングブラン流通機構の連中とおぼしき連中に見つかって襲撃されたのだという。

ぽんぽこ仮面は怒った口調で言った。「なんとしてもこの問題は、週末のうちに片付ける……しかし、まずはこのマントを繕わねばならん……」

小和田君は繰り返し「休みなさい」と言った。しかしぽんぽこ仮面は「いやだ」「寝ない」と言い張るばかりで、頑是無《がんぜな》い子どものようである。小和田君は秘密基地の隅に畳んであった布団を引っ張りだし、床に敷いて誘惑してみたが、ぽんぽこ仮面は布団を見ようともしなかった。

「いくらなんでも薄すぎませんか、この布団」

「眠り過ぎると困るから、あえて薄っぺらくしてあるのだ」

「布団というものは、もうちょっとやはらかくあるべきものですよ。今日、僕は蔵の中の座布団の山で半日ほど眠っていたのですが、それはもうやはらかで、ステキで……」

小和田君が大きなあくびをすると、ぽんぽこ仮面は縫っていたマントを床に叩きつけて激高した。「なんという気持ち良さそうな大あくびを！　君は半日眠ったと言ったばかりではないか。身体のどこからそんな大あくびが出るんだ？」

「どうしてだか、いくらでも眠れるんです」

「あくびは伝染する。くれぐれも気をつけて欲しい」と、ぽんぽこ仮面は厳しい口調で言った。「少しは緊張感を持ちたまえ、この怠け者め」

「我々は人間である前に怠け者です」

「怠けている暇はない」

「人間は自分が真に求めていることに気づかないものです」と言いながら、小和田君は絶壁の端っこで踏ん張っている大岩をぐいぐい押しているような手応えを感じた。「あなたは気づいてないいんだ。自分に嘘をついてる。怖がってるだけなんだ。本当は怠け者になりたいんでしょう？　そうでしょう？　なりたくてたまらないんだ。僕には分かる。……その葛藤を乗り越えたとき、あなたは一皮剝けたイイ男になるわけです」

「読めたぞ！」

ぽんぽこ仮面は鋭い声で言った。

「君は我が輩の内なる怠け者に語りかけているわけだな。その手にはのらない」

「なんなら、僕がぽんぽこ仮面2号になりましょうか？」

ぽんぽこ仮面は不意を衝かれ、明らかに狼狽《ろうばい》した。まるで瓢箪《ひょうたん》から転げでた駒を見るかのように、小和田君を見つめ、「なんと言った？　いや……それは、え？　そんな急に！」と、しどろもどろになった。

「引き継いでもいいですよ、と言ったんです」

「待ってくれ」とぽんぽこ仮面は何かを押しとどめるような仕草をした。「なぜ君はもうちょっと、その、状況が落ち着いてるときにそれを言わんのだ。引き継ぐにしたって準備がいるではないか。悪の組織が現れたというのに。これを片付けずに君に引き継ぐなんて……そんなこと、話にならん」

「ひょっとして本当は、ぽんぽこ仮面を譲る気がないんですか？」

ぽんぽこ仮面はムッと膨れて「そんなことはない」と言った。「引き継がねばならないことは分かっている。我が輩はこれから京都を去り、遠くへ行くからな。分かっているとも！　しかし問題が片付かないのが悪い。これは我が輩の責任ではない！」

ぽんぽこ仮面は熱い吐息を洩らし、がっくりと肩を落とした。

「とにかく今は、君に引き継ぐような話ができる状態ではないのだ」

「それじゃあ、横になるだけでも。せっかく布団があるんですから」

ぽんぽこ仮面は、そのとき初めて布団に目をやった。まるで想い人の裸体を覗き見るかのような目つきだった。不意打ちのように小和田君が投げこんだ「布団」という言葉に、ぽんぽこ仮面の内なる怠け者たちが猛り立っている。

「今ここで眠れとは。君は我が輩に死ねと言っているようなものだ」

「何を大げさなことを」

「今が肝心な時なのだから……今こそ、正義の味方が活躍するときなのだ。悪の組織が現れたんだぞ！　テングブラン流通機構だ！　あんなやつら、悪の組織に決まってる……この問題は私だけのものだ。私が責任をもって解決しなくてはならんのだ」

ぽんぽこ仮面はぷつぷつと断片的に呟き続けながら、まるでその存在を確かめるようにソッと布団に触れ、電気ショックを感じたかのように手を引っこめた。しかし彼の内なる怠け者は布団の誘惑にあらがえない様子で、ふたたび手を伸ばした。「横になって目を閉じて情報を遮断するだけでも頭脳は休まるという」と、言い訳がましく呟いた。

「つまり休息を取るためには、必ずしも眠らなければならないというわけではない」

「そう聞きますね」

「眠るのではない」

「万が一眠ったら、僕が起こしてあげますよ」

「その心配は無用だ。なぜなら眠らないから！」

ぽんぽこ仮面は身体の節々の痛みに呻きながら、這うように布団の上に行った。「本当に心配なことばかりなのだから」と、昼寝を断固拒否する幼稚園児のようにぐずぐず言った。「困った人を助けることが我が輩の仕事なのだ。みんなが助けてくれと手を伸ばしている。眠ろうと思ったって眠れるわけがない。いつだって臨戦態勢だ。我が輩がやらねば誰がやる」

ぽんぽこ仮面はごろりと仰向けになり、首を持ち上げて小和田君を見た。

「眠るのではない。少しばかり目を閉じて、α波を出すけれども気にするな」

そう言った刹那《せつな》、小和田君が枕をあてがう隙もなく、ぽんぽこ仮面の頭は落ちた。薄っぺらい布団では支えきれず、ゴンと鈍い音がしたほどである。

ついに本丸は陥落し、ぽんぽこ仮面の内なる怠け者が勝利したのである。

小和田君はソッと近づき、ぽんぽこ仮面の寝息を確かめた。その顔を覆っているボロ切れのような狸のお面を取ると、所長の顔が現れた。薄暗い蛍光灯に照らされているその顔は、何層にも塗り固められたような汗でギラギラと輝いていた。瞼はがっちりと閉じられている。外国人のように高い鼻は毅然《きぜん》として立ち上がり、石膏《せっこう》像のように微動だにしなかった。

小和田君は床に投げ出されている黒マントを引き寄せた。

そして卓袱台の上にある狸のお面のスペアを手に取った。

○

小和田君には、忘年会で茄子《なす》の着ぐるみに詰めこまれたビタースウィートな思い出がある。恩田先輩のたくらみであった。背中のジッパーを引き上げられてしまったので、脱ごうにも脱げず、茄子姿で宴会場をさまよっていると、自分が自分でないような不思議な気持ちになった。ふだんは接触のない事務部門の女性たちでさえ親しげであり、宴会場の誰もが小和田君を「愉快な茄子」として歓迎してくれる。「あら茄子よ!」「おい茄子、まあ呑め」と気軽に声をかけてきた。

小和田君が「どうも茄子です。ごめん茄子って」と宴会場をさまよっていると、そこへ冷徹な顔でビール瓶を四本持った後藤所長が通りかかった。「何をしているのですか、小和田君」

「小和田さんというのは誰ですか? ワタクシは茄子です」

小和田君が言うと、所長はニヤリと笑った。

「なかなか良いものでしょう。変身というものは。自由になれる」

秘密基地において、ぽんぽこ仮面のカツラ、お面と黒マントを身につけてみたとき、小和田君が思い出したのはそのことだった。ぽんぽこ仮面の活躍が始まったのは一年以上前のことだから、その忘年会のとき、所長はすでに怪人として活動していたことになる。「自由になれる」というのは、ぽんぽこ仮面という着ぐるみに入っている自分の心持ちのことを言ったのかもしれない、と今になって気づいた。

「僕は筋肉が足りないけど、このマントがあればごまかせるな」

小和田君は新しいワンピースを買ってもらった少女のようにくるくる回った。それにしても、黒々とした旧制高校式の黒マントは意外に重く、ひどく暑苦しい。

「所長はどうしてこんなマントを選んだのだろう。センスがおかしいぞ」

そのとき、秘密基地のドアの鍵が開いた。

小和田君がマントとお面を脱ぐ暇もなく、背広姿の男たちが踏みこんできた。リーダー格とおぼしき眼鏡をかけた三十代半ば頃の男と、二十代らしい若い男たち二人、坊主刈りと長髪である。眼鏡の男が振り返って、「おまえらはそこで待て」と廊下に声をかけた。まだ外に人がいるらしい。

眼鏡の男は若い坊主刈りに言った。

「調べろ。何がしかけてあるか分からん」

「うぃっす」

あまりに唐突なことなので、小和田君はポカンとしていた。自分がぽんぽこ仮面の格好をしていることさえ忘れていた。男たちは慎重に小和田君と間合いを取り、壁や天井に視線を走らせている。坊主刈りの男が部屋の中を調べ始め、長髪の男は壁を背に立ち、眼鏡の男は小和田君を冷たい目で見た。

「なるほど。ここがあんたの秘密基地か」

「あの……」と小和田君はまごまごした。

「さっきの応戦はこたえたよ。みごとなもんだ」

「あのう、僕は違うんですよ。ぽんぽこ仮面ではないです」

すると壁際に立っている長髪の男が「ぽんぽこ仮面だろうが！」と言った。「どこからどう見ても、ぽんぽこ仮面だろ！」

「格好はそうですけど……」

「格好がぽんぽこ仮面だったら、ぽんぽこ仮面だろ！」

一方、坊主刈りの男がしゃがみこみ、所長の寝顔を覗きこんでいる。「こいつがぽんぽこ仮面……というわけはないよな」と言った。長髪の男が「そんな悪人面の正義の味方がいるか」と言った。その騒ぎの間、所長はグッスリ眠っていて、起きる気配は微塵もなかった。

眼鏡の男が手を挙げて、若い連中を静かにさせた。彼は高級そうな背広を着ていたが、それもくたくたになっていた。髪は乱れているし、顔はゲッソリとして疲労の色が濃い。

「ぽんぽこ仮面さん、つまらんごまかしはナシにしてくれ」と言った。

「ごまかしているわけじゃないんです」

「まあ聞けよ。俺たちだって、やりたくてやってるわけじゃないんだ。じつのところ、あんたのことは応援してる。むしろファンと言っていい。商売の邪魔をされたわけじゃないし、あんたが世のため人のために働くというんなら、わざわざ止める筋合いはない。

ところで俺はテングブラン流通機構というところに出向しているような身の上で、五代目のもとで働いている。つまり俺たちもまたサラリーマンでね。歯車なんだよ」

「いや、だから……」

「あんたが凄《すご》い勢いで逃げまくるもんだから……」

「それは追いかけるからじゃないのかなあ。でも、とにかく……」

「まあ待ちな。人の話を遮るな」と眼鏡の男は不気味にレンズを光らせた。「騒ぎを大きくしたのは悪かった。しかし俺たちの身になっていただきたいもんだね。相手はなにしろ怪人だ。得体が知れない。上からは『命に代えても連れてこい』と言われている。とりあえずデカイ網でサッとやってから、ユックリ話をつけようという気持ちにもなるだろう？　念のために言っておくが、俺たちはただの機動部隊だ。五代目があんたを呼んでいる本当の理由は何も知らんよ。知る必要もないしな」

「でも僕は違う。ぽんぽこ仮面じゃないんですよ」

男は「ほう？」と言った。眼鏡をはずし、ハンカチで拭った。「もう一戦やるかね。やるならやろう」

「待ってください、待ってください。痛いのはイヤだ」

「お、急に話が分かるようになったな。ありがたい。じつを言うと、俺もこの騒ぎにはウンザリでね」

「でもここは動けないんです。玉川さんと約束したもんだから」

「……誰と約束したって？」

「浦本探偵事務所の人ですよ」

背広の男はしばらくポカンとしていたが、やがて「ああ、あのケッタイな探偵のところの……」と呟いた。そして怪訝《けげん》そうな顔をした。「あんた、それおかしいだろうよ。だって、あの役立たずの探偵たちだって、もとはといえば五代目に雇われてるんだ。つまり俺たちと目的は同じじってことだ」

「そちらの事情は知りませんよ。でも約束したもんだから」

「同じ穴の貉《むじな》なんだぞ？」

「彼女の許可が出るなら行ってもいい」

「石みたいに融通のきかん男だな。スジを通すのはいいが……」

男は呆れたが、今さらコトを荒立てるのは気が進まなかったらしい、「分かった。少し待て」と言い、廊下へ出ていった。電話をしている声が聞こえた。その間、坊主刈りの男は扉を押さえ、長髪の男は壁際で油断なく身がまえたまま、小和田君を見張っている。

やがて背広の男が戻ってきて、「話はついた」と言った。

「五代目がお待ちだ。探偵たちにはそこで会える。あんたを連れていけば、あいつらは土下座から解放されるらしい。運の良いやつらだよ、まったく」

かくして、小和田君は屈強な男たちに囲まれ、秘密基地を出た。

階段を下りていくと、一階の階段口には、赤い顔をした酔漢たちが流れこみ、だらしなく座りこんでいた。噎《む》せかえる熱気と汗とソースの匂いを含んだ濃密な風が小和田君を包んだ。理髪店の硝子戸は脂まみれの手で触られた痕跡でべたべたしている。

ビルの前に駕籠《かご》があった。

眼鏡の男が小和田君の頭をグイと押し、有無を言わせず駕籠に押しこんだ。

○

小和田君を乗せた駕籠は動きだした。

駕籠の先に立つ二人の男がそれぞれ提灯を手にしていて、右側は「天狗ブラン」、左側は「ぽんぽこ仮面」と書かれている。ゆっくりと動き始めた駕籠と、それに付き従う男たちの行列は、宵山の行事のように、かろうじて見えなくもない。山伏《やまぶし》の錫杖《しゃくじょう》を鳴らしながら歩いていくと、狭い路地を埋める見物客たちがうやうやしく道を譲るのだった。

彼らは室町六角の四つ辻で東へ折れ、やがて烏丸通へ出た。

小和田君は駕籠の中で座っている。

覗き穴の外を、山鉾の明かりが、露店の明かりが、そして四条烏丸界隈のビル街の明かりが、次々と流れていった。そして時折、宵山警備にあたっている京都府警の警告灯がきらめくのが見えた。警官たちは「ぽんぽこ仮面」という提灯を掲げた謎めいた行列が歩いていくのを見ても、顔を顰《しか》めて見送るばかりであった。

驚くべきことに、この期に及んでも小和田君は「のんびりした休日」を諦めていなかった。彼の手から「のんびりした休日」を奪おうとする連合勢力に対しては、ぽんぽこ仮面にも、浦本探偵事務所にも、テングブラン流通機構にも、わけへだてなく腹を立てていた。怠惰への意志の下に正義も悪もない。

しかし小和田君は理性の人でもある。「彼らには彼らなりの事情があるのだろう」という考えもあった。その一方、彼の内なる理性の人は、「早く逃げないと危険だ」と主張していた。さらにつけくわえると、探偵事務所のビルの屋上で嘗めすぎたテングブランによって、小和田君の内なる野性の人がややワイルドな運転を始めたことも忘れてはならない。怠け者は万年床を恋しがり、理性の人は心配し、野性の人は祭りを求めた。それらの激しい波が打ち消し合うことによって、一種の静寂が生まれた。それゆえに、駕籠に乗せられて宵山を抜けていく小和田君は、谷川で念入りに冷やした地蔵のように落ち着いていた。つまり、ふだんと何ら変わらなかったということだ。

宵山の夜、大雑踏に一筋の道を切り開きながら駕籠が目指す先には、街の灯に輝く鴨川と、見物客で溢《あふ》れる四条大橋があった。その東詰《ひがしづめ》にそびえるレストラン菊水は、ぽっこりと丸みを帯びた屋根や、縦長の窓のならぶ壁面がひときわ目を引く。その屋上、赤いビー玉のように提灯がつらなるビアガーデンでは、土下座で足を痺《しび》れさせている浦本探偵事務所の探偵たちと、謎めいた目論《もくろ》みを持つテングブラン流通機構の大番頭五代目が、ぽんぽこ仮面の到着を待つ。

○

駕籠はそのままレストラン菊水の中に運びこまれ、小和田君は駕籠から出るなり、エレベーターに押しこめられて屋上へ運ばれた。

「五代目がお待ちだ。やれやれ。これでようやく仕事が片付いた」

眼鏡の男は言った。

屋上へ出ると、涼しい夜風が吹いてきて、蒸し暑さがやわらいだ。眼鏡の男が「そちらへ」と前方を示した。小和田君は伸びをしながら歩いた。男は背後からついてくる。

四条大橋が見下ろせるところに、大きな丸テーブルが置かれていた。怪獣のような海老の丸焼き、シーラカンスのような魚の唐揚げ、怪獣のたまごみたいな饅頭《まんじゅう》が浮かぶスープなど、一瞥するだけで腹がふくれる極彩色の御馳走《ごちそう》がならんでいる。そして、その絢爛たる眺めをだいなしにしているのは、テーブルの真ん中にそびえている奇怪な装置であった。夜空に向かって屹立《きつりつ》する真空管は街の灯を映してきらめき、歯車が虫のようにウジャウジャとまわり、パリパリと火花が飛んでいる。

「屑鉄《くずてつ》を寄せ集めて作ったウェディングケーキみたいだな」

小和田君が呆れていると、装置の向こうから、一人の男がニュッと顔を覗かせた。男は巨大な饅頭を口に押しこんでいたところで、慌てて飲みこもうとしてもがもがしている。アルパカにそっくりである。

そのとき小和田君はテーブルの陰で土下座している人たちに気づいた。

彼はかがみこんで声をかけた。

「何を這いつくばっておられるのですか、オフタリサン」

顔を上げたのは浦本探偵と玉川さんである。

浦本探偵は顔を顰めつつもなんとか立ち上がり、「助かった」と言った。しかし玉川さんは立ち上がるなり、「いぢぢぢぢ」と眉間に皺を寄せて悶絶《もんぜつ》した。危うく倒れそうになったところを小和田君に抱きとめられ、彼女は「あ、り、が、と、う」と震える声で礼を言ったが、「どういたしまして」という小和田君の声を聞くや、ハッとして身を引き、ヨチヨチ後ずさって尻餅をついた。

彼女は小和田君を指して叫んだ。

「浦本さん！　この人はぽんぽこ仮面ではありません！」

「え？　ぽんぽこ仮面だろ？」

「この人は小和田さんですよ！　分かりませんか？」

「まさか」と、浦本探偵は眉をひそめて小和田君の頭から足先までを見た。「……どう見ても、ぽんぽこ仮面だろう。お面に、黒マントに……」

「そんな格好をしていたら、誰だってぽんぽこ仮面に見えます」

「ぽんぽこ仮面に見えるのなら、つまりぽんぽこ仮面ではないですか」

アルパカ男がイライラした声で探偵たちのやりとりを遮った。

「さあ、お引き取り願いたい」

五代目は飛びまわる蠅《はえ》を追うように手を振った。

「ぽんぽこ仮面さんと重要な話がある。時間がないのです」

……ということは、浦本探偵と玉川さんは、ぽんぽこ仮面の正体について何も言わなかったのだ、と小和田君は気づいた。そのためにこそ、彼らは「長い土下座」を敢行したのである。小和田君が感謝の気持ちをこめて浦本探偵の顔を見ると、なぜか探偵は猛烈な顰めっ面をしていた。ややあって小和田君は、探偵が下手くそなウインクをしているのだと理解した。彼は小和田君に気づいているのだ。

浦本探偵は「五代目の仰《おつしや》る通りです。やれやれ良かった」と強引に話を切り上げ、「ところで……」と話題を転換して成功報酬を請求し、玉川さんからマシンガンのように撃ちこまれてくる猛抗議を平然とかわしながら、銀の盆に載せてウェイターが運んできた茶封筒を優勝トロフィーのように握りしめ、「玉川さん、引き揚げよう」と宣言した。

玉川さんは誇り高いペルシャ猫のようにキイキイ唸り、「違う！　違う！」とあらがった。「小和田さんも違うと言ってください！」

「言ってるよ、言ってるよ。でも誰も信じないんだよ。まあ、信じないのも一理あるけど……」

「何をフンワリ受け容れてんですか！　『一理ある』じゃないでしょう！」

「だんだん億劫になってきた」

「この怠け者……」

浦本探偵が彼女の口を掌《てのひら》で封じたので、あとはモガモガという音が聞こえるばかりだった。探偵は愛想笑いを顔に貼りつけたまま、玉川さんを引きずって後ずさり、屋上から姿を消した。

背広姿の男たち数名と、小和田君と、五代目だけが残された。

「ぽんぽこ仮面、ようこそ」

五代目がテーブルの向こうから言った。

○

小和田君は「どうしたものか?」と思案した。

「どうぞ、おかけください」と五代目が言った。

小和田君はテーブルについた。「あのう」と言いだそうとする彼を押しとどめ、五代目は「どうか、お怒りをおしずめください、どうか……」と言う。

五代目はテーブルの中央にある謎めいた装置を指した。

「今からテングブランをいれて差し上げます」

五代目の説明によると、それは歴史的にも価値がある旧型の製造機であるという。テングブラン製造の歴史に新地平を切り開いた画期的な発明であり、昭和十一年から太平洋戦争が終わるまでの期間、製造工場で使用されていた。大正時代に電信局の名物職員によって日曜大工的に開発された初期型からは、長足の進歩を遂げている。「現代のテングブラン製造法の基礎は、この昭和十一年型によって完成されたと言ってもいいのです」と言いながら、五代目がレバーを下げると、警告灯がきらめいて火花が飛び、装置の下部に貼り付けられている黒地のプレートを光らせた。そこには金文字で「夷川《えびすがわ》工場」と刻まれていた。

五代目はテングブランをグラスに注ぎ、小和田君に差しだした。

「これは旧型ですから、現代のものほど味は洗練されてはおりません。しかし、荒削りな味が恋しくなることもあります。とかく現代のものは口当たりが良すぎますからね」

小和田君は受け取って一口飲んだ。

「意外にいけるでしょう。昭和の味です」

五代目はおずおずとした口調で言った。彼の背後には鴨川をはさんで、燦然《さんぜん》と輝く四条通のビル街が見えている。左手を見れば南の果てに京都タワーが見えた。ビルの下からは警官たちが交通整理をする笛の音と、四条大橋を行き交う見物客たちの賑《にぎ》わいが聞こえてくる。

「今まさに、テングブランが街の隅々まで行き渡ろうとしております」

五代目は振り返り、夜の街に手をさしのべた。

「夜の街の底を潤《うるお》す酒精の大河、私はその水門の番人です。何百、何千という夜を充たすテングブランが私の前を流れていきました」

そして五代目はアルパカ的無表情のままテングブランを嘗めた。

「部下たちに至らぬ点が多々あったことはお詫《わ》びします。乱暴者が多いもので。しかしながら、我々もあなたを恨んでいるわけではないということをご理解いただきたい。おっと失敬、私のことは『五代目』とお呼びください。皆、そう呼ぶ。テングブラン流通機構の番頭を務める者、そして『土曜倶楽部《クラブ》』の一員です。……一つ、折り入ってご相談がありましてね」

　そこで五代目は手を挙げた。

　配下の男が一人近づいてきて、うやうやしく身をかがめた。五代目が「二人だけにしてください」と囁くと、男は頷いて他の男たちに目配せした。小和田君がぽかんとしているうちに、男たちは屋上から姿を消し、銀の盆を提げたウェイターも消えた。屋上で赤い提灯の光に照らされているのは、今や五代目と小和田君の二人きりであった。

　五代目は立ち上がって、床に膝をついた。なんのためらいもなく深々と頭を下げ、額を床にすりつけた。その土下座力たるや！　地の底から熱風が噴きだしてくるかのような圧倒的な気迫に充ち満ちて、声をかけることさえためらわれた。

「お願いします。……どうかもう、私を休ませてほしい」

　五代目が絞りだすような声で言った。

「私は街の人々にテングブランを運ぶ。あなたと同じ人助けです。我々はともに縁の下の力持ち。前々から共感をもって、あなたのことを応援しておりました。……だから、今回のことは、私は悪くない。私の責任ではないのです」

〇

　五代目は滔々《とうとう》と語った。

テングブラン流通機構はその支配網を通して、ぽんぽこ仮面を捕らえようとしてきた。その命令は街全体に行き渡り、京都の碁盤の目が、ぽんぽこ仮面を生け捕る網となった。むしろぽんぽこ仮面が今まで逃げ続けられたことが驚異である。じつにみごとな逃げっぷりであった。

どうして自分はこんなことをしなければならないのか。

土曜倶楽部の命令だからである。土曜倶楽部とは、毎月一度、土曜の夜に集まって猪《しし》鍋《なべ》を喰うことを目的とした七名の人間から成る集まりである。自分はその末席に名を連ねている。テングブラン流通機構はそもそも土曜倶楽部の傘下にあり、自分はいわば他の部員たちから委託されて「番頭」という務めを果たしているのだ。彼らの意向によっては、やすやすと自分の首は飛ぶ――これは比喩でなく。土曜倶楽部の最古参の老人は、自分などはまともに顔を見るのも憚《はばか》られる地位にあると言っていい。京都の街に住む誰もが、土曜倶楽部の掌の上で踊っていると言っても過言ではないのだ。

なぜ土曜倶楽部が今宵の宴《うたげ》にぽんぽこ仮面を連れてこいというのか。自分はそんなことを知らされる立場にない。畏れながら想像してみるに、ひょっとすると土曜倶楽部の上位に位置する日曜倶楽部から命じられたのかもしれない。しかし、それも断言はできないのである。

ところで我々は組織である。数にたのんでぽんぽこ仮面を土曜倶楽部へ力ずくで連行することも可能だ。しかし自分はぽんぽこ仮面に恨みはない。禍根《かこん》を残したくない。だからまずは二人きりになって自分の思いを打ち明け、ぽんぽこ仮面の心に訴えたいと思った。もう自分は疲れ果てた。こんな理不尽な目的を掲げていては、組織を統制していけない。組織はあらゆるところで軋《きし》み、自分の心身も軋んでいる。今日もまた「禊ぎ」と称して北白川ラジウム温泉で疲れを癒してきたが、土曜倶楽部からこの任務を承《うけたまわ》ってからというもの、緊張のために夜もまともに眠られず、肩も背中もガチガチで、ときには呼吸さえ苦しくなって、不定愁訴の総合商社と化した。アルパカみたいな顔をしているからノンキにしていると思われがちだが、自分も舞台裏では青息吐息だ。表の稼業は骨董屋だが、余裕のない昨今、表の商売にまでは手がまわらず、まるで本末転倒。精も根も尽き果てた。ただ今はもう、この重荷を下ろして、南国へヴァカンスに出かけたい。その日を待ちわびて、リムジンの中ではつねにハワイアンを流しているぐらいである——。

「あの探偵たちから、ぽんぽこ仮面は兼業の怪人だと聞きました」

告白を終えて、五代目は言った。

「たいへんなことでしょう。表の仕事が終われば、裏の仕事が始まる。あの丘を越えれば、そのまた向こうの丘を越えれば……それが延々と続くばかり。最初のうちは良いのです。切り替えられる。しかしこれはジキルとハイドの道です。いずれ切り替えが追いつかなくなる。あなたは実にエライ人です。私は耐えられない。あなたを土曜倶楽部まで連れていけば、この重荷が下ろせるのです」

五代目は大きな溜息をついた。

ここに小和田君は、五代目の内なる怠け者の咆哮《ほうこう》を聞いた。ああ、ここにも一匹の怠け者がいる。そう思ったとたん小和田君の脳裏に浮かんだのは、あの殺風景な秘密基地、ぺらぺらの布団で今もなおグッスリ眠っているであろう所長の横顔であった。

ここで一歩を踏みだせばたいへんなことになるぞ。それは分かってる。そんなことをすれば、泥沼にボッタリと落ちた地蔵のように、ずるずると沈みこんでいくぞ。そう分かっていたにもかかわらず、小和田君は右手を差しだした。

「とにかくもう、土下座は勘弁してください」

◯

その頃、静まり返った秘密基地で後藤所長は眠っていた。

彼は丸太のように横たわり、まったく動かなかった。明滅する蛍光灯の冷たい明かりが、天井に向けられた彼の顔を照らしている。

後藤所長は夢を見ていた。

その栄光の夢の中では、ぽんぽこ仮面の功績を讃えるパレードが続いていた。

抜けるように青い夏の空のもと、所長をのせた「狸山」はゆっくりと御池通を西へ進んでいく。京都市役所前の広場に集まった人たちが「ぽんぽこ仮面ありがとう」と大書した布を広げている。朝日新聞京都総局の屋上からは「ぽんぽこ仮面に謹んで感謝の意を表す」という垂れ幕が下がっている。御池通の両側は見渡すかぎり人だらけだった。ぽんぽこ仮面への感謝の意を表そうと必死で、他人を押しのけることも辞さない様子である。渾然一体《こんぜんいったい》となった歓声の中に、まるで白い素麺《そうめん》に交じった赤い一本のように、「ぽんぽこ仮面、引退しないで！」という泣き声にも似た声が響いてきた。

所長は目を閉じた。

「ついにここまで来た」

新たな一歩を踏みだそうとして葛藤していた頃のことを思い出せば、どうしてもっと早く、思い切って跳ばなかったのかと悔やまれる。とはいえ、勇み足だった点もある。思っていた以上に自分の美的センスが世の中とズレていて、親しみやすさを演出するためにわざわざ作った狸のお面は妙に不気味で、「正義の味方にはつきものだ」と用意した黒マントは不気味な上に邪魔であった。おかげで街の人に受け容れられるまで、よけいな苦労をする羽目になった。しかしそれも今では良い想い出である。

自分はこの喜びを求めていたのだ。

思えば、仕事に追われ、自分の能力を実地で証明することに躍起になっているうちに、いつの間にか歳月は流れていた。何事かを成し遂げてきたはずだが、振り返ってみると、自分が想像していたものとは違っていた。なによりも納得がいかないのは、自分がまったく満足していないということであった。どこかで想定とは違うレールにポイントを切り替えてしまった。しかし、それはどこだったのだろう。

優秀すぎるがゆえに「並み居る俗物ども」に敗北を喫して、東京から京都へやってきたときも、そのアヤフヤ感は続いていた。仕事は仕事で片付いていくけれども、それはそれであって、自分とはまるで関係のないことだと感じられる。そんな日々の営みの先に、自分が漠然と思い描いていた栄光はない。かつては分かちがたく結びついていたはずのものが、いつの間にかほどけていて、結び直す方法が分からず、溝は深まる一方なのだ。そうして手をこまねいている間にも、自分の中にある根っこ、一番大事なものが窒息しかかっていて、手遅れになる時が刻一刻と迫ってくるような焦燥感が募る。頭をからっぽにして『聊斎志異《りょうさいしい》』を読み、夜の街を彷徨《ほうこう》し、若手たちを同じ悩みに導こうとしてタネを播《ま》き、でたらめなホラ話で煙に巻いても、その気持ち悪さは寝ても覚めてもつきまとう。

ある夜、ひとりで先斗町のバーをはしごした。

明け方に近い頃、酔い覚ましに、森閑とした寺町通を歩いていた。目の前にも、背後にも、人気のないアーケードが続いていて、どこからか青い光が射している。まるで人類滅亡後の世界のようである。

　ふいに強烈な不安に打たれ、所長は立ちすくんだ。

「いずれ私は死ぬんだぞ。こんなところで何をやってる？」

　そのときほど、その問題がまさに手で触れられるようにそこにある、と感じたことはなかった。息が詰まりそうになり、所長は震えた。べろんと世界が裏返ったように思えた。

「たいへんなことだ。どうして今まで気づかなかったのだろう」

　その場に立っていられず、所長は夢中で歩きだした。

　身のまわりの人間はどうして平気な顔をして生きていられるのか。どうせみんな最後にはひとりぼっちで死ぬ。それだけが重要なのだ。むしろそれだけしか重要なことはないのだ。諸君はごまかしてオトナになったつもりでいるのだろうが、いずれ帳尻を合わせる日が来る。そのとき積もり積もった負債をどうする。私はどうする？　この迷路の出口を早く見つけなければ、時間は流れるように過ぎ去り、「栄光」すなわち自分が生きているという実感を得られぬまま、自分はなんだか分からないモヤモヤを抱えたまま死ぬ。自分という人生が得体の知れない負債を抱えたまま終わる！

　気がつくと、彼は柳小路に立っていた。目の前に八兵衛明神がある。街の灯に淡く照らされて、狸たちがそこにいた。狸たちはふくふくと満足しているように見える。

「どうすればいいですか？　どうすればいいですか？」

所長は八兵衛明神に手を合わせながら涙を流し、自分という泥沼へもぐっていった。

そして——。

果たして底があるのかと思われた泥沼の底に足がついたとき、濛々と湧き上がる泥の中から「もっと感謝されたい！　もっと直接的に！　もっと誰からも！」という単純きわまりない、まるで火の点いた阿呆みたいに泣き喚く声が聞こえ、四半世紀にわたってねじ曲げられていた自分という存在のバネが弾け、熱く焼けた弾丸のように飛びだしてきたのが、「ぽんぽこ仮面」という怪人であった。

○

今、所長を乗せた「狸山」は烏丸通を南へ進みつつあった。

まるで第二次世界大戦から帰還した兵隊たちを迎えるニューヨークのパレードのように、両側に続く烏丸のオフィスビル街からは紙吹雪が盛大に降り注いだ。しずしずと進む「狸山」を見物しようと大群衆が通りの両側にならび、ビルの屋上からも見物人たちが身を乗りだして手を振っていた。

「私は生きている」

所長は歓声を全身に浴びながら恍惚《こうこつ》とした。

今こそ自分の求めているものがハッキリと分かる。東京への異動など怖るるに足らず、小和田君に跡目を譲ろうなんぞと考えたのは自分の弱さだ。他人にまかせることなどできるものか。みんなが自分を必要としている。ぽんぽこ仮面は私である。これからもずっと私である。仕事を辞めて、「正義の味方」専業で生きていこう。なんとかなる。なぜならこれほど大勢の人が喜んでくれているのだから。

やがて「狸山」の行く手には、四条烏丸大交差点が見えてきた。そこには東西南北から集《つど》った善男善女が溢れ、口々に言葉にならぬ何かを叫びながら、天に向かって手をさしのべていた。

ここにおいて天は地に近づき、時の流れは止まる。

所長は山鉾から身を乗りだし、大交差点に詰めかけた大群衆を見下ろした。黒マントを払い、右腕を宙に突き挙げた。自分でも信じられないほどの力が漲っていた。

「どんとこい！」

所長は叫んだ。

大交差点を埋め尽くす見物客たちから大歓声があがった。今や聞こえるものは自分への声援ばかりだ。世界はなんという好意に充ち満ちていることであろう。

「世界が自分に味方する！」

所長は背骨が震えるほど嬉しかった。狸のお面の下で熱い涙を流しながら、転げ落ちそうなほど身を乗りだし、大交差点に詰めかけた人々に呼びかけた。

「困っているのだろう！　さあ、この手を摑むがいい！　いつでも！　どこでも！　いくらでも！　困っている人を助けることが、我が輩の仕事ではなかったか！」

地鳴りのような喝采が街を揺らした。

◯

平坦《へいたん》なような、それでいて波乱に充ち満ちた土曜日。

このあやふやな土曜日の物語が、どうやらクライマックスにさしかかるところになって、後藤所長とは世を忍ぶ仮の姿、我らのぽんぽこ仮面が、小和田君みたいな怠け者に下駄を預けて、眠ってしまってよいものだろうか。ぽんぽこ仮面は悪の組織の（おそらく良いものではないであろう）野望を打ち砕き、街を魔の手から救うべきではないのか。それでこそ読者の正義感も充たされ、ぽんぽこ仮面へ拍手を送りたくもなるだろう。夢の中でふわふわと栄光に酔いしれている場合ではない。

そう仰る人もあるだろう。

しかし皆さん。

大切なことであるから、あらためて繰り返す。我々に必要なのは思いやりの心である。今、我々の眼前に示されている全人類の壮大な絆を刮目《かつもく》して見よ。誰だって、眠いときは眠い。

眠れ、ぽんぽこ仮面。眠れ。

正義の味方だから怠けてはいけないなんて、いったい誰が決めた？

第四章　聖なる怠け者たち

かつて筆者の知人は、職に就くにあたって次のように豪語した。

「学生時代にタップリ寝たから、三年は不眠不休で働ける」

言うまでもなく無理である。

内なる怠け者の歴史は長い。我々は人類であるよりも前に、まず怠け者であった。ご先祖様が木の上で暮らすのをやめたのは、木に登るのが億劫《おっくう》だったからである。勤勉な猿たちが木登りテクニックに工夫を凝らして高みを目指していたとき、木登りを苦手とする怠け者たちは地べたでグウタラしていた。ある日、幸運にも落雷がこんがり焼いてくれたイノシシをみんなで分け合いながら、「あれ？　木登りできなくても問題なくない？」と気づいたパイオニアがあり、人類史に栄光の新地平を切り開いたのである。その証拠には、皆さんの中に木登りの達人が何名おられますか？

内なる怠け者は眠れる獅子《しし》である。咆哮《ほうこう》するかわりにあくびをする。寄り道で時間を棒に振り、今日できることを明日に投げ、へんてこな酒で酔っぱらい、ところかまわず寝てしまう。

彼らに一切を任せていいのか。

無論、よくない。

聖なる怠け者とは、人に畸《き》にして天にひとし、無用の用の人である。

しかし「無用の用」という言葉を伝家の宝刀のように振りまわして、声高に主張するのはやめておきたい。「無用の用もまた用のうち」と妙に力こぶを作っていると、用を崇《あが》める一派の軍門にくだる。ここは一つ、臍《へそ》を曲げて「用もまた無用のうちである」と言うべきだろうか。無用の用もまた用のうちであるとして、その用もまた無用のうちであるとすると、無用の用もまた用にして無用で……。

わけがわからなくなったところで諸君。

今日は祭りの日だ。

○

レストラン菊水から出た浦本探偵と玉川さんは、四条大橋のたもとにいた。

四条通は宵山《よいやま》の見物客で埋まっている。

玉川さんは足の痺《しび》れがおさまるのを待ちながら、怒りをこめた目で浦本探偵を見つめている。探偵は欄干によりかかり、茶封筒からお金を引きだして勘定していた。彼がもっとも真剣な顔をして臨む探偵業務である。そのくせ指先が不器用で、数えるたびに枚数が変わることに一喜一憂している。浦本探偵の頭の中で曖昧な算盤《そろばん》が弾《はじ》かれている様子が手に取るように分かり、玉川さんはいっそう苛立ってきた。

「あれはぽんぽこ仮面ではなかった。絶対に違っていた」

玉川さんは痛む足をさすった。

「これで事務所の経費が払える。小和田君《こわだ》のおかげで助かった」

「浦本さん。あのぽんぽこ仮面が小和田さんだってこと、分かってたんですか?」

「俺はなんでもお見通しさ」

彼がそう言うなり、玉川さんは茶封筒を奪い取った。

「アッ! 何をするの、玉川さん」

「これは五代目に返します。こんなものが受け取れますか?」

「落ち着きなさいよ。小和田君はぽんぽこ仮面の二代目なんだろ? 完璧ニセモノってわけでもないわけだ」

「小和田さんを犠牲にして金儲《かねもう》けですか?」

「人聞きの悪いことを言いなさんな。流れにあらがわないようにしただけだ」

のらりくらりとした浦本探偵の様子に、玉川さんはまったくムッとしてしまい、話す気力もなくなった。しっかりと茶封筒を胸に抱えて、四条大橋の欄干にもたれた。浦本探偵は「しょうがない人だな」と呟《つぶや》き、玉川さんは「私はちゃんと仕事がしたいんです」と言った。

浦本探偵は欄干にもたれて陽気に言った。

「玉川さん、目をしっかり開けてみろ。まだ潮は充ちていないぞ」

「……どういうことですか？」

「俺の探偵的直観が囁《ささや》いた。五代目は焦っている。上司に怯《おび》えている男だよ、あれは。ハハア！　と思ったね。黒幕の向こうには必ず黒幕がいるもんだ」

「五代目は誰かの手先だっていうんですか？」

玉川さんはびっくりして浦本探偵を見た。たしかにこの人はなんにもしない人ではあるけれど、なんにも考えていないわけではなかったのだ。いわば「考える岩」である。どこまでアテになるか分からないけど。

「さあ元気出せ、玉川さん。これで我々の土曜日は、『依頼』というウザイものから自由になったんだぜ」

彼女はレストラン菊水のビアガーデンを見上げて呟いた。「どうするつもりですか？」

「流れを見よう」

浦本探偵はこたえた。

「現世的利益は確保した。ここから先は丸儲けだ」

○

五代目は小和田君を連れてレストラン菊水を出て、四条大橋を渡った。

八坂神社から烏丸界隈《かいわい》まで、四条通は東へ向かう人の流れと西へ向かう人の流れが滔々《とうとう》と行き交っている。アルパカ男とぽんぽこ仮面を、背広姿の屈強な男たちが取り巻く集団は、その見物客の流れの中で不気味に浮き上がった。

四条河原町の交差点を渡って、五代目が小和田君を連れていったのはあの小さな柳小路であった。五代目を筆頭に男たちは八兵衛明神にお参りした。暗がりで笑う狸《たぬき》たちに、小和田君は「どうしたもんですかね」と心のうちで問いかけた。狸たちは「大丈夫！大丈夫！なんとかなるって！」とでも言うかのように、ふくふくと笑うばかりである。

つづいて彼らは、柳小路に面した「響」という居酒屋に入った。

そこで小和田君を迎えたのは、木造の居酒屋を揺さぶるような拍手喝采であった。コンクリート打ちっ放しの床に、木製のテーブルがならぶ居酒屋は、酔漢たちの大雑踏で、まるで宵山の雑踏を切り取って押しこんだようだ。五代目は小和田君の手を引くようにして、手を伸ばしてくる酔漢たちを押しのけて、奥へと進んでいく。

小上がりになった座敷があった。

まず目に入ったのは、座敷の一番奥に座っている、黒い和服姿の巨大な老人であった。

皺だらけの顔からすれば八十歳を超えていると思われるが、目つきは鷹のように鋭い。なにより驚くべきはその巨体だ。正座しているにもかかわらず目線は小和田君より上にあり、横幅は小和田君の三倍はある。お猪口は小さすぎて掌に隠れてしまい、かたわらに座る舞妓《まいこ》が人形に見えた。

老人は繊細な手つきでお猪口を置き、小和田君を見た。

「よくお越しくださった」

五代目は小和田君を老人の隣まで連れていった後、這《は》いつくばったままジリジリと下がっていき、末席にひかえた。

「我々は土曜倶楽部《クラブ》と申します」

老人はそう言い、座敷に集った倶楽部員たちを紹介した。

まず薄汚さで他を圧倒しているのは、真っ黒な僧衣を着た大坊主だった。髭《ひげ》はぼうぼうで、膝にのせた薄汚い袋から脚がウジャウジャ生えた昆虫の干物を取り出してパリパリ囓《かじ》っている。髭がキラリと光るのは、食い散らかした昆虫の破片が電灯の光にきらめくからである。また、華やかさで他を圧倒しているのは赤い着物を着た舞妓だった。背後の壁にはサーフボードほどの大きさの羽子板が立てかけてあり、滝を登る鯉《こい》が描かれている。もっとも貧相なのは背広姿の初老の男で、巨大な脳味噌《のうみそ》が入っていそうな頭を振りながら、黒フレームの眼鏡の奥にある目を神経質そうに細めている。「ついにいらっしゃったな！」と大きな声をあげて笑う赤ら顔の中年男は、桃色のワイシャツに金ぴかのネックレスをつけ、金ぴかの腕輪をつけていた。冷ややかな顔でその中年男を見ているのは貴婦人然とした老女であり、背筋をピンと伸ばして澄ましている。そして、もっとも異色のメンバーと言うべきは、鶏冠《けいかん》の色も鮮やかな一羽の美しい軍鶏《ぐんけい》であった。漆黒に一条の茶が混じった羽毛はツヤツヤと絹のように輝き、逞《たくま》しい首はまっすぐ伸びていた。行儀良く座布団に座り、仲間たちに語りかけるように首をちくちく動かしている。「ゴージャスさんも興奮しておられますワ」と老婦人が囁いたことから、小和田君はその鶏が「ゴージャスさん」という名前であること、そして鶏といえども倶楽部のれっきとした一員として遇されていることを知った。そういう異色の面々の末席に、テングブラン流通機構の五代目は、存在感を薄めに薄めてひかえていた。

「皆さん、よろしいか」

老人が背筋を伸ばし、パンと音高く両手を打ち合わせた。一座がひっそりとした。老人は小和田君の方を向き、両手を畳についた。彼が頭を下げると、他の倶楽部員たちもそれに合わせて、深々と頭を下げた。「あなたは日曜倶楽部から招待されている」と老人は言った。

「え？」と小和田君は戸惑った。

老人は重厚な声で言った。

「日曜倶楽部に招かれたということが、あなたが何者かであるということの何よりのあかしである。こうしてあなたと言葉を交わすことさえ、日曜倶楽部の逆鱗《げきりん》に触れるのではないかと我々は戦々恐々としているありさま。土曜倶楽部は日曜倶楽部のための待合室にすぎぬ。あなたを無事に送り届ければ、我々の宵山の仕事は終わるのです。どうか、気をつけて行かれよ」

舞妓が「ご案内します」と言い、小和田君の手を取った。

舞妓に手を引かれて土曜倶楽部の座敷から出て行くとき、末席にいる五代目を見ると、これまでの疲労が出たものか、アルパカのように口をもぐもぐさせて居眠りをしている。その向こうには居酒屋の雑踏がある。そして、満員電車のように詰めこまれた酔漢たちの間を、知っている顔が見え隠れしていた。

浦本探偵と玉川さんであった。

○

小和田君は舞妓に手を取られて小上がりから下り、その奥の裸電球が灰色の壁を照らす狭い廊下を進んでいった。突き当たりに引き戸があり、靴を脱いで上がるようになっている。

舞妓は「わたくしはここまで」と言って引き返していった。

靴を持って引き戸を開けると、そこもまた座敷で、日曜倶楽部の面々が待っていた。小和田君は丁重なもてなしを受けた。日曜倶楽部の代表者は漆黒のドレスから真っ白な肩をのぞかせる妖艶な美女であり、小和田君もわくわくしたが、美女は自己紹介も早々に打ち切って頭を下げた。

「日曜倶楽部は月曜倶楽部のための待合室にすぎません。あなたを月曜倶楽部まで無事に送り届ければ、我々の宵山の仕事は終わるのです」

小和田君が物足りない思いをしながら座敷を送りだされると、背後で閉まった襖《ふすま》の向こうで、喜びの声と万歳三唱が聞こえた。

そうして階段を上った先には月曜倶楽部が待ち、灯籠《とうろう》のある苔《こけ》むした中庭をまわっていった先では火曜倶楽部が待ち、純白の障子に挟まれた黒光りする廊下を伝った先では水曜倶楽部が待っていた。どこに顔を出しても喝采され、舶来の葡萄酒《ぶどうしゅ》を勧められ、笹《ささ》の葉でくるまれた上等の菓子を勧められ、薫り高い緑茶で歓待された。

偽ぽんぽこ仮面としての後ろめたさは募る。

「ほら、思っていた通りではないか！」

歓迎されればされるほど、正体を明かすタイミングは失われる、今さらこのお面とマントを自己都合で脱げやせん。しかし、浴びせかけられる歓声と美酒の酔い心地が後ろめたさを押し流してしまう。

金曜倶楽部につづいて、小和田君が案内されたのは土曜倶楽部であった。その土曜倶楽部は先ほど五代目に連れて行かれた土曜倶楽部とは、どうにも様子がちがっている。座敷にならんでいる面々にも見憶《みおぼ》えがない。

「あなたたちは本当に土曜倶楽部ですか？」と小和田君は言った。

上座に座っている布袋《ほてい》そっくりの巨人が笑った。「土曜倶楽部ですとも！」

その大布袋は巨大な腹を叩《たた》いてげらげら笑い、深紅の扇子を振りまわした。盥《たらい》みたいな朱色の杯に酒を注いで小和田君に勧めた。「同じ名前の倶楽部がどこかにあるという噂は聞いております。しかし、そんなちっこい連中は我々の影のようなもの。まあ、我々もまた、よその倶楽部の影かもしれませんが……いや、これは冗談。さあ、ぽんぽこ仮面よ、日曜倶楽部へご案内しよう」

かくして行脚《あんぎゃ》は続き、宴席の行列は宵山の夜に螺旋《らせん》を描いた。

先へ進むにつれて狸気《りき》は濛々《もうもう》と立ちこめ、足下の畳は赤ん坊の頭のようにやわらかみを増し、宴席に連なる人々の妖怪ぶりも増してきた。余興に『平家物語』の一節を再現している座敷もあれば、盥に入れた大きな錦鯉を観賞しながら酒を酌み交わしている座敷もあり、濛々たる煙草《タバコ》の煙に巨大な影が出入りしている座敷もあった。宴席に連なる人々の体軀《たいく》は大きくなっていき、ついに小和田君は、天井に頭がつかえるほどの巨人たちの宴《うたげ》に迷いこんでいた。テングブランが霧となって宙を舞い、座っているだけで酔っぱらう。熱帯のように蒸し暑い。数え切れない宴席が「響」という居酒屋へ押しこめられ、どろどろに溶け合って、どこか深いところへ沈みこんでいくようである。時おり、どこかの座敷でひときわ高い笑いが起こると、その笑いが廊下を伝わって柱を揺らした。笑いは笑いを呼び、宴席と宴席が響き合って一つになり、まるで地の底から巨大な笑いが湧き上がってきたように建物を丸ごと揺さぶった。

「こうなれば行けるところまで行ってやる」

小和田君は肚《はら》をくくった。

その途端、宴席の行列はぷつりと途絶えた。

目の前にはがらんとした広い座敷があった。

両側は白い障子に赤い光がゆらゆらし、正面奥には床の間と、次の間へ続く襖がある。座敷の中央には、四畳半ほどの天鵞絨《ビロード》の絨毯《じゆうたん》が敷かれている。大きな水煙管《ギセル》と赤いガラスの西洋ランプが置かれていた。それを取りかこむようにして三つの赤いソファがある。水煙管はときおり「こぽん」また「こぽん」と小さな音を立てた。近づいてみて分かったことだが、ソファには赤いちゃんちゃんこを着た、まるで赤ん坊のように小さな老人たちが座っていた。

「こんばんは」

小和田君は囁いてみた。

西洋ランプの赤い光に照らされた老人たちは、無言の笑みで顔を皺くちゃにし、水煙管から長く伸びた煙管の赤い吸い口をもぐもぐしている。おそらく口であろうと思われる皺の隙間から、ひっきりなしに煙が洩《も》れていた。樹齢五百年の盆栽に話しかけているような気がした。

やがて老人たちの口から洩れる煙が、座敷を充たす赤い光の中を蛇のようにうごめいて、この部屋と次の間を隔てる襖の隙間に吸いこまれていった。

「こっちということかな？」

小和田君は襖に手をかけた。

地響きのような笑いがドッと建物を揺らした。

◯

背後の襖を閉めてしまうと、居酒屋を揺すぶっていた笑いはピタリと途絶えた。

そこもまた同じく広い座敷である。

小和田君の目の前に、赤い浴衣《ゆかた》を着た女の子が立っていた。

その女の子は口に何かを含んでいるかのように小さく頰を膨らましたまま、小和田君の前で半身になり、「奥へ進め」と手を動かした。

その座敷の明かりといえば、座敷を突っ切った向こうの襖の手前にある駒形提灯《こまがたちょうちん》一つきりで、筆太に「狸山」という字が書かれていた。そして提灯の隣には、もう一人、赤い浴衣の女の子の姿が見えた。そちらの女の子は、小和田君に背を向け、まるで奥の襖に張りつくようにして立っている。

小和田君は座敷を歩いていった。

「おやおや、薄気味の悪いところへ来たなあ」

荒れ果てた広い野原を横切っていくようであった。どこからか祇園囃子《ぎおんばやし》が聞こえてくる。すぐ目の前で自分に背を向けている女の子のところへなかなか辿《たど》りつかない。足が重い。どうしてこんなに冷え冷えとするのか。

背筋がぞくぞくした。

小和田君は背後を振り返ってみた。

それを待っていたかのように、先ほどの女の子が奇妙な動きをした。

女の子は小和田君の方を向いて背伸びをした。彼女が接吻《せっぷん》をせがむように唇をすぼめると、そこから小さな赤いものが飛びだし、暗い天井すれすれをかすめて飛んだ。駒形提灯の明かりに照らしだされたのは、ぬらぬらと赤く光る金魚である。そのとき、駒形提灯の隣で背を向いていた女の子がクルリと振り返り、餌に食いつく鯉のように、宙を飛んできた金魚をパクッと口で受け止めた。

小和田君は仰天して立ち止まった。

再び振り返ってみると、先ほどの女の子はすでに背を向けている。小和田君はしばらく彼女を見つめてから、駒形提灯の方へ向き直った。提灯のかたわらには同じく赤い浴衣を着た女の子がこちらを向いて立っている。

小和田君は訊《たず》ねた。

「君たちは双子かい？」

しかし女の子は金魚をいれた頬を膨らましたまま、頷《うなず》くわけでもなく、首を振るわけでもない。ただ襖を開け、小和田君に「入れ」というような仕草をするばかりだ。

襖の向こうは小さな四畳半になっていて、ホッとするような温かみが漂っていた。座敷の中央の大きな梯子《はしご》段《だん》が上へ続いている。

「なんだこりゃ？」

懐かしい蚊取り線香の匂いが流れてくる。

その梯子段の上から、甲高い子どもの声が降ってきた。

「ぽんぽこ仮面ようこそ。くるしゅうない、上がってくるがいい」

〇

小和田君が宵山における最後の梯子段をのぼっているとき、週末探偵の玉川さんは「響」から遠くはなれた街角にいた。

彼女は耳を澄ましたが、祇園囃子も聞こえなかった。

狭い道には街灯の光もまばらで、店じまいした薬局や、医院や民家の塀がつらなっている。宵山の気配はどこにもない。

玉川さんは居酒屋「響」でハイボールを飲み過ぎている浦本探偵を置いて、店の奥に連れこまれた小和田君のあとを追ったはずであった。しかし間違った廊下を進んだらしく、見知らぬ宴席に迷いこみ、どういうわけか歓迎され、差しだされる杯を苦心惨憺《さんたん》して辞退して抜けだした。その後、さらに道は分からなくなり、そしてハッと気づいたときには、見知らぬ街角に立っていた。

彼女は浦本探偵に電話をかけた。ずいぶん時間がかかってから、浦本探偵が「やぶー」と電話に出た。電話の向こうは居酒屋「響」のはずだが、酔客たちの笑い声が反響していて、ごうごうと風が鳴るように聞こえた。「迷っています」と彼女が言うと、浦本探偵は「おやおや」と言った。

「浦本さん、これはどう考えてもおかしいです。いくら私でもふだんはこんな迷い方はしないですもん。これ、『今は迷うべきとき』っていうことでしょうか？」

「お、開き直り方を憶えてきたな。迷うべきときに迷うのも才能のうち」

「とにかく流れを見ていいですか？」

「いいとも」

「でも変ですね。私がいるところ、いやに静かなんです。宵山の気配がしない」

「ちょっと中心部から離れたら、裏通りなんて静かなもんだぜ」と浦本探偵は呟いた。「君が思っているよりも、案外近くにいるのかもしれない」

「いくら近くても、私にとっては遠いわけですけど」

「……ということは、遠いところが意外に近いということでもある」浦本探偵は謎めいたことを言った。「ともかく、俺は引き続き『響』で張りこみを続けるよ。五代目たちはまだ奥で酒を飲んでるようだから」

「浦本さんも飲み過ぎないでくださいね」

玉川さんはそう言って電話を切り、暗い裏町を歩き始めた。行き先は分からない。そのとき彼女は、さんざん苦しめられてきた方向音痴の上に、ついに本格的に開き直ろうとしていた。迷うなら迷え。探偵だから迷ってはいけないなんて、いったい誰が決めた？

電灯を消して静まり返った巨大な古い小学校の隣を過ぎ、門を閉ざした廃寺の前を過ぎ、ぽつぽつと街灯のある石畳の路地を歩いた。

ふと彼女は足下のマンホールに目をとめた。

「狸」という文字が書いてあり、まわりにふさふさとした毛が生えている。しゃがんでその毛を撫《な》でながら、目を細めて行く手を見ると、街灯が薄ボンヤリと照らす路面のあちこちに、毛のかたまりが見えた。

「……これ、見たことある」

幼い頃、父といっしょに宵山へ出かけて、はぐれて一人で歩いた夜。あのときの自分は方向音痴ではなかった。いや、方向音痴であることさえ分からないほど幼かった。そのくせ冒険心だけはあったのだ。冒険に向かって飛べ。自分ひとりでずんずん歩いていった。いずれ父とは会えるだろうと信じていた。いくら迷いに迷っても、帰るべきところに帰っていけるという満腔《まんこう》の自信があった。あの自信はどこから湧いてきたのだろう。あの楽天的な、いわば浦本探偵的な確信というものは。

「その歩いていった先で……」

へんてこな子どもと出逢《であ》ったのである。

あの子どもには、それ以来会った記憶がない。なにしろ近所では見かけない、風変わりな子どもだった。その子はむっちりと太って、赤い腹掛けからはみだしたお腹の肉を彼女に押しこませようとさえしたものだ。へんなやつ！　ガラクタがいっぱいの汚い小屋に住んでいて、「山鉾《やまほこ》だ」と言い張っていた。しかしまさかそんなことがあるだろうか。あんなにもゴミだらけの山鉾があるわけがないし、そこに子どもが住んでるなんて。浦本探偵事務所みたいにぐちゃぐちゃだった。あの子は自分でゴミさえ捨てない怠け者だった――。

そのとき、彼女の行く手にポッと小さな明かりが灯《とも》った。それを手始めに、両側に延びている無愛想な暗い家並みの軒先に、次々と提灯の明かりが灯り始める。それらの提灯に黒々と書かれた字を読んで、彼女は「タヌキ」と呟いた。子どもの頃の彼女もまた、その提灯の明かりを見て、「タヌキ」と呟いたはずである。そうしてこの明かりを追っていったのだ。「狸先生」を曾祖父に持ち、狸の屏風《びょうぶ》で風邪を治す、狸を愛する一家に育った女の子は、たとえ他の漢字は読めなくても、「狸」という字だけは知っていた。

〇

小和田君が梯子段を上った先は、ガラクタでいっぱいの四畳半ほどの部屋だった。

「ホント、来るのが遅いんだから。待ちくたびれた！」

汚い布団にあぐらをかいて腹を立てているのは、へんてこな子どもである。金太郎のように赤い腹掛けをして、尻は剝《む》きだし、腰には蚊取り線香の入った円形の金属容器をぶらさげている。ぽっちゃりした顔は真っ白で、どことなく切り餅に似ていた。腹掛けの下にむっちりと肉が詰まって貫禄《かんろく》十分だった。

「君はなんだ？」と小和田君は言った。

「なんだとはなんだ、シツレイきわまるぞ」

子どもは焼いた餅のようにふくらんだ。「僕は八兵衛明神である」「八兵衛明神だって？」

「おまえ、ぽんぽこ仮面だろ。僕、知ってんだ。……そこに座っていいよ、許す」

八兵衛明神は洟《はな》をすすり、「くしゅん」とクシャミをした。するとふわふわした丸い狸の尻尾が尻のあたりにぽこんと現れた。彼は何か心当たりのないものが出たように、「おや？」と呟いて尻を見た。それから尻尾をぐいぐい尻へ押しこみながら、だらりと畳に投げだしてある大きな汚い布を引き寄せ、チーッと洟をかんだ。「毛が散るからクシャミがでがちであるのだ、僕はな。しょうがない！」

八兵衛明神があぐらをかいている布団は、今でこそ得体の知れない汚れで灰色になっているものの、かつては豪華なものであったらしい。びっしりと縫いこまれている鶴と亀の模様が見てとれた。先ほどから八兵衛明神が洟を拭うのに使っているのは、孔雀《くじゃく》と麒麟《きりん》が描かれた絢爛《けんらん》たるタペストリーのなれの果てである。長いタペストリーの端は部屋の隅にある武者鎧《よろい》飾りにからまっていて、そのあたりには破けた提灯、糸の切れた琴、変色した松の枝がワサワサと押しこめてあった。天井を見上げると、薄汚れてはいるものの金地の格天井で、椿や水仙の絵が描いてあるのが分かる。

小和田君は呆《あき》れて座敷を見渡した。「これが狸山？」

「昔はこいつをいろんな山鉾に作り替えて遊んだんだ。でも億劫になってね。だから今はごろごろしてるだけであるのだ。ここ五十年ぐらい、そのハシゴを下りたことない」

「怠け者だな！」

「こら言葉に気をつけるように。僕は神様であるぞ」と言いながら、八兵衛明神は腹掛けからはみだした肉を押しこむのに夢中であった。「手伝って！　手伝って！」と言うので、小和田君も助太刀したが、八兵衛明神の脇腹の肉は「遠くへ行きたい」という志を持ったべつの生き物のようで、いくら押しこんでもぷりんと出た。

　小和田君の背後の壁には、剝げた金屛風の上に朱塗りの鳥居が立てかけてあり、その手前には壊れた朱傘が何本も積んである。龍門の滝を登った鯉の木彫りに、弁慶と牛若丸の壊れた人形、金の鯱《しやちほこ》、兎《うさぎ》と亀を描いた巨大な扇などが積み上げられていた。そういったガラクタの間に、ビー玉ぐらいの大きさのふわふわした毛玉がいくつもある。小和田君が「フーッ」と息を吹きかけると、毛玉たちは生き物が逃げだすように転がっていった。

「僕の独身寮より汚い」

「ドクシンリョウって何？」

　やがて八兵衛明神は肉を押しこむのを諦めて寝転んだ。「こいつは勝ち目ないね。いい汗かいた。……ところでぽんぽこ仮面、お茶を飲みたくない？　お菓子も食べていいよ。許す」

「そこの鯉の木彫りの向こうに薬罐《やかん》があるだろ？　僕の分もいれておくれ」

小和田君が湯呑《ゆの》みの埃《ほこり》を拭って薬罐からお茶を注ぐと、八兵衛明神は布団に寝転んだまま、細い草の茎のようなものをストロー代わりにして茶を飲んだ。「うまいだろ？」

「ははあ」

「ぽんぽこ仮面、『ははあ』しか言わないね。おかしなやつ！」

八兵衛明神は布団の上にある奇妙な玩具を弄《もてあそ》んでいた。それは京都タワーや南禅寺、大文字山や平安神宮を小さな木彫りで再現したものである。八兵衛明神はそれらをめちゃくちゃに組み合わせて、小さな京都を作って遊んでいる。

「ずっとここにいるんですか？　退屈じゃないんですか？」と小和田君が訊ねると、八兵衛明神は「僕は退屈なの、きらいだ」と言った。「でも億劫なのは、もっときらい」

「ははあ。気持ちは分かります」

「でも、宵山の夜はだんぜん多忙だ」

「……だんぜん暇そうに見えますがなあ」

「何を言ってんだ！　これから多忙になるんだぞ」

八兵衛明神はむっくり起き上がって頬を膨らました。

「その壁にある窓を見てよ。埋もれちゃってるけど」

小和田君は背後の壁を見た。積み上がったガラクタの隙間を見つけて首を突っこむと、たしかにそこには硝子窓があり、眼下に煙草屋の軒先や室外機、呑み屋の看板が見えた。ずいぶん遠くまでやってきたような気がしていたが、自分はまだ柳小路にいるのだ。

「その窓からゴミを捨てるんだ。その窓の下が柳小路と通じるのは宵山のうちだけだから、そろそろ急がないと……ゴミを捨てるってのは、ひどく億劫だね」

「こんなに溜《た》めるのが悪いんだ。ま、コツコツ頑張ることですな」

「なに言ってんだい、他人事《ひとごと》みたいに。ぜんぶおまえがやるんだぞ」

「……僕が？　どうして？」

「おまえは勝手に『八兵衛明神の使い』と名乗ってんだろ？　知ってんだぞ。お使いってのはお手伝いのことだろ。だから思いついたんだ、そうだ、こいつに片付けをやらせようって。ほかのやつはこんなところまで来られないんだからな。ありがたく思え！」

小和田君があっけにとられていると、八兵衛明神は貫禄のある腹をぽんぽこと叩き、「さあさあ！　のんびりしてる時間はないよ！」と言った。そして一仕事終えたような顔つきをして布団に横になった。「あ、心配しないで。僕はここで、ちゃんとカントクしてるから」

小和田君は八兵衛明神の切り餅みたいな顔を見つめた。

ややあって、彼は押し黙ったまま湯呑みを置き、周囲のゴミ屑《くず》を押しのけた。そしてゴロリと横になって肘枕をした。そのまま動かなくなった。

八兵衛明神が痺れを切らした。

「ぽんぽこ仮面！　ぽんぽこ仮面ってば！」

「なんです？」

「怠けてないで、早く仕事を始めたほうがよくない？」

小和田君は一言、「いやだ」と言った。

○

恩田先輩と桃木さんは四条烏丸大交差点の北東角、京都三井ビルディングの下にいて、二人で一つのかき氷を分け合ってシャクシャク食べながら、その立派な外壁を見上げていた。「交差点！」と恩田先輩が振り返って指さし確認すると、桃木さんも「こうさてん！」と言った。二人は手をつないで大交差点の真ん中へ出ていった。

「この交差点の真ん中で三日三晩寝転んでいたら、天狗《てんぐ》になれるらしいよ」

「また嘘ばっかり！」

「嘘じゃないよ、学生時代、下宿の先輩に天狗へ弟子入りした人がいてね」

烏丸通と四条通の交差する中心点に立ち、彼らはまわりを見渡した。

北東角の京都三井ビルディング、北西角のアーバンネット四条烏丸ビル、南西角の四条烏丸ビル、南東角の京都ダイヤビルが、天蓋《てんがい》を支える柱のように立つ。東西南北どちらを向いても、広々としたビル街の谷間を見物客たちが行き交い、街の明かりが夜の底を輝かす。東には長刀鉾《なぎなた》、西には函谷鉾《かんこ》と月鉾が光り輝き、大群衆が入り乱れ、祇園囃子が響き渡る。

恩田先輩は伸び上がって交差点の東を見て、大丸百貨店の前を指した。

「あれが長刀鉾」

黒々とした人の流れの中に、不思議な島のように山鉾が浮かんでいた。大屋根から連なる何十もの駒形提灯が輝いている。囃子方たちは手すりにお尻をかけ、祇園囃子を演奏している。大屋根から垂直に伸びる真木《しんぎ》のてっぺんで、銀色に輝くのは長刀である。

桃木さんも同じように伸び上がり、交差点の西を見た。ちょうど四条烏丸交差点の中心で点対称になるように、そちらにも大きな山鉾があり、大屋根に立てた真木のてっぺんで輝くのは三日月である。

「あれが月鉾」

桃木さんは言った。

今、宵山は終わりに向かい、土曜日の幕が引かれようとしている。充実した土曜日はその全貌を現しつつある。

「小和田君もそのへんにいたりして」と恩田先輩は言った。

「だったらおもしろいわ」

「……まだ九時過ぎだ。少し早い。無間蕎麦《むげんそば》を覗《のぞ》きに行こうか」

「そうしようそうしよう」

そして恩田先輩と桃木さんは山鉾を見物しながら歩いていった。見物客たちは徐々に家路につき始め、露店のならぶ狭い通りも歩きやすくなってきた。冷めていく鉄板の前で、タオルを首に巻いた若者が電球をボンヤリ見上げていた。

やがて彼らは「蕎麦処六角」の前までやってきた。

暖簾《のれん》の向こうは暗い。

「津田さんはどうしてるだろう?」

恩田先輩が表の戸をソッと開くと、ひっそりと静まり返っているかと思いきや、「ずるっずるっ」と大蛇が畳を這うような陰気な音が聞こえてきた。足を踏み入れてみると、暗い座敷には戦い終えた人々が仰向けにゴロゴロ横たわっていて、不気味にゆらめく行灯《あんどん》の光に照らされている。からっぽになった笊《ざる》が散らばっていて、胃薬の空き袋がいくつも放りこまれていた。

死屍累々《ししるいるい》の座敷へ上がっていくと、奥の壁に大きな影が映って動いていた。その影の正体は、ひとり背を丸めて、笊に山盛りになった蕎麦に立ち向かう津田氏であった。

二人はしばらく、固唾《かたず》を呑んで見守っていた。

やがて恩田先輩が、かすれた声で「津田さん」と言った。

津田氏はびくりとして蕎麦をたぐる手を休めた。

「おや、恩田か」

「……まだ、やってるんですか？」

「いや、さすがにみんな倒れた。まあ、座れよ」

津田氏は言い、ふたたび蕎麦に向かった。「俺が修行していた信州の町でも、無間蕎麦の最後はこんなふうになったもんだ」と言った。

○

そのとき、室町通のビルの一室にあるぽんぽこ仮面の秘密基地では、後藤所長が眠っていた。目尻には涙の粒が光り、栄光の夢の余韻が口元に漂っている。

ふいに何の前触れもなく、所長は目を開けた。

まず彼の目に入ってきたのは、ちかちかと明滅する蛍光灯である。たいへん淋《さび》しい眺めだ。あの華やかなパレードはどこに消えたのだろう。夢と現実の違いにあっけにとられ、所長は蛍光灯を見つめた。今はいつなのか、自分はどこにいるのか——。

「何かが手遅れになりつつある」という確信がドッと湧いてきた。

次の瞬間、所長の脳裏に一切の状況が甦《よみがえ》った。

「眠りすぎた！」と跳ね起きると、薄っぺらい布団の上にいる。マントもお面もカツラも身につけていない。いつの間に脱いだのだろう。秘密基地にはエアコンの音が淋しく響き、遠い祇園囃子が聞こえてくる。小和田君の姿は見えない。「どうして起こしてくれなかったのか！」という怒りが湧き上がると同時に、「なぜなら眠らないから！」と堂々断言した自分の声が響いた。

所長は思わずスキンヘッドを抱えこんだ。

「なんという……恥ずかしい……」

時計を見れば、すでに午後九時半をまわっている。

「なにをやっているんだ！　土曜日が終わる！」

所長は布団から飛びだし、洗面台で顔を洗ってスキンヘッドを拭った。ぽんぽこ仮面に変身しようとしたが、先ほどまで纏っていたはずのマントが見あたらない。所長はスキンヘッドを夢中で撫でまわしながら、「小和田君が持っていったのだろうか？」と考えた。まさか無断でぽんぽこ仮面2号になったのか？

「まずい。悩んでる時間はないぞ！」

所長は和簞笥《わだんす》から予備のマントとカツラを取りだし、卓袱台《ちゃぶだい》にあるお面を摑《つか》んだ。秘密基地から飛びだして階段を駆け下り、ビルの外へ飛びだすと、宵山の明かりと熱気が所長を包み、息が詰まりそうになった。夢から覚めて、また夢に飛びこんだようだった。見物客たちがぽんぽこ仮面の姿を見て立ち止まる。

「ぽんぽこ仮面だ！」

黄金色に輝く室町通に、驚きの声が伝わっていく。

ひょっとして、あの栄光の夢はまだ続いているのだろうか。青い空の下を山鉾が進む、ぽんぽこ仮面の功績を讃《たた》えるパレード。街を震わせる喝采。集まった大群衆に向かって「どんとこい！」と叫んだときの背骨が震撼《しんかん》するほどの喜び。世界が自分に味方する！

しかし、夢から地続きでつながっているかに思われた日常は、「捕まえろ！」という声によって砕け散った。

○

恩田先輩と津田氏は、蕎麦の笊をはさんで、十年前の夜のことを語り合った。

「あれから十年」と津田氏は言った。「京都を出ていくとき、俺はもう駄目だと思っていた」

「俺も思ってましたよ。津田さんはもう駄目だろうな、と」

「小人閑居《しょうじんかんきょ》して不善を為《な》す。今は違うはずだった。……俺はもう断然、ぽんぽこ仮面の味方だよ。あんなに立派な人はいない。どうか無事でいて欲しい」

恩田先輩と桃木さんはキョトンとして顔を見合わせた。

恩田先輩はおずおずと言った。「……一つ、訊いていいですか？　昼間の騒ぎは何だったんですか？」

「色々あってなあ」

「今日は下鴨幽水荘でも騒ぎがあったんですよ」と桃木さんが言うと、津田氏は苦笑して「知ってますよ」と言った。そして箸から垂れ下がった蕎麦を見つめ、外の喧噪《けんそう》に耳を澄ましている。

「信州で世話になった和尚は言ったよ。俺が蕎麦を食っているのか、蕎麦が俺を食っているのか。蕎麦と人間の対立が溶け合う地点において、おまえは世俗的な価値に支配された世界を超え、無限の世界に触れる。そのことによって自己を変革するのだと」

津田氏は自分に言い聞かせるように言った。

そのとき、桃木さんが表の音に聞き耳を立てた。

「なんだかうるさくない？」と言って膝立ちをした。

恩田先輩も箸を置き、耳を澄ましてみた。宵山の喧噪とは異質な騒ぎが近づいてくる。津田氏も怪訝《けげん》そうな顔をした。恩田先輩が「なんだろな」と呟いたとたん、「逃げたぞ！」と声高に叫ぶ声が往来に響き渡り、次の瞬間、町屋の戸が開かれて、黒いマントにくるまった怪人が転げこんできた。続いて入ってこようとした追っ手たちは、蕎麦屋内部の死屍累々に気圧《けお》されて、土間に溜まってワイワイ言った。

ぽんぽこ仮面は座敷を匍《は》うようにして逃げてきた。

「驚かせて申し訳ない。追われていて……」

ぽんぽこ仮面は津田氏の顔を見てハッとした様子だった。

津田氏は桃木さんの耳元に顔を寄せ、「蔵の裏手に塀がある」と低い声で囁いた。「ぽんぽこ仮面を手伝って、そこから逃がしてあげてください」

桃木さんは「こちらへ」と囁き、ぽんぽこ仮面を連れて廊下を走った。

津田氏は恩田先輩に目配せし、二人はおもむろに立ち上がった。津田氏は追っ手たちの前をふさいで仁王立ちし、恩田先輩は縁側にあった消火器を手に取って安全ピンを引き抜いた。

恩田先輩は消火器を構えながら呟いた。

「まったく、すごい土曜日だなあ」

開け放たれた蕎麦屋の扉からは、次々と追っ手が入りこんできた。やがて、ひしめく人間たちをかきわけて、上等の背広を着て眼鏡をかけた男がヌッと現れた。

眼鏡の男は手を挙げて、背後で騒ぐ人々を静かにさせた。「テングブラン流通機構の者だがね」と猫撫で声を出した。「あんたらもテングブランぐらい飲むだろう？　飲まんかね？」

「飲むとも」と津田氏は言った。

「それはよかった。ご愛飲に感謝しよう」男の眼鏡が行灯の光で不気味に光った。「率直に言うと、我々はたいへん焦っている。ぽんぽこ仮面を渡してもらおう」

津田氏と恩田先輩は一言、「いやだ」と言った。

◯

ぽんぽこ仮面は捕まり、五代目のもとへ駕籠《かご》で護送されたはずであった。

しかし、ぽんぽこ仮面は四条烏丸にふたたび現れた。

彼は本物か？

それともニセモノか？

「捕らえたはずのぽんぽこ仮面がふたたび出現した」という報《しら》せは、四条烏丸界隈を震撼させ、「やれやれ問題は片付いた」と宵山の喧噪に浮かれていた人々を呼び戻しつつ、夜の街を伝わった。

テングブラン流通機構の伝令が、蒸し暑さに耐えかねて背広を丸めて脇に抱え、明かりを落とした錦市場《にしきいちば》のアーケードを足音高く走っていった。いちゃいちゃと手を絡めて歩く浴衣姿の男女を突き飛ばし、魚屋の前に積まれた発泡スチロールを蹴り飛ばし、寺町通と新京極を一足飛びで横切って、息も絶え絶えになりながら、柳小路「響」の扉を開けた。居酒屋いっぱいに膨れ上がった酔漢たちをかきわけて伝令が伝えた悪い報せは、土曜倶楽部の末席で居眠りしていた五代目の顔を蒼白にした。

五代目は「失礼します」と土曜倶楽部の面々に頭を下げて席をはずした。伝令を引きずるようにして居酒屋の隅に連れていき、「とにかく捕まえなさい」と言った。

「では、我々が捕らえたぽんぽこ仮面は何者でしょうか？」

「そんなことが分かるものか！」

そのとき五代目は、カウンターでのんきにハイボールを飲んでいる浦本探偵に気づいた。五代目は伝令と酔漢数名を突き飛ばし、浦本探偵に詰め寄った。「こんなところで何をしている？」

「一仕事終わった満足感に浸っているんです」と言う浦本探偵を、五代目は襟首を摑んで揺さぶった。「さっきのぽんぽこ仮面は偽物か？」

「何を仰《おつしや》る。そんなはずはありません」

「どうして分かる？」

「だってぽんぽこ仮面の格好をしていたでしょう……お面に、マントに……」浦本探偵はお話にならないほどべろんべろんであった。「どう見てもアレはぽんぽこ仮面でしたねえ」

「ええい、もういい！」

五代目は浦本探偵を突き飛ばした。

五代目は土曜倶楽部に戻ったが、その動揺を隠しきれなかった。

第一席の長老に問い詰められると、五代目は一切を白状した。

「それでは……先ほど日曜倶楽部へ送ったぽんぽこ仮面はニセモノか？」

長老の声に、倶楽部員たちは恐慌状態に陥り、「いやしかし四条烏丸に現れたぽんぽこ仮面の方がむしろニセモノかもしれないという可能性も」「いやしかし念には念を入れて」「いやしかし」「コッコッコッ」と口々に騒いだ。長老が掌を広げてテーブルを叩くと、巨大な木の座卓が跳ね上がり、酒杯と料理をまき散らした。「呼び戻せ！ 今すぐ！」と長老の怒号が響き渡り、慌てた舞妓が裾からあらわに覗く脚も気にせずに日曜倶楽部へ走ると、そこでもまた同じ騒動が繰り返された。

そして日曜倶楽部から月曜倶楽部へ、月曜倶楽部から火曜倶楽部へ、火急の報せが螺旋階段を駆け上がるように伝わっていった。

○

小和田君は寝転んだまま、「ゴミ捨てぐらい自分でやりなさいよ。サンタクロースだって一年に一度は仕事する」と言った。八兵衛明神も寝転んだまま言い返す。「サンタクロースは想像の産物だろ？」

「同じようなもんでしょ、あなたも」

「僕をぶじょくするな！　だから僕はカントクするって言ってるじゃないか」と、叫んだとたんに八兵衛明神は鼻汁を垂らし、孔雀と麒麟のタペストリーで洟を拭った。「カントクするってのも立派な仕事だろ？」

「でも運ぶのは僕でしょう。そんな億劫なことができますか」

「そんなにしんどくないって。その窓から捨てるだけだもん。誰でもできるよ。大した手間じゃないよ」

「それなら自分でやりなさい」

八兵衛明神は腹を下にして、ぽよんぽよんと身体を揺らした。

「だからさあ！　おまえがそんなことを言うのは、とてもへんだろ！　おまえは、八兵衛明神の、お使い、なんだってば！　自分で言ったくせに！　おとなしく言うことを聞けってば！」

「いやだ」

「怠け者め」

「怠け者め」

「早くしないと宵山が終わるだろ。ゴミ捨てもできなくなるだろ。おまえも帰れなくなるんだぞ」

双方ごろ寝したままの睨《にら》み合いが続いた。

やがて八兵衛明神は武者鎧飾りについていた模造刀を引っ張りだし、小和田君をつつき始めた。すると八兵衛明神は壊れた朱傘を引っ張りだし、八兵衛明神の弾力のある腹をつつき始めた。すると八兵衛明神は腹を押さえて「あははは」と転がりまわり、「くすぐったいよう！」と叫んだ。八兵衛明神はひとしきり笑い転げ、そのあと目尻の涙を拭った。

「ああ、くすぐったかった！」

「何を言われても僕はいやだ」

「よし、分かった。そこに小さな箪笥があるだろ？　お金がちょっぴり入ってる。古いお金だけど、あれだろ？　その方がお店で高く売れたりするんだろ？　ぜんぶやるから仕事しておくれ」

「いやです」

「人間は金のためなら何でもするんじゃないの？　我々とちがって」

「僕は人間である前に怠け者です」

「……負けるもんか。きっとおまえは働くぞ。僕は神様だ。働かせてみせる」

八兵衛明神は次々と報酬を提示した。おにぎり百年分、達磨《だるま》七千個、信楽焼の狸五千個、招き猫一万個、錦鯉三百匹……しかし、どんなことを言われても、小和田君は仏像のように半眼となって、返事をしなかった。

ついに八兵衛明神の方が息切れしてきた。

「おかしいよ！　おまえはぽんぽこ仮面だろ？　みんなに親切な怪人なら、僕にだって親切にして！　神様なんだから親切にして！」

「ぽんぽこ仮面は世界一の怠け者になったのです」

「そんなぽんぽこ仮面、何の役にも立たない」

「何の役にも立ちませんな」ようやく小和田君は薄目を開いた。「だいたい、僕はぽんぽこ仮面なんていう役目を押しつけられて迷惑している。正義の味方がみんなを助けなくてはいけないなんて、いったい誰が決めたんです？」

「それは……だって……僕はそんなこと決めやしない」

「そういう無責任な姿勢はどうかと思いますね、神様として」

「だって僕は……ちっこい神様だものな。狸なんだよ、僕は」

八兵衛明神はタペストリーで洟を拭い、しばらく考えこんだ。やがて「そんなら」と言った。「ぽんぽこ仮面なんてやめちゃえよ。億劫なんだろ？」

「誰かが跡を継いでくれるといいんですけどね」

「なにしろ僕は神様なもんだから、ステキなことを思いついたんだ。僕が神託を出して、みんなをぽんぽこ仮面にしてやるっていうの、どうだい？　そうしたら、おまえは僕のこと助けてくれる？」

「あなたにそんなことができるんですか？」と小和田君が疑わしそうに言うと、八兵衛明神は怒りに膨れ上がり、腹掛けと同じように赤くなった。「僕をぶじょくするなって言ったろ！　たしかに言ったろ！」

「ぶじょくしたわけではないです」

「だからさ。おまえはちゃんとここまで来たろ？　それは僕が呼んだからだろ？」

「どういうことかな？」

「いいかい？　おまえがここに来たっていうのは、僕が神託を出したからだぞ。『ぽんぽこ仮面を呼んで来い！』って、チャンと紙に書いて、下の女の子に渡したんだ。ちゃんと僕が命令した通りになるのだからな！」

「なーる」小和田君は呟いた。「そういうことだったか」

「よし分かった。こうなったらみんなぽんぽこ仮面にしてやる」

八兵衛明神は念を押した。「約束だぞ。神託を出したら、ゴミ捨てするんだぞ」

「いいでしょう。やってごらんなさい」

「おまえは僕をもっとあつくあつく敬えってば！」

八兵衛明神は万年床の下から、しわくちゃになった半紙を引っ張りだした。腹這いになって鉛筆の先をぺろぺろ舐《な》め、「なんて書けばいいんだろ」「神託を書くのは億劫だからきらい、僕は」などと、ぷつぷつ呟きながら、ちまちまと文章をつづった。やがて書き上げた紙を丸めて封をし、まるで大仕事を終えたように万年床に仰向けになってフゥフウ言った。額に汗の粒を浮かべている。

「さあ、これを下の女の子に渡してこい」と言った。

小和田君は神託を受け取り、梯子段を降りていった。

襖を開けると、暗い座敷に赤い浴衣の女の子が立っている。彼が八兵衛明神の神託を渡そうとすると、女の子はニッと微笑《ほほえ》んで、一枚の折った紙を渡してきた。「八兵衛明神に渡すんだね？」と小和田君が訊ねると、女の子は頷いた。

「では代わりにこれを宜しく。必ず皆に伝えるように」

小和田君は八兵衛明神の神託を女の子に渡し、襖を閉めた。梯子段を登りながら、紙を開いてみると、「奏上。そのぽんぽこ仮面はぽんぽこ仮面にあらざる可能性あり」と書かれていた。

小和田君はその紙を破いてポケットに入れた。

梯子段を登りながら、「さては所長が目覚めたのかな？」と考えた。

○

捨てるためには、有用なものと無用なものを分けなくてはならない。しかし筆者はここでハタと当惑するのである。真に有用なもの、真に無用なものとは何か。時の流れは、有用なものを無用にし、無用なものを有用にする。物の本質をみきわめるには時間がかかる。だがそのためには長期保管するための空間がいる。空間を確保するためには捨てねばならない。堂々巡りである。捨てたい、でも捨てられない。そうして悩み苦しんだ挙げ句、我々の内なる怠け者が囁くのだ。「明日にしよう」と。

小和田君がゴミをまとめている間、八兵衛明神は万年床に座っていた。小和田君が捨てようとするものにいちいちこだわりを見せて、「それは残しとく！」「分かってないな！」と口やかましかった。

「その鼻水でぐじゅぐじゅのやつ、捨てますか？」と小和田君が言うと、八兵衛明神は怯えたようにタペストリーを引き寄せた。「これは大丈夫。まだ使えるから！」

「かなり悲惨な状態ですよ」

「いいんだ。これがあるとなんとなく僕は安心するだろ？　それだけでも役に立つよ」

「ははあ。まあ、それは一理ある」

「あるだろ？」八兵衛明神は嬉しそうな顔をした。「そこの武者鎧だって、やっぱりいつか使うかもしれないしな。聖人《せいじん》に棄物《きぶつ》なしっていうだろ？」

「うーむ。しかしこの調子だとあんまりきれいにならんですね」

「きれいになるとも！　弱音を吐くな！」

「このままではエントロピーが増大する一方ですよ」

「えんとろぴ？　えんとろぴってなんだよ。それ、怖いやつ？」

小和田君が和箪笥を開けると大量の達磨が転がり出た。ゴロゴロと音を立てて畳の上を転がった。「こいつらは？」と小和田君が訊ねると、「もちろん残す、何言ってんだい」と八兵衛明神は言った。「みんな大きさが違うのだ。一つでも欠けたら、意味がなくなっちゃう」

小和田君は達磨を一つ一つ回収して和箪笥にしまった。

「前にゴミ捨てをしてから、どれぐらい経《た》ってるんです？」

「十年？　二十年？　憶えてるもんか」

「そのときは自分でやったんですか？」

「どうだったかなー？」八兵衛明神は万年床をごろごろしながら考えこんだ。プリンのようなムキダシの尻が天井を向いて、尻尾の毛がふわふわしている。

「思い出したぞ。そんときは女の子が手伝った」

「どうせワガママ言って手伝わせたんでしょう」

「ちがう！　勝手に迷いこんできたんだ。頼んでもないのに！」

「こんなところへどうやって迷いこむんです？」

「知るもんか。でも狸にくわしい子だったので僕はカンプクしたな」

「狸にくわしい女の子？　それはたしかに珍しい」

「珍しいだろ？　尻尾も触らせてやった。けっこう楽しかったろうけど、お父さんに会いたがって帰っちゃった。あれは淋しかったなあ」

そんなことを言い合いながら、小和田君は狸山の厖大《ぼうだい》な混沌《こんとん》から切り出された小さな混沌をまとめた。混沌から混沌を除いても、残るのは混沌である。小和田君は四方を見まわして、「ちっとも変わらん」と呆れた声で言った。しかし八兵衛明神は万年床の上でニコニコ笑い、「そんなことない。広々した」と喜んでいる。小和田君は窓を開けて小さな混沌を押しだした。柳小路の路上にガラクタの散らばる音が響いた。

「やれやれ。それでは僕はこれで失礼しますよ」

小和田君が帰ろうとすると、八兵衛明神は万年床に起き上がった。

「もう帰るの？　もうちょっとノンビリしていけ。許す。お菓子も許す」

「宵山が終わると出られないと言ったでしょう？　出られなくなると困るんだ」

「ちぇっ、憶えてたか。かしこいやつ！」

「ではさようなら」

小和田君はマントの裾を翻《ひるがえ》し、梯子段を降りていった。

襖を開けると、あの赤い浴衣の女の子たちは姿を消していた。次の間も、赤いソファが置いてあるだけで、あの老人たちの姿はない。耳を澄ましてみても何の物音も聞こえない。建物を揺さぶっていた大笑いもピタリと止んでいた。廊下を辿り、階段を降りていく間、あちこちの座敷を覗きこんでみたが、どの座敷も散らかし放題のままで人影だけが消えており、そのくせ先ほどまでそこに大勢がいた温もりは残っているし、テングブランの霧が漂っていた。まるで何か怖ろしい報せを受けて、客たちが慌てて逃げだしたかのようだった。

　そのとき電話がかかってきた。恩田先輩であった。

「やあ、小和田君。元気にデート楽しんでる？」

「恩田さん。べつに僕はデートしているわけではないですよ」

「いいからいいから」

「恩田さんは今どこです？」

「それがね。今たいへんな騒ぎになっていてねえ。ぽんぽこ仮面を、また我々の手で救ったんだよ。じつにキビシイ戦いであった」

　桃木さんが「大げさに言ってる！」と笑う声が聞こえた。

「無間蕎麦の会場がまたぐちゃぐちゃになったんで、今、大掃除をしているところだ。いやあ、きついきつい」

「何があったんですか？」

「我々の手柄話はあとにしよう。さっさと掃除を済ませて、宵山が終わるのを見物に行かないと……だから君も来ないか、四条烏丸」

「そのぽんぽこ仮面を追ってた悪いやつらはどうしたんです？」

「それは分からん。たぶん、まだ追いかけてるんだろう。津田さんから少し事情を聞いたけど、とにかく色んなやつらが追ってるらしいんだな」

「ぽんぽこ仮面は捕まってないんですね？」

「無事に逃げてくれたことを祈るのみだな」

電話を切って次の間に続く襖を開いたとたん、小和田君は絶句した。なぜなら目の前の座敷の畳は途中までしかなく、そこから先の壁がラッパのように広がって、店舗の硝子戸やアーケードの屋根に変形し、その先は寺町通商店街に変貌していたからである。人影のない商店街には、スピーカーから流れる祇園囃子が響いていた。

○

小和田君は寺町通を歩いていく。

さすがの小和田君も「これはおかしい」と思った。

そもそも柳小路にある居酒屋の座敷が商店街に通じているということがおかしい。それを遮二無二まっすぐ歩いていくと、寺町通商店街が烏丸通に変わっているのはさらにおかしい。

「諸君、まずいぞ！」

小和田君はプーッと息を吐いた。

「僕は酔っぱらっております。それも、かなりひどい！」

途中で引き返そうとしたが、通った憶えのない花見小路《はなみこうじ》が現れ、もはや引き返すこともままならない。自分が歩くそばから、誰かがブロックで遊ぶように街を組み替えているようなのだ。この世界では東西南北はまったく役に立たない。いつの間にか北が南になり、南が西になり、西が東になる。

この混乱した世界でも宵山は続いているようだった。祇園囃子は絶え間なく聞こえ、燦然《さんぜん》と輝く山鉾が路地のあちこちに見え隠れする。

やがて交差点にさしかかった。

小和田君は目を細めて、信号に取り付けられている標示を見た。「四条四条」と書かれていた。「四条と四条の交差点ってどういうことだ？」と小和田君は首を傾《かし》げた。交差点に面した四つの角はすべて「スマート珈琲店」であった。人気のない店内から眩《まぶ》しい明かりが路上へ洩れている。

やけくそになってまっすぐ歩いていくと、四条通はぷつりと途切れ、四条大橋が現れた。渡っていくと、四条大橋は歩くそばからすぼまっていき、最後には狭い通りになった。小和田君はハッと我に返ってあたりを見まわした。

「なるほど、そういうことか。あの狸め」

そこは柳小路なのだった。

ふいに路面に毛が生えて波打ち、前方に向かってベルトコンベアのように流れ始めた。見ると柳小路の前方が夜空に向かって持ち上がり、室外機や簾《すだれ》や雨樋《あまどい》を巻きこみながら反り返ってくる。小路の両側に軒先をつらねていた料理店や煙草屋が持ち上がり、乱暴な大工仕事をやっているような音を立てて変形しながら、小和田君の頭上からおおいかぶさってきた。そして祇園囃子が響いて明かりが灯ると、小和田君は狸山の中におり、目の前には例の汚い万年床が敷かれていた。

「おかえりやす」と八兵衛明神が言った。

八兵衛明神はすっかり見た目が変わっていた。ぷよぷよと腹が出ているのは同じだが、顔には深い皺が寄り、身体のあちこちがごわごわした毛で覆われている。

「急に歳《とし》をとりましたね」

「近づいていくと若返り、遠ざかろうとすると歳老いる」

「太っているのは同じですけど」

ふいに八兵衛明神が「お茶でも飲まんかね」と言い、ごろごろ転がってきて、小和田君のマントにしがみついた。「いいから飲んでけ」と駄々っ子のように引っ張る。

「狸の神様と化かし合いをやっている場合ではないんだ。月曜日には出勤だ。もうすぐ土曜日が終わる。休みはあと一日しかないんだぞ」

「遠慮はいらん、来年の宵山までグウタラしていけ」

「苦しい、苦しい！　マントを引っ張るなって！」

小和田君が狸の神様にからみつかれてもがもがしていたとき、格天井を踏み抜く大きな音がして、橙《だいだい》色の人影が降ってきた。その人影は狙ったかのように八兵衛明神の上に落ちた。毛深い神様は「きゃっ」と悲鳴をあげてごわごわした毛を波打たせた。一方、その人物は毛深い神の脇腹の肉でぽよんと跳ねて、上手に着地した。Tシャツの裾を直しながら振り返ったのは玉川さんであった。

「ぽんぽこ仮面！」と彼女は叫んだ。「……じゃなかった、小和田さん！」

「玉川さん、どうしてこんなところに」

「分かんないですよ、そんなこと」

唐突な再会に戸惑う二人を尻目に、八兵衛明神は「痛いなあ！」と呻《うめ》きながら、ごろごろ転がっていた。やがて怒りに毛を震わせて立ち上がり、玉川さんを睨みつけた。そのとたん、神様は「おやまあ！」と驚きの声をあげて相好を崩した。「これはこれは……あのときの！」

「あら、八兵衛さん。分かるんですか？」

「分かるよ分かるよ。かすかに面影がある」

「お久しぶりです。それではさようなら」

彼女はそっけなく言った。「さあ、小和田さん。帰りますよ！」

八兵衛明神は泣きべそをかいた。

「待っておくれ、せっかく久しぶりに遊びに来たのに……」

八兵衛明神が彼女に摑みかかろうとすると、玉川さんはポケットから蝦蟇口《がまぐち》を出して放り投げた。老い狸は蝦蟇口を拾い上げ、「ふーむ」と言いながらパカリと開いたが最後、蝦蟇口を開け、蝦蟇口を開け……すっかり魅了されている。

玉川さんはガラクタをかきわけ、壁の一部を蹴り飛ばした。

壁が崩れて穴が開いた。

「その蝦蟇口はさしあげます。さようならッ！」

彼女が飛びこむのに続いて、小和田君も穴へ飛びこんだ。

背後から八兵衛明神の「おーい」という切なそうな声が聞こえた。

◯

玉川さんに導かれるままに、小和田君は闇を進んだ。

「前にもこんなことをしていた気がする」

「そうですね。ずいぶん昔みたいに感じますけど」

やがて彼女が天井にある丸い蓋を開けると新町通の路上へ出た。「北観音山《きたかんのんやま》」の輝く界隈《かいわい》はひっそりとして、誰一人通る者もいない。黒い絹のような夜空には月も星もない。

玉川さんは路上で身体の埃を払った。ふわふわした毛玉が転がっていく。

彼女は小和田君の格好をしげしげと眺め、「小和田さん。けっきょくぽんぽこ仮面になっちゃったんですね」と言った。「あんなにいやがっていたくせに」

「流れに身をまかせたわけだな」

小和田君が、ぽんぽこ仮面を追っていたのは五代目でもなく、土曜倶楽部でもなく、そのまた上に続く幾多の倶楽部でもなく、八兵衛明神であった、ということを語ると、玉川さんはその大冒険をただ一言、「あきれた！」という言葉で片付けた。

「浦本さんが早々と利益を確保したのは正しかったわ」

「それはなにより」

「とにかく帰らなくちゃ」

玉川さんは逓信《ていしん》病院前を北に向かって、自信に充ちた足取りで歩き始めた。小和田君は慌てて追いかけた。「玉川さん、どこへ行くつもり？」と腕を摑んだ。

「ここをまっすぐ行けば四条烏丸に出るんです」

「いやいや、四条烏丸へ行こうと思ったら、反対だろ？」

「方向音痴なんですね！」と彼女は笑った。「こっちですよ」

玉川さんは民家や雑居ビルの建ち並ぶ狭い通りを、軽い足取りで歩いていく。

ふいに小和田君は地震のような揺れを感じた。

玉川さんを呼び止めようとして顔を上げると、彼女の歩いていく先で、まるで鉄道のポイントが切り替わるように、その先の新町通が凄《すさ》まじい音を立て、左へずれていくのが見えた。街灯がバチバチと明滅し、引きちぎられた電線が宙を舞う。両側にならぶビルや民家が切断され、その断面が目の前を左手に滑っていった。崩壊する建物たちが噴き上げる粉塵《ふんじん》は、やがて右手から滑ってきた寺町通アーケードの明かりに照らされ、そして線路と線路がぴったりと嚙《か》み合うように、新町通は寺町通と接続した。アーケードの先では、早くも次のポイントが切り替わり始めており、天井が崩れ落ち、地響きが空気を震わせている。

玉川さんの向かう先で、街はその姿を変えていく。地響きを立てて次々とポイントが切り替わり、祇園囃子の響き渡る無人の通りという通りが、玉川さんの進む方角へ直列した。

玉川さんが振り返って手招きした。

「何をしているんですか。こっちですよ」

「たいしたもんだな」

「まっすぐ進んでるだけですよ」

やがて彼らは小さなビルとビルの間に挟まれた細い石畳の路地に入った。

その路地を抜けると涼しい風の吹きつけるところへ出た。

鴨川の納涼床《のうりょうゆか》が右手にカーブを描いてならび、さらにそれらは階段状になって下へ続いていた。無数の納涼床には人影がなく、ただ提灯の明かりが灯っているばかりである。そして納涼床で作られた輝くスカートの外側には、夜の街が広がっている。

「小和田さん、見てください」

玉川さんが振り返って上を指さした。

小和田君は呆れて溜息《ためいき》をついた。

そこには「建築物のごった煮の城」とでも言うべきものがそびえていた。

中京郵便局らしきものや京都文化博物館別館らしき、赤煉瓦《あかれんが》に白い石が走る明治風の建築物があるかと思えば、そこに先斗町歌舞練場の茶色の壁が乱立し、その上には京都市役所の尖塔《せんとう》がニョキニョキと生えている。蹴上《けあげ》発電所の巨大な通水管が壁面を走り、京都駅ビルのぴかぴかした大階段があちこちに見え隠れし、融合した東華菜館とレストラン菊水の上に京都四條南座が鎮座していて、大丸百貨店と髙島屋の屋上を南禅寺水路閣が巨大なアーチを作ってつないでいた。きらきらと輝きながら流れていくものは、建物の中を貫通して走っていく叡山電車であった。

巨大な建造物の城の上には、寄せ木細工のように神社仏閣が建ち並んでいるのが見え、さらにそれらの上には見たこともないかたちの山がそびえ、赤い鳥居の行列が縦横無尽に走り、山の頂きにある巨大な光輝く塔のところで途絶えていた。その塔は、京都タワ

ー や大学の時計台がごちゃごちゃとからまりあったものであり、頂点には東寺《とうじ》の五重塔が天を衝《つ》いてそびえている。

「あっちです」

玉川さんは五重塔を指さして言った。

○

神社仏閣の迷宮を抜け、山の斜面に続く千本鳥居を歩く頃には、小和田君の体力は尽きかけていた。

「どうしてこんな坂道を……僕は……怠け者なのに……」

「小和田さん、だらしないですよ」

「……よく、歩けるなあ。今日一日歩きまわったんだろ?」

彼女は駆け戻ってきて、よたよたしている小和田君の背中を押した。

「子どもの頃は走ってのぼりましたよ」

「子どもってのは無茶だね」

「父と宵山に出かけてはぐれちゃったんです。でも、ちゃんと四条烏丸まで帰りました」

「八兵衛明神に捕まらなくて良かったね」

小和田君は喘《あえ》いだ。「もし捕まってたら、今もあそこで片付けさせられてるぞ」

「……まあ、浦本探偵事務所で同じようなことをやってるわけですけど」

鳥居の行列は終わり、彼らは京都タワー地下大浴場前の通路に出た。理髪店の脇を通り過ぎて、ちかちかと電光看板の明滅する古びた階段を這いつくばるようにして上っていくと、それはやがて石段に変わり、屋外に出た。涼しい夜風が頰を撫でた。

目の前には東寺の五重塔がそびえている。空は星一つない真っ暗闇である。眼下の迷宮から届く淡い光が、楼閣の垂木《たるき》と高欄《こうらん》を浮かび上がらせ、屋根の端に吊られた風鐸《ふうたく》を鈍く光らせている。観音開きの両側にある連子窓《れんじまど》には、柔らかな橙色の光が揺れていた。

玉川さんは扉を開いた。

中へ入ると、冷え冷えとした空気と湿った木の匂いが小和田君を包んだ。広さは小学校の教室ぐらいだろうか。向かって右手に急な木造の階段があり、二階へ通じている。

小和田君をギョッとさせたのは、室の中央にある心柱《しんばしら》を背に、デンと置かれた大達磨だった。背丈はゆうに小和田君の二倍はありそうだ。達磨の両脇には「狸山」と書いた駒形提灯が置かれて、揺れる光が大達磨の赤い肌を濡《ぬ》れたように光らせている。

「こっちです」と玉川さんが言った。

小和田君たちが階段を駆け上がり始めたとたん、大達磨がぷるぷると震え、赤い毛がワッと生えだした。「その階段はのぼらないほうがいいと思うな、あくまで僕は！」と達磨が言った。

小和田君は階段から声をかけた。

「さては八兵衛明神だな？」

「もちろん僕だよ。その階段をのぼるのは止めたほうがいいな。そんなとこ、のぼってもどこにも行けないよ」

「つまりこの先が正解ってことです」と玉川さんが言った。

「あ、よけいなことを言うな！」

「ほらね、お見通し！」

「なーる」と小和田君は頷いた。

二階に出ると、その室の中央にも毛達磨が陣取り、「今なら引き返せるよ！　間に合うよ！」と言い募るのだった。玉川さんはあかんべーをして階段をのぼる。三階、四階と進むにつれ、室の中央にある毛達磨はだんだん小さくなっていった。五階までのぼると、毛達磨は哀れなぐらい小さかった。

「どうせ行くんだろ」と毛玉はぷつぷつ言った。「勝手にしろ！」

「淋しいなら、こんなところから出てくればいいじゃないか」

小和田君が言うと、毛玉は怒ったようにプッと毛を逆立てた。

「億劫だからな！」と声がした。

そして小和田君たちは瓦葺《かわらぶ》きの大屋根に出た。

傾斜の急な屋根に、冷たい夜風がごうごうと吹きつけてくる。玉川さんはヤモリのように屋根を這い上がる。いったん足を滑らせたら最後、大屋根の縁まで滑っていき、真っ逆さまに転落するだろう。小和田君がモタモタ進む間に、玉川さんは早くも大屋根の頂きに達し、漆黒の天を衝く相輪を抱きかかえていた。彼女は首を伸ばし、五重塔のまわりを睥睨《へいげい》していたが、ふいに「あれーッ！」と素っ頓狂な声をあげた。

小和田君は這々《ほうほう》の体《てい》で彼女の足下へ辿りついた。

「どうした？」

「そろそろ四条烏丸のはずなんですけど……行き止まりです」

玉川さんは背をそらし、鈍く光っている巨大な相輪を見上げた。

小和田君は腰掛けて息をつき、眼下を見た。

迷宮化した円形の京都が広がっていた。塔のそびえる山には、伏見稲荷の千本鳥居が毛細血管のように張り巡らされて、森の木立を赤い光で浮かび上がらせている。円形の山裾を取り囲むようにして、寄せ木細工のような神社仏閣の迷宮が広がり、その向こうにはあの建築物たちの城があって、水路閣をつなげた巨大なアーチが照明に照らされていた。それらを囲んで蚕棚《かいこだな》のように無数にならんだ納涼床が白く輝き、その外側に街の灯が散らばっている。街の外周は巨大な川によって囲まれ、無数の橋を渡った先は、漆黒の毛で覆われているような、うごめく闇に没していた。

「まだここは狸山の中らしい」

小和田君は黒マントをひらひらさせながら言った。「どうする、週末探偵？」

玉川さんはムッとして彼を睨んだ。「いつまでその格好をしてるつもりですか？」

「僕はもう引退したからな。これは持ち主に返すんだ」

「小和田さんが引退したんだったら、新しいぽんぽこ仮面は誰なんですか？」

○

「ぽんぽこ仮面」は誰の手に引き継がれたか――。

ぽんぽこ仮面は、小和田君から八兵衛明神に引き継がれた。

そして八兵衛明神は神託を告げ給い、ぽんぽこ仮面をあらゆる人へ引き継いだ。その神託を受け取った赤い浴衣の女の子が座敷を駆け、大還暦を迎えた三人の老人にそれを伝えると、老人たちは煙を吹いてもぐもぐ言い、赤く変わった煙を見て参上した世話人は一切を飲みこんで次の間に伝えた。座敷から座敷へ、宴から宴へ。神託が伝えられるたびに、笑い声にどよめいていた座敷が静まり返り、それからドッとふたたび笑いに沸いた。その笑い声は途絶えることなく大きくなっていくばかりである。月曜倶楽部から火曜倶楽部へ、火曜倶楽部から水曜倶楽部へ、導火線を伝わる火のように駆け下る哄笑《こうしょう》は、宵山の夜に螺旋《らせん》を描いた。やがて居酒屋「響」の小上がりで深刻な沈黙に包まれていた土曜倶楽部へ報せが伝わると、目を閉じていた長老が立ち上がった。

「急げ。ぽんぽこ仮面のお面を用意せよ」

その言葉に一座が震撼した。

五代目は戸惑った。

「しかし、しかし、ぽんぽこ仮面を捕まえろというお話は……」

「愚鈍なる者め！」と長老が大喝した。「おまえたちがぽんぽこ仮面なのだ」

「いや、しかし、それは、あまりにも……」

「備えよ！　備えよ！　背けば鉄槌《てっつい》が下ると思え！」

かくして五代目から命を受けたテングブラン流通機構の男は目を白黒させ、先ほどと同じく背広を丸めて脇に抱え、酔漢たちをかきわけて居酒屋「響」から飛びだし、柳小路を出て、新京極と寺町通を一足飛びで横切り、明かりを落とした錦市場のアーケードを足音高く走っていく。四条烏丸界隈ではテングブラン流通機構のみならず、あらゆる追っ手たちがぽんぽこ仮面を大捜索中のはずだった。彼らに一切が逆転したことを告げ報せなければならない。

男は狸のお面をポケットから出して身につけた。

走り抜ける男の姿を見て、錦市場を通りかかる宵山帰りらしい人々が、「ぽんぽこ仮面だ」と囁き合った。「違うわよ、あれはコスプレよ」という声も聞こえた。さっそく彼は、濡れた路面に尻餅をついていた浴衣姿の女性を助けて「どうもぽんぽこ仮面です」と言い、先ほど蹴り飛ばした魚屋の発泡スチロールを片付けるなどして善行を施しつつ、携帯電話をかけ続け、四方八方へ連絡した。

かくして伝令は伝令を生む。あらゆる路地裏を伝令たちは走りに走り、その報せは燎原《りょうげん》の火のように広がった。煙草屋の軒先で緊急会議が開かれ、京都市役所や商工会議所の電話が鳴り続け、商店街から商店街へと報せは伝わり、あらゆる銭湯、あらゆる古書店、あらゆる理髪店、あらゆる喫茶店、あらゆる定食屋が、「ぽんぽこ仮面の追跡」を放棄して次々と転向した。即席で印刷された狸のお面が手から手へと受け渡された。少年探偵団員たちが、大学新聞部が、瓜生山を下りて新装開店したラーメン屋が、社会人忍者サークルが、銃刀法違反夫婦が、ぽんぽこ仮面に変身した。閨房《けいぼう》調査団と大日本沈殿党もぽんぽこ仮面に変身し、そして最後、「蕎麦処六角」において津田氏とその弟子たちがその報せを受け取った。

八兵衛明神の神託は、宵山の光に充ちる碁盤の目を塗り替えた。

◯

そんな報せが街に広がっていることも知らず、所長はよろよろと歩いていた。

彼はぽんぽこ仮面のお面を脱ぎ、カツラをマントにくるんで抱えていた。今の彼は、ジョギングをしているうちに宵山に迷いこんだ中年男に見えるだろう。彼がぽんぽこ仮面であるとき、道ゆく人々は熱い視線を送ったものだ。しかし彼が彼本人であるとき、道ゆく人々は目を合わせまいとする。自分の風貌がきわめてデンジャラスに見えることは、彼自身がよく知っている。

「なんという屈辱か……」

とぼとぼと歩いていく彼のかたわらを、ぽんぽこ仮面を追っているとおぼしき男たちが声高に「あっちか？　こっちか？」と言い合いながら通り過ぎていく。

彼は四条通を歩いていく。

やがて四条烏丸交差点が近づいてきた。

建ち並ぶ四条通のビルの谷間を行き交う見物客たちの頭が黒々としている。その人の海の中に、山鉾が不思議な輝く城のように浮かんでいた。向かって右手には「月鉾」がそびえ、左手には「函谷鉾」がそびえ、そして交差点を挟んだ向こう側には「長刀鉾」がそびえている。所長は月鉾の大屋根を見上げながら通り過ぎた。屋根の上には真木が立ち、先端には三日月が輝いている。

所長は人ごみに流されるまま、四条烏丸に入った。

その場所を、我々は敬意をこめて、四条烏丸大交差点と呼ぼう。

午後十一時が迫り、宵山は終わりを迎えようとしていた。交差点の南に止まった警察車輛《しやりよう》の周辺では警官たちが慌ただしく言葉を交わし、交通規制を解除する準備を始めていた。大交差点に入ったとたん急に広々とした空を見上げたとき、東の大丸百貨店の手前にある長刀鉾からの祇園囃子が響き渡った。

所長は交差点の真ん中に立って、濁流のように行き交う人々を見まわした。

「この人たちは誰も自分のことを知らない」

あの栄光の夢とは何という違いであろうか。大切に育ててきたぽんぽこ仮面は得体の知れない連中に追いまわされ、自分はついに節を屈して衣装を脱ぎ捨てた。背骨が震えるような喜びは？　地鳴りのような喝采は？

所長は歯ぎしりをして、長刀鉾のてっぺんを見た。ギラリと輝く銀の長刀が、天を衝いて立っている。あの長刀でクソ忌々しい連中を薙《な》ぎ払えるものなら！　我が輩はぽんぽこ仮面だぞ！

もう逃げまわるのはごめんだ、と所長は思った。

「私はぽんぽこ仮面だ」と呟いた。

交差点の真ん中でカツラをつけ、マントを羽織り、お面をつけた。見物客たちがびっくりして、交差点の真ん中に唐突に出現したぽんぽこ仮面を遠巻きにした。

「どんとこい！」

ぽんぽこ仮面は叫んだ。

「どうした、おまえたち！　ぽんぽこ仮面はここにいる！　捕まえたければ掛かってこい！」

そのとき所長は、月鉾の方角から、自分と同じように狸のお面をつけた連中がドッと現れるのを見た。ふいに背後で雄叫《おたけ》びがあがり、振り返ってみると、大丸百貨店の方角からも同じように狸のお面をつけた連中が走ってくる。北からも南からもぽんぽこ仮面たちが無数に現れた。

「なんだ？」

所長はキョトンとした。

滔々たるぽんぽこ仮面の流れが四条烏丸大交差点に流れこみ、彼らは両手を振り上げて、言葉にならぬ叫び声をあげた。ぷんとテングブランの香りが匂った。大交差点が埋め尽くされるにつれて、彼らの熱狂は高まっていく。熱狂する渦の中で立ちすくんでいるのは所長だけであった。いったい何が起こっているのか見当もつかない。

ふいに所長は爆発したように、「違う！　違う！」と掠《かす》れた声で叫んだ。

熱狂する群衆にあらがった。

「ぽんぽこ仮面は私だ！　私だ！」

しかし彼の声に耳を貸す者は誰もいなかった。やがて、まわりに集ったぽんぽこ仮面たちの口から、あの決め台詞が次々と飛びだした。それらの声はたがいに混ざり合い、地の底から響く巨大な笑い声のように大交差点を揺るがした。

「さあ、この手を摑むがいい！」

「困っている人を助けることが！」

「我が輩の仕事ではなかったか！」

熱気と歓声が、すっぽりと所長をくるみこんだ。

四条通と烏丸通のビル街の明かりが、いやにギラギラして見えた。長刀鉾のてっぺんについている長刀が銀色に輝き、月鉾のてっぺんについている三日月が金色に輝き、鋭い光が目を突き刺してくるようである。身体中の関節がギシギシと音を立て、首と肩は石膏《せっこう》でかためられたようにガチガチで、頭は荒縄でぎゅうぎゅうに縛り上げられたようだ。気が遠くなりかかる。ひょっとすると自分は今この瞬間に死ぬのだろうか。これは死ぬ間際の自分が見ている幻ではないか。ぽんぽこ仮面は自分だけのものであった。世界がぽんぽこ化されることなどあり得ない——。

目がまわる。息ができない。

所長は大きく喘いだ。

「困っている！　誰か助けてくれ！　私は困っている！」

大交差点の真ん中でひとり救いを求め、天に向かって右手を伸ばした。

小和田君は、五重塔の屋根で天を見上げていた。

○

「どうします？」

玉川さんが相輪に手をかけ、ぶらぶらと身体を揺らしながら呟いた。

「もう宵山は終わっちゃったのかしら……」

小和田君は何も言わなかった。黒マントを身につけてどっしりとあぐらをかいたまま動かない。小和田君は、まるで大きな岩になってしまったかのようであった。彼は疲れ果てているのだろうか。もはや動く元気もないのだろうか。いや、そうではない。彼はただ、おのれの内なる怠け者の声に耳を澄ましていたのである。

ふいに小和田君は「なんとかなる」と言った。

玉川さんは頰を膨らませた。

「どうして分かるんですか？」

「それは分からない。しかし、なんとかなるべきだ」

「まったくもう、暢気《のんき》なんだから」

涼しい夜風が吹きつけて、玉川さんの髪をかきみだし、小和田君の頰を撫でた。

小和田君は、汗を吸ってふにゃふにゃになった狸のお面をつけた。

そのとき玉川さんが「あら？」と声をあげ、伸び上がるようにして眼下を見た。小和田君も立ち上がった。

迷宮化した街の外縁から、街の灯がふわふわと漂い始めた。大きな明かりもあり、小さな明かりもある。それらは頼りなく浮かび上がり、しばらく明滅したかと思うと、街の外を取り囲む謎めいた闇に呑みこまれるようにして消えていくのだ。彼らの眼下で街が少しずつ溶けていく。消えかかる街の灯に照らされて、何百という赤いものがワッと空に浮かび、黒い風に流されていくのが見えた。はじめのうち、まるで達磨か林檎《りんご》を宙に放りなげたように見えた。赤い浴衣を着た女の子たちであることに小和田君が気づいた瞬間、それらは闇に呑みこまれて消えてしまった。

五重塔を照らす下界からの光が次第に弱まっていく。

玉川さんは小和田君に寄り添って腕を摑んだ。

そのとき小和田君の耳に、かすかな祇園囃子が聞こえてきた。彼は顔を上げた。その音色は空の彼方から聞こえてくるようである。

「ああ、なるほど」

小和田君は呟いた。

そのとたん、彼らの頭上にある真っ暗な空から、ぎらぎらと銀色に光る鋭いものが飛びだしてきた。小和田君は空を見つめながら言った。

「玉川さん、あれは何だと思う？」

「長刀《なぎなた》みたいに見えます」

次の瞬間、その長刀がきらめいて横に走った。

切り開かれていく空の向こうに、最初に小和田君が見たものは、小さく金色に輝く三日月だった。やがて広がりゆく裂け目から、長刀と三日月の先に続く真木が現れ、続いて大屋根が現れ、最後には光り輝く駒形提灯が巨大なシャンデリアのように姿を見せた。そして黒い巨大な果実の皮がはじけるようにして、彼らの頭上で夜空がめくれ上がったとき、四条烏丸大交差点を囲むビル街の明かりと、ビルの谷底を輝かせる宵山の光と祇園囃子が、雪崩《なだれ》のように降ってきた。

今、四条烏丸大交差点は彼らの頭上にあった。

「迷ってなかった」

「そうとも」

小和田君は大交差点を埋め尽くしている大勢のぽんぽこ仮面を見た。

そのぽんぽこ仮面たちのうちの一人が、押し寄せる他のぽんぽこ仮面たちにあらがいながら、ひとり、こちらに向かって手を伸ばしていることに気づいた。

小和田君は思わず手を伸ばした。

かくして天は地に近づき、時の流れは止まる。

○

所長は四条烏丸大交差点の真ん中で、空から降ってくるぽんぽこ仮面を見た。

そのぽんぽこ仮面は、自分に向かって右手をさしのべているように見えた。まるで「この右手を摑むがいい」と言っているかのようだった。所長が他人に対して飽きるほど繰り返してきたにもかかわらず、自分に向かっては一度も言ったことがない言葉である。

妙なことに、そのぽんぽこ仮面のかたわらには若い女性がいたようだ。

やがてぽんぽこ仮面と女性は大交差点を埋め尽くす群衆の中に降り立った。群衆が大きく波を打ったようだが、大海原に雨粒が落ちたようなもので、あとには何の変化もない。その不思議な現象は現実に起こったことなのか、それとも混乱した自分だけが見たものか、所長には分からなかった。たとえ誰か他の者が気づいたとしても、この熱気に吞みこまれてうやむやになるだろう。

しばらく所長は呆然としていた。

やがて呟いた。

「私はぽんぽこ仮面でした」

宵山の明かりの向こうに、過去が走馬燈《そうまとう》のように浮かんで消える。ことあるごとに通報されながらも、なりふりかまわず人々の理解を勝ち取り、「正義の怪人」として成り上がっていった日々。それは短いようで長く、長いようで短い日々だった。街にはさまざまな人々が暮らしており、さまざまな助けを求めていた。

それにしても今日はなんと長い土曜日であったことか。ほんの昨夜の出来事さえ、遠い昔の出来事に思える。昨夜は小和田君を含む研究所の若手たちが、東京へ転勤する自分のために納涼床で送別会を開いてくれたのだった。

「将来有望な皆さん」

納涼床で語った別れの挨拶を思い出した。

「私は京都において三年間を過ごしました。たいへん有意義な日々でした。とりわけ若い皆さんとの交流は楽しいものでありました。私の夜遊びにお付き合いいただきましたことを、ここに感謝する次第です。研究所においても、私は私なりに皆さんが活躍できるように努力してきたつもりです。我々の会社はズバ抜けて大きいというわけではないが、路傍の石ころと卑下するほど小さくもない。皆さんの活躍できる場は多く、社会に対する責任もあります。私は皆さんの為せる貢献を、より大きくするために努力することを約束する。だから私が京都を去ったあとも、皆さんは肉体的精神的に健康を保ち、着実に毎日の仕事をしていただきたい。皆さんと私の未来のために乾杯！」

所長は汗に濡れた狸のお面を取り、くしゃくしゃに丸めてポケットに入れた。

カツラを取って、前にいた見知らぬ男の頭にのっけてやった。

そしてマントを脱ぎ、またべつの見知らぬ男にくれてやった。

「私はぽんぽこ仮面でした」

最後に呟いたとき、自分の肩にのしかかっていた重いものが砕け散り、四条烏丸大交差点に渦巻く熱気に吹き飛ばされて、天へのぼっていくのが感じられた。

所長の身体はふらりと頼りなく揺れた。

かたわらにいた男が、所長の腕を摑んで支えてくれた。

「大丈夫かい？　卒倒しそうな顔だぜ」と男は言った。

「少し疲れたらしい」と所長は呻いた。

親切な男は「ちょっと通してくれ。病人だ」と叫んだ。「助けてやってくれ」

その声に気づいたぽんぽこ仮面たちがこちらへ向いた。やがて彼らは少しずつ身をよけて、男と所長が通る道を作ってくれた。

「はい、ごめんよー、ごめんなさいよー」

男は陽気に言いながら、所長の手を引いて先に立って歩いていく。その男もまた、狸のお面をつけている。片手には紙コップに入った生ビールを持ち、いやに派手なシャツを着ていた。

○

所長は四条烏丸交差点の北東角にある三井ビルディングの前に座った。

いったん姿を消した男は、すぐにペットボトルに入った茶を持って戻ってきた。ペットボトルを差しだして、「飲みなよ」と彼は言った。所長は礼を言ってお金を払おうとしたが、男は受け取らなかった。露店で買ってきたフライドポテトを食べながら生ビールを呑み、「今日は大きな仕事が一つ片付いたんだ。いいよ、それぐらい」と言った。自然にこちらの懐《ふところ》にもぐりこんでくるような気安さがある。普段の所長であれば「払わせてもらう」と踏ん張るところだが、今の所長に踏ん張る気力は残されていない。

所長はおとなしく茶を飲んだ。

その間、謎の男は三井ビルディング前から、まるで高みの見物をしているように、四条烏丸の熱狂を眺めていた。あたかも大岩の上に立ち、目前でうねる大波を眺める海の男のようだった。

「絶景かな」と言うのが聞こえた。「潮が充ちたな」

やがて男は振り返り、フライドポテトを差しだした。

「食うかい？　売れ残りだから、まずいけど」

所長はなにげなくフライドポテトを口にして、そのうまさに驚いた。誘惑に勝てず、二本、三本と続けざまに食べた。男は次々とポテトが奪われていくのをあっけにとられて見ている。所長は、自分が今朝からまともな食事をしていなかったことに気づいた。呆れた男はポテトを所長に押しつけ、「遠慮せずにぜんぶ食いなさいよ、もう」と言った。

「いや、そんなわけには」と所長はポテトを口いっぱいに頰張りながら首を振り、そこで自分の言動の矛盾に笑いだした。「何をやってるんですかね私は」と、所長はポテトを嚙みしめながら笑い続けた。「こんなに腹を減らして、見ず知らずの人間からフライドポテトをもらって……」

「だいぶ疲れてるようだな」

「いろいろあったもので」

「そうか。いろいろあったか。そいつはたいへんだったたな」男は呟いてビールを飲んだ。

「俺ならそんなに疲れる前に、蛙《かえる》になって井戸に籠もるなあ」

「蛙になって井戸に籠もるか。それもいい」

「井の中の蛙《かわず》大海を知らず、されど天の高さを知るという」

所長はしばらくフライドポテトを夢中になって食べた。やがて困惑したように呟いた。

「……私はこんなところで何をしてるんだろう?」

「俺の見るところ、何もしていないね」

「そうですね。何もしていません。久しぶりのことです」

「今日は祭りの日だ。のんびりしなよ。俺ものんびりしてる」

「大きな仕事が片付いたのなら気分が良いでしょう」

「しかし、何をおいても大切なことは、そもそも依頼を手に入れることだ。あとは潮の流れを見て利益を確保するだけでね」

そこで男は思い出したように、自分の名刺を取りだして所長に渡した。「浦本探偵事務所」と書かれていた。「もし何かあればいつでもどうぞ」と男は言った。「お役に立ちますよ」

「探偵……？」

「世界で一番怠け者の探偵ですよ」

そう誇らしげに言ったあと、男は慌ててつけ加えた。「実績は確かだよ。ただし、まともな依頼は困るんだ。へんてこな依頼であるほど、解決の可能性が上がるものだから。たとえば今日片付いた大仕事っていうのは、ここだけの話、『ぽんぽこ仮面の正体を暴く』っていう仕事でね」

所長は茶を口に含むふりをして、驚きを押し隠した。

「……で、正体は分かったのかね？」と声をひそめた。

男は笑い声を立てて首を振った。

「そんな無粋な男に見えるかい。そこのところはうまくやったよ。それに……」と、男はぽんぽこ仮面で溢《あふ》れかえった交差点を見渡した。「こうなってしまえば、誰がぽんぽこ仮面だか、そんなこと、もうどうでもいいじゃないか……おや、あれは？」

ふいに男は立ち上がった。お面を脱いで右手を高く挙げた。

「うちの事務所の若いやつだ」

所長も立ち上がり、男の指さす方に目をやった。

そうして所長は、大交差点を埋め尽くすぽんぽこ仮面の向こうに、小和田君が立っているのを見つけた。彼は丸めた黒マントらしきものを抱え、汗に濡れた顔で空を見上げている。かたわらにいる若い女性が背伸びして手を振っている。しかし小和田君はぜんぜん見当違いの方角を向き、ダチョウの卵でも呑みそうな大きなあくびをしていた。

○

天地は逆転し、小和田君は四条烏丸大交差点に降り立った。

小和田君と玉川さんがこの世界に帰還したとき、あたりは熱狂するぽんぽこ仮面に充たされていた。何もかもがテングブランの酩酊《めいてい》が生みだした夢のように感じられる。しかし、小和田君はいつもの通り、谷川で冷やした地蔵のように落ち着いていた。内なる怠け者はあくびをし、理性の人は考えるのを止め、野性の人は燃え尽きた。

しばらくぽんぽこ仮面の群れに揉《も》まれていたが、玉川さんが「小和田さん、小和田さん」と耳元で囁いた。「あそこに浦本さんと所長さんがいます」

見てみると、ぽんぽこ仮面たちの大群衆の向こう、三井ビルディングの下に、派手なシャツを着た浦本探偵が手を振っていた。そのかたわらには窶《やつ》れた顔をした所長が棒のように立ち、ペットボトルの茶を飲んでいる。玉川さんが「ちょっとすみません！」とぽんぽこ仮面たちをかきわけて道を作り、そのあとを小和田君はふらふらとついていった。

浦本探偵が「やあ、おつかれ！」と玉川さんに呼びかけた。「どうだった？」

「なんというか……」

玉川さんはここに辿りつくまでの経緯を説明しようとしたが、鯉のように口をぱくぱくさせるばかりで、言葉が出てこないらしい。ついに説明を諦めて、「疲れました」とだけ言った。

浦本探偵は「なるほど」と頷く。「そいつはたいへんだったな」

玉川さんは背後で歓声をあげているぽんぽこ仮面たちを指した。「……これはどういうことですか？　浦本さんにはどういうことか分かっているんですか？」

「潮が充ちたということは分かる。理由は分からない」

「あと、どうして所長さんといっしょなんですか？」

そう言われて浦本探偵は驚いた顔をした。自分のかたわらに立っているスキンヘッドの男を見て、「この人が所長さん？」と言った。しかし所長は黙したまま、青ざめた顔をして小和田君を見つめている。ふいに「小和田君、冒険をしましたか？」と甲高い声で言った。

「ささやかなものですけど」

「よろしい。小冒険を嗤《わら》う者は小冒険に泣くという」

小和田君は丸めて抱えていた黒マントを見せた。「所長、東京に転勤したらぽんぽこ仮面のコスプレでもしますか？　ここに一式あるんですけどね」

「いや、小和田君。私には不要です」

「僕もいらないんだけどなあ」

すると、「ならばその黒マントは我が輩がいただこう」と声が聞こえた。そちらを見ると、狸のお面をつけた男女が立っていた。小和田君は「差し上げますよ、恩田さん」と言った。

「バレたわ」と桃木さんが言った。

「バレたね」と恩田先輩が言った。

恩田先輩は「宵山が終わるのを見物しにきたら、このありさまだ」と言った。「あんまり楽しそうだから交じってみた。いやあ、楽しかった」

そして彼は狸のお面をはずし、小和田君に耳打ちした。

「なんだい。やっぱり来てるじゃないか。この破廉恥《はれんち》君め」

○

「間もなく交通規制が解除されます」

拡声器の声が繰り返し響く。

「こちらは五条警察署です。間もなく交通が再開されます。交差点内に立ち入らないでください」

「歩行者の方々、ぽんぽこ仮面の方々は、速やかに歩道へ移動してください」

空色の制服を着て、腰に警棒をつけた警官たちが、まるで埃を掃き寄せるように、浮かれる見物客たちを大交差点の外へ追い立てていく。赤い提灯をつらねた月鉾保存会が、笛と太鼓の音を響かせながら通り過ぎた。そして、まるで潮が引くように、ぽんぽこ仮面たちの熱狂はおさまっていく。

やがて警官たちがひときわ高く笛を吹き鳴らし、交通規制が解除された。

車輛が行き交い始めるなり、小和田君たちの目の前にある四条烏丸交差点は、たちまち普段の姿に立ち返った。ゴミ屑が風に吹かれて転がっていく。コンビニエンスストアは買い占め騒動後のようにからっぽで、エアコンも止まった蒸し暑い店内ではアルバイト店員がグッタリと首を垂れ、露店は撤収を始め、山鉾を輝かせていた駒形提灯の明かりがついに落ちた。

小和田君は恩田先輩とならんで交差点の角に立ち、行き交う車を眺めていた。

「淋しいもんだな」と恩田先輩は言った。「祭りが終わるっていうのは淋しいことだ。……でも、俺はこの淋しさが好きだよ。祭りのあとの淋しさあってこその祭りだからな」

彼らの目の前を、黒光りする巨大なリムジンが北に向かって通り過ぎた。窓は開いており、ハワイアンが流れていた。狸のお面をつけた男が窓から顔を出し、終わっていく宵山を眺めている。テングブランの甘い香りが小和田君の鼻先を流れた。

小和田君は振り返った。

所長は色つき眼鏡の奥の目を細め、祭りの幕引きを眺めている。浦本探偵は桃木さんに名刺を渡し、「世界で一番怠け者の探偵です」と自己紹介している。そして玉川さんは首に手拭いをかけ、ビルの下に座りこんでグッタリとしていた。不毛で充実した土曜日の全貌が、彼女の双肩にのしかかっているのが目に見えるようだ。

「もうへとへとですよ」と彼女は言った。「今朝が大昔みたい。布団に横になったら、一瞬で眠る自信があります」

「玉川さん、明日は休んでくれていいから」

「でも事務所の片付けをしないと……」

「頼むから休んでくれよ。一度でいいから、雇い主の言うことを素直に聞いてくれないか？」

ふいに恩田先輩が手を挙げて、「待ってくれ」と言った。小和田君と玉川さんに目配せする。「今、唐突に俺の脳にナイスなアイデアがひらめいたぞ。聞いてくれるかい？」

「聞かせて聞かせて」と桃木さんが言った。

「明日、四人で山鉾巡行を見に行こう」

「ホントにもう、ステキなことを思いつくのね！」と桃木さんは喜んだ。

小和田君は「いやいや」と首を振った。「明日は寮でグウタラすると決めてあります。誰が何と言おうとも」

「小和田君、だらしないことを言うなよ。人間として恥ずかしくないのか？」

「僕は人間である前に怠け者です」

○

恩田先輩と桃木さんは週末を拡張する大切さを説き、「狸的平和のうちにまどろんで苔むしたお地蔵さんみたいになってはいけない」と主張した。

「うかうかしていたら、あっという間に月曜日がやってくるんだぞ」恩田先輩は怯えたように身を震わせた。「あの月曜日がやってくれば、我々は寸暇を惜しんで働くことになるんだ。やるべきことは山ほどある。君だってそうだろう？　たとえ俺様は許しても、お天道様は許してくれないね。……でもまあ、それは月曜日からの話だけど」

「だからこそ週末を満喫すべきなの」と桃木さんは言った。

そうすると、所長が「まあまあ」と言って二人を遮った。「お二人とも、少し落ち着きなさい。たしかに仰る通りです。いずれ必ず月曜日は来る。しかし――」

そして所長は小和田君を一瞥《いちべつ》したのだが、我らの主人公は全世界の蚊帳《かや》の外に立っているかのように、素知らぬ顔であくびをしていた。あまりにもみごとなあくびだったので、所長も思わずあくびをした。あくびというものは伝染する。あくびとは内なる怠け者たちの咆哮である。

「しかし明日は日曜日ですよ、皆さん」

そう言って、所長は目尻に浮かんだ涙を拭った。

「イヤになるぐらい怠けるがいい」

○

諸君。

かくして聖なる怠け者たちの充実した土曜日は終わり――

日曜日が始まる。

エピローグ　日曜日の男

読者の皆さん。

物語の終わりは近い。

最後に、日曜日のできごとについて簡単に触れておこう。

◯

小和田君は独身寮の一室でたっぷり眠った。

前夜は宵山《よいやま》から泥のように疲れて帰宅し、意識朦朧《もうろう》としたまま尻を振りつつシャワーを浴び、布団に寝っ転がって「将来お嫁さんを持ったら実現したいことリスト」を手に取ったものの、内なる怠け者たちが一斉に蜂起して彼をねじ伏せた。

それから眠り続けて夜が明けた。「日曜日を拡張してやる」と恐るべきエネルギーに充《み》ち満ちた恩田先輩が何度も電話をかけてきたが、小和田君が目覚めることはなく、彼は苔《こけ》に埋もれた地蔵のように眠り続けた。

そして夏の太陽は天空を運行し、京都市内では祇園祭《ぎおんまつり》の山鉾《やまほこ》巡行があらかた済んだ頃合いに、ようやく小和田君は目覚めた。脳を清水でしゃぶしゃぶと洗ったかのように気分爽快であった。大きく伸びをして、窓から外を見ると、同じ敷地内の鉄筋コンクリートの研究所に、強烈な夏の陽射《ひざ》しが降り注いでいる。空は目に痛いほど青かった。自室のドアを開けて廊下を覗《のぞ》いてみたけれど、独身寮はがらんとして誰もいなかった。

「恩田さんは祇園祭見物かな？」

シャワーを浴び、歯磨きをして、チーズ蒸しパンを牛乳といっしょにもぐもぐやっているとき、小和田君は、柳小路に捨てた八兵衛明神のガラクタのことを思い出した。近所の人は迷惑しているであろう。八兵衛明神のわがままのせいではあるものの、自分が手を貸したことだけに気に掛かる。

「ちょっと様子を見に行こう」

小和田君は独身寮を出た。

近鉄電車に乗って市内へ向かい、乗り換えた地下鉄で四条烏丸に出ると、まだ街中には祇園祭山鉾巡行の興奮が残っていた。ぎらぎらと照りつける午後の陽射しのもと、各町内に戻った山鉾を見てまわる観光客の姿も多い。そして四条通の道ばたで、昨夜の宵山の残骸というべきゴミを拾い集めている人々を見かけた。彼らはみんなぽんぽこ仮面のお面をつけていた。

小和田君は立ち止まって首を傾《かし》げた。

「世界は謎に充ちているな」

柳小路に行ってみると、小和田君の尽力によって不法投棄された八兵衛明神のガラクタはすっかり片付けられていた。涼しげな煙草《タバコ》屋の中でラムネを飲んでいるおばあさんによると、朝のうちにぽんぽこ仮面たちが大勢やってきて、きれいに片付けていったという。

「世の中には親切な人がいるものですねえ」

そうおばあさんが言ったとき、煙草屋の奥でぱたぱたと階段を軽やかに下りてくる音が聞こえ、玉川さんが奥から顔を出した。「これで撤収しますね。お世話になりました」と言った。おばあさんはゴクンと喉を鳴らして振り返った。「あら、もういいの？　もっと張りこんでもいいのに」

「だっておばあさん、もう見張るものがないんだもの」

そこで玉川さんは煙草屋の軒先に立っている小和田君に気づいた。

「あら！　小和田さんじゃないですか」

「やあ、玉川さん。こんにちは」

「何してるんですか。今日はぐうたらするんじゃないの？」

「ぐうたらしているとも」小和田君は言った。「するべきことは何もない」

○

小和田君と玉川さんは八兵衛明神にお参りしたあと、探偵事務所へ出かけた。玉川さんがぽんぽこ仮面事件の達磨《だるま》を進呈すると言ったからである。

「五代目が取りに来るなんてことはないから」

「まあ、そうだろうな」

「それに、所長さんにあげるわけにもいかないでしょ？」

錦市場を歩いていくとき、大勢のぽんぽこ仮面とすれ違った。彼らは「助けて欲しい子はいないか？」とでも言いたげにきょろきょろしていた。「君たち、困ってない？何か困ってない？　相談に乗るよ？」と喋りかけてくるので、小和田君と玉川さんは「困っていません」と言った。

室町通六角上ル烏帽子屋町の探偵事務所は薄暗かった。呆れたことに、浦本探偵は派手なシャツの胸元をはだけたまま、午後二時近い今も簡易ベッドで眠りこけていた。ブラインドの隙間から射す光がベッドに縞々《しましま》の影を作っている。

「私は秩序をもたらすために来たのだ」

そう玉川さんは呟《つぶや》いたかもしれない。彼女はブラインドを開けて窓を開き、消臭スプレーを噴霧し、浦本探偵をベッドから突き落とした。

それから起こった一連のできごとは、混沌《こんとん》に対する秩序の戦いであった。彼女がゴミを一掃し、掃除機をかけている間、浦本探偵は簡易ベッドの上に避難し、小和田君は応接用ソファの上に避難していた。縦横無尽に荒れ狂う秩序の女神に対し、二人は無力であった。彼らは離れ小島で暮らす淋しい住人のように声を掛け合った。

「浦本さんもたいへんですねえ」

浦本探偵はあぐらをかき、パイプ煙草の煙をぽっぽっと吹いた。「まあ、これも必要悪だな」

「よく言うわ。浦本さんも片付けますよ！」と玉川さんは言った。

ひととおり片付けが終わり、浦本探偵事務所が誇る最低限の機能が取り戻された頃、玉川さんは室町通に面した窓を開けた。ふいに窓から身を乗りだして「おーい」と言った。「こんにちは。暑いですねえ！」

玉川さんは路上にいる人に手を振った。

「お茶でも飲んでいかれますか？　いちおうエアコンがきいてます」

数分後、階段を上って探偵事務所を訪ねてきたのは恩田先輩と桃木さんであった。桃木さんは大きな夏帽子をかぶり、恩田先輩は濡《ぬ》れ手拭いを首に巻いている。事務所に入ってきた恩田先輩は、「やあ、ここはひどく涼しいじゃないですか！」と言ったあと、小和田君の姿を見て愕然《がくぜん》としたように叫んだ。「小和田君がここにいる！」

「もちろん僕はここにいますよ」と小和田君は言った。彼は、自宅にいるかのような気安さで、冷凍庫から棒アイスを取りだしているところであった。

「あんなに誘ったのに！　こんなところでのうのうと！」

「小和田さんも祇園祭を見に来たの？」と桃木さんが訊《たず》ねると、小和田君は棒アイスをガリガリ囓《かじ》りながら、「いいえ」と言った。「何も見てません」

「もったいないわねえ」

「ホントに君は怠け者だな」

恩田先輩と桃木さんは早朝から京都の街を散策し、山鉾巡行を見物した帰りであった。各町内に戻った山鉾を眺めながらお土産などを買い歩き、室町通を通りかかったら、探偵事務所の窓から玉川さんが身を乗りだしていたという。読者の皆さん、ご覧ください。この二人からは、「充実した日曜日を約束された人間」のオーラ的なものが漂っているではないか。

「びっくりしたよ。街がぽんぽこ仮面だらけでさ」

「そうなのそうなの。珍しくもなんともないんだから」

玉川さんは冷蔵庫から冷やしたラムネを取りだし、みんなに振る舞った。そして達磨を持ってきた。達磨の背には、「ぽんぽこ仮面事件」と書いた紙が貼ってある。「なにこれ?」と首を傾げる恩田先輩たちに、玉川さんは達磨の意味を説明した。

「事件が解決したから、もう一方の目を入れるんです」

浦本探偵がデスクから筆ペンを持ってきて、達磨の目を黒々と書き入れた。片目が大きくなったので、達磨は下手くそなウインクをしているように見えた。

小和田君は達磨を抱えてにこにこした。「そういえば恩田さん」と言った。「昨日は訊きそびれましたけど、『ぽんぽこ仮面を助けた』って、何があったんです?」

「おお、聞いてくれる? これが壮大な話でね」

「冒険なのよ、冒険」

恩田先輩が語りだそうとしたとき、事務所のドアが音高くノックされた。彼らは口をつぐんで顔を見合わせた。浦本探偵は居留守を使おうとし、「静かに」と皆に目配せした。しかし玉川さんが「何を言ってるんですか」と立ち上がった。

ドアを開け、玉川さんは「あら!」と言った。

探偵事務所を訪ねてきたのは所長であった。

「これは皆さんお揃《そろ》いで。これはどういう集まりですか?」

「いや、べつになんでもないですよ」と小和田君は言った。「ぐうたらしているだけです」

「そうですか。それはなにより」

「どうされましたか？」と浦本探偵が言った。

「昨日、名刺をいただいたでしょう。一つ、相談したいことがあって——」という所長の言葉を聞くなり、玉川さんが目を光らせた。「いらっしゃいませ。ようこそ！　どうぞこちらへ」

彼女は事務所内をばたばたと駆けまわり、「探偵業届出証明書」の埃《ほこり》を払って飾り直し、真新しい達磨を小箱から取りだし、書類立てから調査委任契約書と重要事項確認書を引っ張りだした。所長に「どうぞ」とソファを勧め、お茶を注いだ。彼女は小和田君たち部外者に出ていってもらおうとしたが、所長は「かまいませんよ」と言った。

所長はソファに腰掛け、探偵事務所の中を一瞥《いちべつ》した。外国人のように高い鼻を鳴らして、テングブランの残り香を嗅いだ。「男の秘密基地といった趣きですね」

「顔色が良くなりましたね」と浦本探偵は言った。「昨夜はひどいもんでしたよ」

「半日ばかり、北白川ラジウム温泉に行ってきたのです」

「どうりでさっぱりして見えるわけだ」

所長は玉川さんのいれたお茶を飲み、浦本探偵の方へ身を乗りだした。「あなたは世界一怠け者の探偵だそうですね？」と念を押した。探偵は「仰る《おっしゃ》通り」と堂々と答えた。

「……そして、へんてこな問題を解決するのがお得意だとか？」

「なにしろ妙な依頼ばかりが来るものですからね。依頼は天から降り、地から湧く……」

「よろしい。経験豊富というわけだ」

所長は頷《うなず》き、驚くべき依頼内容を語り始めたのだが——。

それはまたべつの物語である。

○

ここに筆者は物語をすべて語り終えた。

語るべき物語にとって、「終わる」ということが何よりも大切である。そう筆者は信じている。我々の充実した一日は、幕が引かれることによってその全貌を現す。そしてぴかぴかの新しい一日へと、時のバトンは受け渡されていく。終わりがなければ始まりもない。別れがなければ再会もない。

読者の皆さん、お別れである。さようなら。また会う日まで。

かつて京都の街に怪人が現れた。そいつは虫喰《むしく》い穴のあいた旧制高校のマントに身を包み、ステキにかわいい狸《たぬき》のお面をつけていた。その名を「ぽんぽこ仮面」という。

むかしむかし。

といっても、それほどむかしではないのである。

単行本あとがき

この小説は小説である。実在する地名や祭りが登場するけれども、「現実」のものではない。

八兵衛明神は、京都市中京区の柳小路に祀られている狸《たぬき》の神様である。しかし、この小説で描かれるその姿は、すべて私がでっちあげたものである。好き勝手に描いたことについて、この場を借りて八兵衛明神様にお詫《わ》びしたい。お出まし頂かなければ、どうしようもなかったのです。なむなむ。

たとえ力瘤《ちからこぶ》を作っても、小説がおもしろくなるとはかぎらない。努力だけではどうしようもないところにフワフワと浮かんでいるのが、小説の厄介かつステキなところである。

『聖なる怠け者の冒険』は、今から四年前の二〇〇九年六月から朝日新聞の夕刊で連載を始め、二〇一〇年二月に終了した。私は初めての新聞連載にのぞんで力瘤を作り、一回一回を楽しんで読んでもらえるように努めたものの、全体として見れば「建て損ねた家」になった。

連載終了後、他の仕事や体調不良もあり、なかなか改稿にとりかかれなかった。どのように書き直せばいいのか、サッパリ見当がつかなかったためでもある。思いつくかぎりのありとあらゆる打開策を模索した末、あらたに長篇を丸ごと一本書くしかないと覚悟を決めたのは二〇一二年五月のことであり、それから半年以上かけて執筆し、二〇一三年二月に書き終えた。

したがって、この新しい『聖なる怠け者の冒険』は、朝日新聞に連載された『聖なる怠け者の冒険』とは、タイトルと主要登場人物は共通しているものの、まったく違う小説である。連載されたかたちで書籍化されるのを待っていてくださった読者の方々には、その点をお詫びしたい。

これは余談だけれど、この作品は、同じく祇園祭宵山《ぎおんまつりよいやま》を題材にした拙著『宵山万華鏡』と、狸を題材にした『有頂天家族』と、さまざまな水面下のつながりを持っている。どんなつながりがあるのかを探ってみるのも、一つの楽しみになるかもしれない。もちろん、そういったつながりを知らなくても、この小説を読むにあたって何ら支障はないはずである。

まずは朝日新聞社の加藤修さんに、新聞連載の場を与えてくださったことを感謝したい。そして、厳しいスケジュールにもかかわらず、ステキで濃密な挿絵を描き続けてくださったフジモトマサルさんにも深く感謝する。この小説がフジモトさんの絵とともに復活することを嬉しく思う。

書籍化（というよりも、むしろ再出発）にあたっては、朝日新聞出版の山田京子さんにたいへんお世話になった。執筆はたびたび暗礁に乗り上げたが、山田さんの完成への意志は揺るぎなく、『聖なる怠け者の冒険』をギリギリの瀬戸際で救いだしてくれた。「感謝の言葉もない」とは、こういうときにこそ使うべき言葉だろう。

二〇一三年　三月　森見登美彦

文庫版あとがき

小さくなった『聖なる怠け者の冒険』お買い上げありがとうございます。

このたびの文庫化にあたっては、本文にかなり手をくわえてある。文庫化にあたって作品をいじくるのは好きではないが、今回だけはお許しください。

というのは、『聖なる怠け者の冒険』は朝日新聞の連載終了後、たいへんな苦労を経て出版にこぎつけたものである。愛着が湧いて削ることができず、結果として冗長になってしまった。「アンタもともと冗長な作風じゃないか！」と言われると返す言葉もないのだが、「私なりに居心地の良い冗長」というものがあるのだ。そういうわけで、できるかぎり削ることにしたのである。

物語は変わっていないので、その点はご安心ください。削られた部分を知りたいという風変わりな方は単行本にあたっていただけると幸いであるが、強いてオススメはしない（単行本が売れることは出版社も筆者も嬉しいけれど）。雑誌連載↓単行本↓文庫本と次々に変身していく『聖なる怠け者の冒険』は、じつに「ぽんぽこ」的であると自分を慰めている。

ようするに手のかかる子なのである、まったくもう！

フジモトマサルさんの存在を抜きにして、『聖なる怠け者の冒険』は語れない。

当作品の朝日新聞連載では、文字通り「戦友」という感じだった。ほとんど何も決まっていない状態でスタートしたため、私は書きながら考え、フジモトさんも描きながら考えていた。私がそのような状況に追い込まれたのは私自身の愚かさゆえだが、フジモトさんには災難以外のなにものでもない。

それぞれの人物のキャラクターなど、挿絵からイメージが膨らんでいったから、この作品とフジモトさんの挿絵を切り離すことはできない。迷走を続けながらも連載終了にこぎつけられたのは、フジモトさんの助けがあったればこそである。ぜひフジモトさんの『聖なる怠け者の冒険　挿絵集』を手に取っていただければと思う。そこには別バージョンの『聖なる怠け者の冒険』がある。

フジモトさんに挿絵をお願いしておきながら、ぎりぎりの綱渡りに巻きこんでしまったことを、ずっと申し訳なく思ってきた。フジモトさんは「もう沢山です」と仰ったかもしれないが、いつの日か、万全の態勢をととのえて、ふたたび一緒に仕事ができればと願ってきた。
ここにあらためて感謝の意を表し、ご冥福をお祈りいたします。

このあとがきを書いているのは七月頭で、あと二週間ほどで祇園祭の宵山である。私の秘密の仕事場は京都市内の街中にあるのだが、そこはちょうどこの作品で描いたような、夜祭りの明かりに飲みこまれていくオフィス街の一角である。
そういうわけで、今年も私は宵山の夜を過ごすだろう。といっても、私は「宵山の達人」というわけではない。浦本探偵のように仕事場でごろごろしながら祇園囃子に耳を澄まし、気が向けば玉川さんのようにあてもなく街をさまようばかりである。

二〇一六年　七月　森見登美彦

聖《せい》なる怠《なま》け者《もの》の冒険《ぼうけん》　朝日文庫

2016年9月30日　第1刷発行

著　者　森見登美彦《もりみとみひこ》

発行者　友澤和子
発行所　朝日新聞出版
〒104-8011　東京都中央区築地5-3-2
電話　03-5541-8832（編集）
03-5540-7793（販売）

印刷製本　大日本印刷株式会社

ISBN978-4-02-264822-8